区域文化与文学研究集刊

Studies of Regional Culture and Literature

周晓风 张全之 袁盛勇◎主编

第3辑

中国当代文学研究会区域文学委员会
重庆师范大学区域文化与文学研究中心
重庆师范大学文学院
主办

中国社会科学出版社

图书在版编目（CIP）数据

区域文化与文学研究集刊. 第3辑 / 周晓风，张全之，袁盛勇主编.
— 北京：中国社会科学出版社，2015.7
ISBN 978 - 7 - 5161 - 5757 - 2

Ⅰ.①区… Ⅱ.①周…②张…③袁 Ⅲ.①区域文化—中国—文集
②中国文学—文学研究—文集 Ⅳ.①G122 - 53②I206 - 53

中国版本图书馆 CIP 数据核字（2015）第 060738 号

出 版 人	赵剑英
责任编辑	李炳青
责任校对	郝阳洋
责任印制	李寡寡

出　　版	中国社会科学出版社
社　　址	北京鼓楼西大街甲 158 号
邮　　编	100720
网　　址	http://www.csspw.cn
发 行 部	010 - 84083685
门 市 部	010 - 84029450
经　　销	新华书店及其他书店

印刷装订	三河市君旺印务有限公司
版　　次	2015 年 7 月第 1 版
印　　次	2015 年 7 月第 1 次印刷

开　　本	710×1000　1/16
印　　张	15
插　　页	2
字　　数	256 千字
定　　价	50.00 元

杨匡汉　中国社会科学院文学研究所

袁盛勇　重庆师范大学文学院

张福贵　吉林大学文学院

张全之　重庆师范大学文学院

张新科　陕西师范大学文学院

张中良　上海交通大学人文学院

张显成　西南大学文献研究所

朱栋霖　苏州大学文学院

朱寿桐　澳门大学中文系

朱晓进　南京师范大学文学院

赵学勇　陕西师范大学文学院

周裕锴　四川大学文学与新闻学院

周晓风　重庆师范大学文学院

目　　录

文学地理与中国人文

会议综述

前　言

周晓风

2013 年 11 月 2—6 日，全国第四届区域文化与文学研究学术研讨会在重庆如期举行。在会议的筹备过程中，不少学者提出，区域文化与文学的研究虽然方兴未艾，但已经持续 10 年以上，并且产生了一批扎实的研究成果，建议此次研讨会重点研究"区域文学的理论建构"，以促进该领域学术研究的深入发展。但从后来收到的会议论文以及参会专家学者们的讨论来看，区域文化与文学研究的视野远比会议主办者设想的要广阔和丰富得多。山东大学贺仲明教授的《乡土文学的地域性：反思与深入》对当代乡土小说的反思从地域性出发，最终落脚在文学性；陕西师范大学赵学勇教授的《西部小说创作的三大流向》中所讨论到的"西部"，既是一个文化地理的概念，同时也是国家西部大开发战略中的区域概念；江苏南通大学王志清教授的《安史乱后诗歌中心南移与质变及其吴地诗歌生态》则把区域文学研究的时限推到古代；南京大学沈卫威教授的《高行健：故国及家园的图像叙事》不仅涉及区域文学和文学地理学，而且还超越了传统语言媒介的阈限，涉及当下流行的所谓图像叙事。所有这些都表明，区域文化与文学的研究远比人们过去所了解的更为丰富和复杂。因此，区域文化与文学研究需要开拓。

正是本着这样一种信念，我们拟从本期的《区域文化与文学研究集刊》开始，把关注的对象从原来的中国现当代区域文学加以拓展，在时间上从古代的文学地理变迁到今天的区域文学演变，在空间上从地域文学、区域文学到更大区域的国别文学、世界文学，在内容上包括文学的所有重要构成要素：语言、性别、种族、历史、政治等，都将在文化意义上纳入我们的关注视野。我们希望文艺理论界和中国现当代文学界的学者继续发挥在区域文化与文学研究中已有的优势，同时热切期望古代文学界、比较文学与世界文学界乃至语言学界同行的加入，共同推进区域文化与文学研究的开拓和创新。我们期望区域文化与文学研究是对文学研究空间的一种真正意义上的开拓，同时也是一种新的文学史的创造。这或许正如北京师范大学李怡教授在本次研讨会上所说的，过去强调文学史流变的时间意义，假定"一个时代有一个时代的文学"，实际上包含的是某种简单的"进化论"思想。在李怡教授看来，文学的变迁并非与时代无关，但真正的变化必须引入另外一个重要的视角——空间。20世纪如爱因斯坦、霍金等人的宇宙观给了我们更为丰富的"相对"性的启示：没有绝对的时间，也没有绝对的空间，时间总是与空间联系在一起，不同的空间有不同的时间。

　　本书编成之际，收到广州大学曾大兴教授寄来的三大卷《文学地理学》论文集，从中看到文学研究空间拓展的另一道景观，令人耳目一新。文学地理学是一种文学研究的空间拓展，区域文化与文学也是一种文学研究的空间与文化的拓展。两者同中有异，异中有同，理应互为补充，而不必画地为牢。这也再次使我们确信，区域文化与文学研究需要开拓。祈望各位同人共同努力！

区域文化与文学理论

主持人：李祖德

主持人语：

为了推进区域文化与文学研究的理论建构，本辑特推出几篇有关"区域"文学文化现象及理论问题的文章。周晓风教授从传统以及现代"地域"文化与文学的历史形态，呈现了"区域文学"的生成和发展，并探析了"区域文学"研究的方法论问题。郝明工教授则在民族国家及区域文化发展的背景下，探讨了区域文化和区域文学、地域文学的关系，并在这种大文学观中呈现了"区域文学"的文本系统。李怡教授从文学史的时—空关系，讨论了"区域"、"空间"意识对深化中国现代文学史研究的意义。张瑞英教授辨析了"区域文学"与"地域文学"概念的关系，并追溯了区域文学研究的根源。贾玮博士的文章则从"身体"的理论视角探触了文化区域化的一个侧面。希望这几篇文章能引起学界的争鸣和讨论。

从地域文学到区域文学
——略论区域文学研究的方法论问题

周晓风

一　从地域文学到区域文学

让我们先从作品出发来发现问题和讨论问题。

　　由四川省省会成都，出北门到成都府属的新都县，一般人都说有四十里，其实只有三十多里。路是弯弯曲曲画在极平坦的田畴当中，这是一条不到五尺宽的泥路，仅在路的右方铺了两行石板；大雨之后，泥泞有几寸深，不在草鞋后跟拴上铁脚马几乎半步难行，晴明几日，泥泞又会变为一层浮动的尘土，人一走过，很少有不随着鞋的后跟而扬起几尺的；然而到底算是川北大道。它一直向北伸去，直达四川边县广元，再过去是陕西省的宁羌州、汉中府，以前走北京首都的驿道，就是这条路线。并且由广元分道向西，是川、甘大镇碧口，再过去是甘肃省的阶州、文县，凡西北各省进出货物，这条路是必由之道……

　　就在成都与新都之间，刚好二十里处，在锦田绣错的旷野中，位置了一个不算大也不算小的镇市。你从大路的尘幕中，远远便可望见在一些黑魆魆的大树荫下，像岩石一样，伏着一堆灰黑色的瓦屋；从头一家起，直到末一家止，全是紧紧接着，没些儿空隙。在灰黑瓦丛中，也像大海里涛峰似的，高高突出几处雄壮的建筑物，虽然只看得见一些黄琉璃碧琉璃的瓦面，可是你一定猜得准这必是关帝庙、火神庙，或是什么宫、什么观的大殿与戏台了。

　　镇上的街面，自然是石板铺的，自然是遭叽咕车的独轮碾出了很多的深槽，以显示交通频繁的成绩，更无论乎驮畜的粪，与行人所丢的甘蔗渣子。镇的两头，不能例外地没有极脏极陋的穷人草房，没有将土地与石板盖满的秽草猪粪，狗矢人便。而臭气必然扑鼻，而褴褛的孩子们必然在这里嬉戏，而穷人妇女必然设出一些摊子，售卖水果与便宜的糕饼，自家便安坐在摊后，与邻居们谈天、做活。

不过镇街上也有一些较为可观的铺子，与镇外情形全然不同了。即如火神庙侧那家云集栈，虽非官寓，而气派竟不亚于官寓。门口是一片连五开间的饭铺，进去是一片空坝，全铺的大石板，两边是很大的马房。再进去，一片广大的轿厅，可以架上十几乘大轿。穿过轿厅，东厢六大间客房，西厢六大间客房，上面是五开间的上官房。上官房后面，一个小院坝，一道短墙与更后面的别院隔断；而短墙的白石灰面上，是彩色的福禄寿三星图，虽然与全部房舍同样地陈旧暗淡，表白出它的年事已高，幸而青春余痕，尚未泯灭干净。

这镇市是成都北门外有名的天回镇。志书上，说它得名的由来远在盛唐。因为唐玄宗李隆基避安禄山之乱，由长安来南京——成都在唐时号称南京，以其在长安之南的原故——刚到这里，便"天旋地转回龙驭"了。皇帝在昔自以为天之子，天子由此回銮，所以得了这个带点封建臭味的名字。

……

这一天，又是天回镇赶场的日子。

初冬的白昼，已不很长，乡下人起身得又早，所以在东方天上有点鱼肚白的颜色时，镇上铺家已有起来开铺板，收拾家具的了。

闲场日子，镇上开门最早的，首数云集、一品、安泰几家客栈，这因为来往客商大都是鸡鸣即起，不等大天光就要赶路。随客栈而早兴的，是鸦片烟馆，是卖汤圆与醪糟的担子。在赶场日子，同时早兴的，还有卖猪肉的铺子。

川西坝——东西二百余里，南北七百余里的成都平原的通俗称呼——出产的黑毛肥猪，起码在四川全省，可算是头一等好猪。猪种好，全身黑毛，毛根稀，矮脚，短嘴，皮薄，架子大，顶壮的可以长到三百斤上下；食料好，除了厨房内残剩的米汤菜蔬称为潲水外，大部分的食料是酒糟、米糠，小部分的食料则是连许多瘠苦地方的人尚不容易到口的玉麦粉或碎白米稀饭；喂养得干净，大凡养猪的，除了乡村上一般穷苦人家，没办法只好放敞猪而外，其余人家，都特修有猪圈，大都是大石板铺的地，粗木桩做的栅，猪的粪秽是随着倾斜石板面流到圈外厕所里去了，喂猪食的食槽，是窄窄的，只能容许它们仅仅把嘴筒放进去。最大的原则就是只准它吃了睡，睡了吃，绝对不许它劳动。如像郫县、新繁县等处，石板不好找，便用木板造成结实的矮楼，楼下是粪坑，楼板时常被洗濯得很光滑。天气一热，生怕发生猪瘟，还时时用冷水去泼它。总之，要使它极为舒适，毫不费心劳神地只管长肉。所以成都西北道的猪，在川西坝中又要算头等中的头等。它的肉，比任何地方都要来得嫩些，香些，脆些，假如你将它白煮到刚好，切成薄片，少沾一点白酱油，放入口中细嚼，你就察得出它带有一种胡桃仁的滋味，因此，你才懂得成都的白片肉何以是独步。[①]

这是现代著名四川作家李劼人长篇小说《死水微澜》中对川西乡场天回镇的一段描写。李劼人出生于四川成都，青年时代曾到法国勤工俭学，深受法国文学影响，创作有长篇小说《死水微澜》《暴风雨前》《大波》等，是中国现代享有国际声誉的著名作家。其作品尤其擅长通过细腻的文化风俗描写展示时代和历史变迁，被称作是"中国的左拉"，因此类似的风俗描写在李劼人的作品中还有很多，包括对成都的街道、饮食、茶铺及婚丧嫁娶习俗等的生动描写。李劼人的这一创作特点在法国文学理论批评话语中被称作"风俗史派"，其说法似源自法国作家伏尔泰的《风俗论》。中国近代以来王国维等人则提出地域文学的思想并一直延续至今。

所谓地域文学是指对文学地域文化特色的发现，并由此形成文学创作中的地域文化特点以及对文学地域文化特色的理解和一套新的解释话语。地域文学是在统一的民族文学开始形成的时候被发现的。因此，地域文学的发现与人的解放有着密切的关系。西方人在近代发现了统一的欧洲存在不同地域的文学。歌德以及法国作家史达尔夫人和丹纳等都提出过重视文学的地域特色的思想。中国人也是在近代发现了统一的中国文学存在不同地域的差异。王国维在《屈子之文学精神》里讲到有北方派的文学和南

---

① 李劼人：《死水微澜》，人民文学出版社 2008 年版，第 19、59 页。

方派的文学。① 近代学者刘师培的《南北文学不同论》更是集中表达了这方面的基本思想："南音之始，起于淮汉之间；北声之始，起于河渭之间。故神州语言，虽随境而区；而考厥指归，皆析分南北为二种……大抵北方之地，土厚水深，民生其间，多尚实际；南方之地，水势浩洋，民生其际，多尚虚无。民崇实际，故所著之文，不外记事、析理二端；民尚虚无，故所作之文，或为言志、抒情之体。"② 中国现代文学由于革命和战争的缘故，以及统一的现代民族国家建设的需要，似乎更加看重统一的中国现代国族文化，但现代文学的地域文化特点仍然受到前所未有的重视，并且形成了"京派小说"和"海派小说"这样有重要影响的现代文学流派。这种地域文学特点的形成，除了不同地域的地理文化使然以外，关键在于人的解放和文学的解放。周作人在 1923 年所作的《地方与文艺》一文曾以浙江为例作了精辟阐述。"浙江的风土，与毗连省份不见得有什么大差，在学问艺术的成绩上也是仿佛，但是仔细看来却自有一种特性。近来三百年的文艺界里可以看出有两种翻流，虽然别处也有，总是以浙江为最明显，我们姑且称作飘逸与深刻。第一种如名士清谈，庄谐杂出，或清丽，或幽玄，或奔放，不必定含妙理而自觉可喜。第二种如老吏断狱，下笔辛辣，其特色不在词华，在其着眼的洞彻与措语的犀利。"在周作人看来，浙江地域文学之所以具有这样的特点，"便是摆脱了一切的束缚，任情地歌唱，无论人家文章怎样的庄严，思想怎样的乐观，怎样的讲爱国报恩，但是我要做风流轻妙，或讽刺谴责的文字，也是我的自由，而且无论说的是隐逸或是反抗，只要是遗传环境所融合而成的我的真故心捕，只要不是成见的执着主张派别等意见而有意造成的，也便都有发表的权利与价值。这样的作品，自然的具有他应具的特性，便是国民性，地方性与个性，也即是他的生命"③。即便到了当代，尽管中国当代文学已成为统一的国家文学，但当代文学的地域特点仍然绵延更迭，无法割舍。武汉大学樊星教授在其所著《当代文学与地域文化》一书中曾对此作了丰赡的描述和阐释。所谓"齐鲁的悲怆"，"秦晋的悲凉"，"楚风的绚丽"，"巴蜀

① 舒芜等编：《中国近代文论选》下册，人民文学出版社 1981 年版，第 772 页。
② 同上书，第 570 页。
③ 周作人：《谈龙集》，上海书店 1987 年影印本，第 12、14 页。

的灵气"等，常常成为对当代文学创作地域文化特色的某种描述。①

可见，地域文学的基本特点在于它是一种因地理及历史文化等原因自然形成的具有地方文化特色的文学，同时也是现代主体解放的文学，进而形成一套关于地域文学的理论批评话语。对地域文学的发现意味着对文学的多样性的了解和认识的深化，由此构成现代文学多样化发展乃至中国现代文学现代性的一个重要方面。

但是，还有另外一种"地域文学"，其特点和意义与上述现代地域文学有相近之处，却又有很大的不同。重庆当代作家罗广斌、杨益言在长篇小说《红岩》中曾有不少篇幅对重庆地域特色文化作了多方面展示。如小说第四章，写江姐离开朝天门码头时与华为、甫志高告别的场景，对重庆地域文化特点多有展示：

> 江姐来到浓雾弥漫的朝天门码头附近，四边望望，雾太大，几步以外全是一片朦胧。江姐只好站住脚，理理头上的纱巾。"……小姐，雾大得很，开船还早咯。来碗炒米糖开水？"江姐摇摇头谢绝了。她犹豫了一下，迎着江风和浓雾，朝江边走去，一双时髦的半高跟鞋，踏在陡斜的石级上，格登格登地响。力夫提着个不大的行李卷，跟在后面。路边，零星地听到叫卖声，乞丐的哀告声。突然出现了一声粗暴的喝斥："走快点！跟上！"
>
> 江姐回头看时，一长列穿着破烂军衣的壮丁，像幽灵一样，从雾海里显现了，一个个缩着肩头，双手笼在袖口里，周身索索地发抖；瘦削的脸颊上，颧骨突出，茫然地毫无表情，一双双阴暗的眼睛，深陷在绝望的眼眶里……到了江边，力夫把行李放下，江姐付了钱，站在来往的旅客间，等待着。江风迎面吹来，掀动衣角，潮湿的雾海包围着她，她扣上了那时新的细绒大衣的扣子，又把双手插进大衣口袋。
>
> 江姐的仪容本来是端庄的，经过化装，更显出一种典雅的风姿。她站在江边，心里久久地不能忘怀那群壮丁的惨状。苦难深重的农民，怎能再忍受反动派的踩踏？更高的反抗怒潮，一定会从根本上动

---

① 樊星：《当代文学与地域文化》，华中师范大学出版社 1997 年版，第 38、53、142、174 页。

摇反动派的统治基础，迎接未来的光明。她渐渐地又仿佛看见了雾海之外，有无数红旗在广阔的原野上招展，一眼望不尽的武装的农民，正出没在群山之间。老彭那里，现在的工作基础更好了吧？江姐想着，又感到肩头上担负的责任的重大。①

类似的描写在《红岩》中同样随处可见。这同样也可以说是一种"巴蜀文学"。但《红岩》中的巴蜀地域文化特色描写的意义并不只是对地域文化的展示，而是服从于一个另外的框架和主题。这就是我们所说的区域文学。

与地域文学是在统一的民族文学形成时被发现的情况不同，区域文学是在统一的国家文学基础上开始兴起的，或者说是在统一的国家文学框架里被发现的。笔者曾在《区域文学——文学研究的新视野》和《世界文学、国别文学与区域文学》等文中就此做过讨论。② 在笔者看来，现代国家的出现，不仅使文学发展获得新的支配性力量，而且这种力量已经改变和正在改变着原有的世界文学版图和文学关系。国家文学现在已经成为文学发展中的新因素并具有了崭新的意义。一方面，尽管国家文学与民族文学有着密不可分的内在联系，但在所谓世界文学体系中，构成不同文化系统文学交流关系的并不仅仅是民族文学而是还有国家文学，甚至更主要是国家文学。另一方面，在国家内部，出现了民族文学与区域文学交错发展的问题。而且，与世界范围内的国别文学问题相当，国家范围内的区域文学正越来越显示出不容忽视的重要地位。这一切使得原先看上去清晰的问题变得复杂起来。这就是说，传统的所谓巴蜀文学就可能既是地域文学意义上的巴蜀文学，又是区域文学意义上的巴蜀文学。这是两种具有内在联系而又不能混为一谈的文学现象。

作为地域文学的巴蜀文学是指的巴蜀两地地理相近，人民习性相通，因此巴蜀文化具有某些内在的同质性和与其他地域文化（中原文化、齐鲁文化、三晋文化等）的区别性。作为区域文学的巴蜀文学则是指重庆市和四川省行政辖区的文学。这种行政辖区的文学当然不可避免仍然具有

---

① 罗广斌、杨益言：《红岩》，中国青年出版社 2011 年版，第 56 页。

② 参阅周晓风《区域文学——文学研究的新视野》，《中国文学研究》2002 年第 4 期；《世界文学、国别文学与区域文学》，《文学评论》2002 年第 4 期。

传统意义上的巴蜀文学的某些文化特征，但这些特征正在随着国家文学的统一性和区域划分而产生复杂的文化分离效应，也可以说在逐渐淡化。以上述长篇小说《红岩》中的巴蜀文化特征描写为例，它的产生不是出自于前述李劼人在小说中对地域文化特色的展示，而是源自某种行政组织干预的结果。想必大家都知道《红岩》的写作作为共和国文学生产模式源自于当年中共重庆市委直接领导和组织的结果。在中国当代文学史上，由于特定的社会主义国家文学体制的原因和"延安文艺座谈会"的革命文学传统的影响，党委政府采用多种方式对文学艺术的发展给予支持乃至加以控制的情况时有发生。但像中共重庆市委那样在 20 世纪 50 年代末就运用特殊的管理方式影响到一部在中国当代文学史上产生重大影响作品的产生，并为中国当代国家文学提供某种成功范例的，《红岩》之外还没有第二例，因此，被认为开创了共和国文学生产模式。中共重庆市委在当时的确为长篇小说《红岩》的创作做了大量工作。首先是从 1959 年 2 月起，以组织的名义为作者罗广斌、杨益言安排创作假，把他们从长寿湖农场的具体工作中解脱出来，并为之提供必要的生活和工作便利，使他们能够有条件集中时间和精力创作《红岩》（此时，另一位作者刘德彬因在反右运动中犯了"严重右倾"错误被留党察看一年、撤销行政职务处分，被认为不宜再参加《红岩》写作）。其次，中共重庆市委和中国青年出版社还从思想上帮助作者努力提高认识，把原来仅仅是缅怀先烈的"私人写作"提升到为革命而创作长篇小说的高度。《红岩》的责任编辑张羽在他的回忆录中写道："促使思想变化的契机起源于 1960 年 6 月，他们两人在北京参观了即将开馆的军事博物馆和革命历史博物馆。在博物馆里，他们从毛泽东同志在解放战争时期写的文件、手稿、电报、文章中，看到毛泽东同志洞观全国形势、指挥全国革命斗争的雄才大略，从而了解了这个急剧变化的年代的来龙去脉。在这个变化中，他们找到了重庆集中营的地位，也找到了自己的地位，使他们茅塞顿开，心胸豁然开朗，为自己曾经身历的狱中生活中长期以来许多百思不解的问题，找到了答案。"[①] 杨益言在回顾《红岩》创作历程时也提到这一点："1960 年夏天，罗广斌、杨益言赴北京听取有关部门对小说初稿的意见。其间，他们参观了中国革命历史博物馆。据杨老先生回忆，当时正在展出毛主席指挥解放战争时期的电报手

---

① 张羽：《我与〈红岩〉》，《新文学史料》1987 年第 4 期。

稿，他们仔细查看文中的每个字、每句话，有一种身临解放战争之中的感觉，仿佛真切感受到了战争的进程。罗广斌、杨益言突然觉得视野开阔起来，他们意识到，要把自己写的长篇小说放在解放战争的全局中，要敢放手描写那场瞬息万变、错综复杂的敌我斗争。"① 这里的要点在于作者必须要站在中国共产党和新中国革命正史的立场和高度去反映红岩英烈的故事，而不仅仅只是写个人记忆或者惊心动魄的历史真实。这才是《红岩》后来成为革命历史教科书的关键所在。此外，中共重庆市委、中国青年出版社，以及四川省文联等部门，还从不同方面为《红岩》的创作和出版做了大量工作。时任中共重庆市委组织部部长的肖泽宽在此前后通过各种努力为三位作者创造良好写作条件。中国青年出版社除了在 1958 年 10 月由社长朱语今等专程到重庆看望三位作者外，还鼓励他们完成好《禁锢的世界》（即《红岩》的前身）的创作，并向中共重庆市委汇报该重大选题，使该小说的创作得到时任中共重庆市委第一书记任白戈的支持。1961年 4 月，在长篇小说《红岩》修改即将结束的关键时刻，中国青年出版社又专门给中共重庆市委打报告，希望罗广斌、杨益言二人继续留在北京修改作品。四川文艺界颇有威望的老作家马识途和沙汀也给予《红岩》作者大量的帮助和支持。四川文联、重庆作协、重庆美协等方面也都从不同方面关心和帮助《红岩》的写作和修改。1961 年 7 月，长篇小说《红岩》的两位作者还专门给中国青年出版社编辑部写了一封信，汇报在重庆的情况。其中写到："7 月 7 日，我们来到重庆，向肖部长、高部长、宣传部汇报了工作。肖部长看了出版社和沙汀同志给他的信，很高兴，完全同意出版社和沙汀同志的安排，并且由肖部长向任白戈同志作了汇报。肖部长给我们作了以下的安排：（一）指定宣传部黄部长，宣传部文艺处王觉、冯旭、市党校余时亮、团市委廖伯康、组织部高部长等审阅，并于二十日左右提出意见；（二）汇集各方面意见以后，将主要问题向白戈同志汇报，请白戈同志掌个舵；（三）七月底前去成都，在沙汀同志的指导下进行修改（这是沙汀同志主动提出的）；（四）修改之后，可再次到北京，在出版社的指导下，最后定稿；（五）插图，应该也可以在重庆办

---

① 苏海萍（新华社记者）：《用笔再现"血与火"的历史——杨益言回顾〈红岩〉创作过程》，《新民晚报》2004 年 9 月 20 日。

到，已指示美协在八月底交稿。"① 所有这些表明，当时中共重庆市委及其有关部门对长篇小说《红岩》的创作给予了前所未有的重视和关心，可以说调动了一切可以调动的力量，克服了难以想象的困难，帮助作者取得了巨大成功，为中国当代国家文学的发展提供了值得重视的新鲜经验。但也正因为如此，作品中的地域文化特点开始发生转变，包括文学在内的所有文化均已纳入国家的统一规划和管理之中，原先的地域文学也因此成为行政区划意义上的区域文学。

二　略论区域文学的方法论问题

区域文学产生之后，地域文学的说法及其意义就需要另当别论了。与历史上的中国文学不同，中国当代文学自新中国诞生起就已经成为一种统一的社会主义国家文学，文学已经被纳入从中央到地方的管理体制。这给文学带来资源的保障，甚至造成某些文学史家所说的文学的繁荣。但体制化也给文学也带来了许多复杂的甚至尴尬的局面。区域文学现象就是其中一例。由于中国当代体制内文学的某些特殊原因，区域文学同其他文化要素一样，成了区域政绩的重要组成部分。各行政区文学成就的攀比成为类似 GDP 数据一样的指标。这种指标又集中到茅盾文学奖、鲁迅文学奖、少数民族文学奖、中宣部"五个一工程奖"等几个有全国影响的文学大奖上面。文学作为文化建设的重要内容，成为各区域发展的政绩工程。这里有一份重庆市作家协会负责人关于重庆文学存在不足的认识材料，可以帮助我们从一个侧面认识区域文学。其中说道：

> 纵向比较，我们有所进步，但横向比较，我们差距甚大，特别是用科学发展观和"314"的总要求相对照，我们有五个方面差距明显：
>
> 一是作家队伍差距明显。中国作协会员共有 8000 余人，我市仅有 110 人，占比 1.3%；北京、上海的中国作协会员均在 1000 人以上，我市仅占其 10%；四川、陕西、江苏、浙江等有中国作协会员 300—500 人不等，我市仅为其 20%—30%。

① 转引自张羽《我与〈红岩〉》，《新文学史料》1987 年第 4 期。

二是作品质量差距明显。我市重量级作家和重点作品不多，茅盾文学奖，我市望尘莫及；鲁迅文学奖，从来无人问津。全国少数民族文学创作"骏马奖"，已两届不见重庆身影；全国优秀儿童文学奖，累累与重庆擦肩而过。

三是社会影响差距明显。在重庆市民中，很多人不知道重庆作协和重庆文学院是何单位，不知道《红岩》和《重庆文学》是何刊物，数不出多少有重大影响的大作家、大诗人、大作品。重庆文学和作协工作的影响力可见一斑。

四是服务创作差距明显。"一圈两翼"为基层服务，为作家服务，具有工作不到位、情感不到位、政策不到位的情况，缺乏服务作家和服务基层的意识，缺乏应有的吸引力和凝聚力。

五是机构编制差距明显。全国作协实行独立建制的现有 15 个省市，机关内设处室一般 5—6 个，重庆只有 3 个；机关编制差距更大，广东 67 人、浙江 35 人、辽宁 31 人、四川 30 人，25—30 人的有上海、湖北、山西、江苏等省，20—24 人的有山东、吉林、陕西、天津、河北、黑龙江等省，而我市仅有 15 人；事业单位编制差距也十分明显，15 个省市作协下属的事业单位，编制最多的达到 80 余人，编制最少的也是 30 人以上，而我市仅有 15 个事业编制。

其实类似的材料在各省都有，涉及的问题都与文学有关，但更多涉及的却是行政资源以及相应的评价体系。文学中的地域文化特点在很多时候似乎仅仅成为区域文学的一个话题甚至一个面具。作家、评论家以及文学的领导者们更加关注的其实是自己所属行政辖区的文学"这件事"，常常无暇去认识何为真正的文学。当然，任何时代的文学都会受到特定时代的限制，但真正的文学又总是能够以自己的方式突破时代的限制而抵达人性的深处，深刻展示时代的风貌，塑造出丰满的人物形象。但从地域文学到区域文学毕竟深刻反映了中国当代文学发展的历史文化特点，也为我们重新认识和研究文学提出了新的课题，包括本文提出的重新认识区域文学研究方法论问题。

如前所述，地域文学是一种因地理及历史文化等原因自然形成的具有地方文化特色的文学，如所谓巴蜀文学、齐鲁文学、秦晋文学等。对于地域文学的研究，在方法上最重要的一点，就是要能够有效揭示地域文学的历史文化特征。以巴蜀文学为例，巴蜀文学在传统意义上是一种典型的地域文学，巴蜀文学的特点除了表现在作家生长生活于巴蜀之地以外，最重要的是作品所展示的巴蜀文化风貌和所表现的巴蜀文化精神。因此，传统巴蜀文学的研究方法相应地表现为三个方面：一是研究考订巴蜀作家的生平著述及文学活动，为巴蜀文学的审美评价提供可靠的史料基础，如何易展《唐代巴蜀文人仲子陵生平考述》（《西华大学学报》2006 年第 6 期），罗国威《两汉巴蜀文学系年要录》（上、下）（《西华大学学报》2011 年第 3 期、第 4 期），等；二是研究巴蜀作家作品所展示的巴蜀文化风貌及其文学的和文化的意义。这方面成果很多，代表作有李怡《现代四川文学的巴蜀文化阐释》（湖南教育出版社，1995 年），李凯《司马相如与巴蜀文学范式》（《四川师范大学学报》2005 年第 3 期），李大明《巴蜀文学与文化研究》（商务印书馆，2005 年），杨义《中国文学地理中的巴蜀因素》（《重庆师范大学学报》2010 年第 2 期），李天道《巴蜀文学奇特、虚幻的审美精神及其思想渊源》（《天府新论》2010 年第 6 期）等；三是研究巴蜀文学的历史发展，代表作有邓经武《20 世纪巴蜀文学》（电子科技大学出版社，1999 年），谭兴国《巴蜀文学史稿》（四川人民出版社，2001 年），房锐《晚唐五代巴蜀文学论稿》（巴蜀书社，2005 年），祝尚书《宋代巴蜀文学通论》（巴蜀书社，2005 年）等。上述三个方面不仅展示了作为地域文学的巴蜀文学研究的基本方法和主要成果，而且在深层次上表现出地域文学的主体意识以及人地之间的一种可以预期的和谐关系。这其实是地域文学赖以成立的一个十分重要的前提条件。

　　然而，现代以来民族国家兴起之后作为区域文学的巴蜀文学就没有这么幸运了。且不说地域文学的主体性因为大一统国家的需要而变得模糊起来，更重要的是，在全球化经济背景和文化语境下，人地关系已经不再具有必然的和谐的关系。这使得地域文学的思想方法可能不再具有有效性。因此，研究区域文学一方面仍然会注意到原来的人地关系模式，如李怡所说的巴蜀文学中的所谓"洄水沱"现象，以及鸦片、茶馆、川味等巴蜀元素与巴蜀文学之间的某种必然关系。但这些因地理阻隔而滋生的文化现象在现代民族国家兴起后逐渐趋于消失，代之而起的是一些在全国各地（甚至世界各地）都能够见到的同样的世相。文学家也因此会更加注重人为的因素和某些共同的东西，比如共同的生活习惯（车间流水线、办公室、汽车、地铁等）、共同的口味（麦当劳快餐、哈根达斯冰激凌）、共同的服饰（西装、比基尼泳装、LV 提包）、共同的审美趣味（好莱坞大片、快餐文化等）。

同时，区域文学研究还不得不重新审视文学的评价尺度。过去的地域文学是一种自然的文学，作家对人地关系的想象以及读者被本土文化培养起来的文学趣味就是文学评价的标准。现在这一切都被统一的市场需要所取代。更为关键的是，国家为文学提供了资源，并且把自然的文学改造成为体制下的文学，建立起相当完备而复杂的文学管理体制和运行模式，包括从全国文代会，到各级党委宣传部，以及文联和作家协会。所有这些都会对文学提出需要，它们之间构成一种复杂的合力关系，推动文学形成某种虽然具有一定模糊性，却又具有明确方向性的文学尺度。身在四川或是重庆的作家和文学评论家有时会得到他们各自省市文学管理部门的关心和帮助，但这种关心和帮助有时则会或明或暗地影响作家的创作追求和评论家的评价标准，就像前面谈到的长篇小说《红岩》。这就是区域文学，以及区域文学研究不得不采用的研究方法。这种区域文学的研究方法究竟应该是一种什么方法，我们目前还缺乏深入的了解。但我认为有一点值得特别注意，那就是如果说地域文学研究是建立在文学中人地关系的和谐互动基础之上的话，区域文学的研究方法则应该特别重视文学与区域之间某种从属关系。这是一种文学与国家之间的特殊关系，也是有待深入认识和把握好的文学与社会之间的新型关系。在中国当代社会这样一个代际交织的历史时期，人地之间和谐互动的自然地理关系正在迅速消退，各级行政区域中党委政府对于文学大包大揽的呵护和管理造就了今日的中国文学。它们既是统一的国家文学，又是各自为政的区域文学。它们已经创造了非凡的文学业绩，却又可能把当代文学引向不知所终的去处。这可能是区域文学研究不得不正视的一个重大问题。

作者单位：重庆师范大学区域文化与文学研究中心

论区域文化与区域文学

郝明工

何谓区域文化？何谓区域文学？从目前已经出现的有关研究成果与当前的研究现状来看，无论是对区域分化中的文化现象，还是对区域分化中的文学现象，在相关的研究论著之中，通常更多的是从政治性的意识形态与行政区划这两个层面上来加以确认的，致使对它们的学理把握呈现出某种学术偏执，由此而来，民族国家内出现的区域文化与区域文学，也就常常被限制在所谓的地域文化与地域文学的单一层面上。导致如此学理偏执的一个直接原因，主要是没有能够从学理上区分大文化与小文化之间的概念差异。显然，这就需要从基本概念出发，来进行有关区域文化与区域文学的中国讨论。尽管这一讨论无疑是具有尝试性的学理探讨，但是，这一学理探讨同时更是具有开拓性的学术尝试，因而必须以大文化为基点，去试图建构具有普适性的区域文化与区域文学理论体系。

在这里，大文化是相对于小文化而言的，大文化即广义上的文化，而小文化即狭义上的文化，因而进行大文化与小文化之分，实际上也就是要求对于人类文化进行整体认识。原因在于，文化生成于人类生活方式的历时性变迁与共时性演变之中，从人类生活方式在历史与现实的互动发展来看，包括物质生活方式、群体生活方式、精神生活方式在内的人类生活方式，是逐渐形成并不断扩展其整体性的。在这样的前提下，文化也就成为对于人类生活方式整体样态的术语式指称，由此更进一步，大文化所指称的正是人类生活方式这一广义上的文化，而小文化所指称则是人类精神生活方式这一狭义上的文化，不仅大文化包容了小文化，而且小文化也成为大文化的深层构成，从而显现出大文化与小文化之间的整体性关系：大文化具有涵盖小文化的总体性，而小文化则体现出大文化的层次性。

事实上，早在19世纪中叶发表的《共产党宣言》中，就已经出现了这样的社会学意义上的大文化观，展示了大文化的三个层面，并且推进了有关经济基础，上层建筑、意识形态的理论性思考。① 这就在实际上对经济、政治鼎足而立的狭义文化进行了理论区分。不过，还应该看到的是，由于忽视了这一大文化观提出的历史语境，也导致了将文化仅仅限定在意识形态领域这一庸俗社会学的政治误认。

在 20 世纪初，梁启超从中国文化现代转型的角度出发，较早提及文化的三分，认为文化可以分为器物层、制度层、心理层三个层面。② 从这样的大文化观出发，进一步可以看到的是，在文化的层次三分之中，文化的每个层面上都呈现出两极化的构成向度：在器物层面上，呈现出生存方式与生产模式的两极区间，其间包容了从生活形态到生产方式的诸多变体，具有着不同民族的具体文化样态；在制度层面上，呈现出群体规范与社会体制的两极区间，其间包容了从习俗体系到权力结构的诸多变体，具有着不同民族的具体文化样态；在心理层面上，呈现出国民心态与主流意识的两极区间，其间包容了从族群记忆到世界观念的诸多变体，具有着不同民族的具体文化样态。

这样，丹纳在《艺术哲学》中从美学的角度，在提出有关文化与文学发展的种族、环境、时代的三原则同时所进行的相关讨论，③ 将会给我们这样的启示：从文化的器物层面到心理层面，具有着界于生存环境与族群素质之间的文化内涵，并且这一文化内涵空间的与日俱化，与时代的更迭是密不可分的，从而揭示出文化发展的横向性与纵向性，表明文化发展的整体性需要。由此而促成了必须立足于大文化观来认识人类文化发展的整体性，不仅在世界范围内是如此，在一国疆域内也是如此。

一

如果从大文化观的角度来看，区域文化只能是民族国家之内文化发展过程中出现的特殊现象。显而易见的是，区域文化也同样具有发展的整体性需要，只不过，区域文化在民族国家形成与发展的过程中，由于受到文化发展的横向性与纵向性的特定时空条件限制，因而促使区域文化的基本

---

① 《马克思恩格斯选集》第 1 卷，人民出版社 1972 年版，第 252—270 页。
② 梁启超：《五十年中国进化概论》（1922 年 4 月），抱一编：《最后之五十年》，申报馆 1923 年版。
③ ［法］丹纳：《艺术哲学》，傅雷译，人民文学出版社 1980 年版，第 336—358 页。

构成要素出现了历史性的构成二分，即地域文化与地方文化。与此同时，地域文化与地方文化又可以进行二分，地域文化具有着意识文化与地区文化的两重性构成，而地方文化则具有着地缘文化与民族文化的两重性构成。

区域文化之中的地域文化，作为促成区域性文化现象得以发生的构成要素，首先，表现为意识文化，即区域文化的意识形态主流，其功能就是对区域文化进行意识调控，具有着文化心理层中的主流意识与制度层中的社会体制这两者相融合的文化内涵，意识调控总是以政策性手段来进行的。其次，表现为地区文化，即区域文化的政治行政区划，其功能就是对区域文化实施行政调控，具有着文化制度层中的社会体制与器物层中的生产模式这两者相融合的文化内涵，行政调控一般是通过体制性手段来推行的。最后，在意识文化与地区文化之间，不仅文化内涵以社会体制为中心进行互动与互补，而且文化调控的政策性手段与体制性手段是在满足政治需要的前提下达成一致的，这就赋予地域文化以体制性的政治色彩。

区域文化之中的地方文化，作为导致区域性文化现象赖以出现的构成要素，首先显现为地缘文化，即区域文化的人文地理环境，其功能就是为区域文化提供资源支撑，具有器物层中的生存方式、制度层中的群体规范和心理层中的国民心态三者相融合的文化内涵，资源支撑通常是以地理边际为条件的。其次显现为民族文化，即区域文化的民族归属区分，其功能就是对区域文化提供生活导向，具有器物层中的生活形态、制度层中的习俗体系、心理层中的族群记忆，这三者相融合的文化内涵，生活导向通常是以民族归属为条件的。最后，在地缘文化与民族文化之间，不仅文化内涵将会出现相互融通甚至重合，而且文化提供的地理条件与民族条件是在满足生存需要的基础上交融为一体的，这就给予地方文化以实存性的民俗风貌。

于是，区域文化拥有了意识文化、地区文化、地缘文化、民族文化这四大基本构成要素，而区域文化的二分，不仅体现出民族国家的形成过程中区域文化的历史性发展，而且体现出民族国家的发展过程中区域文化的总体性发展。与此同时，无论是包容着意识文化与地区文化的地域文化，还是包容着地缘文化与民族文化的地方文化，已经成为区域文化的两大中介性构成要素，并且在特定的历史条件下进行两者之间的互动，从而在区域文化之间形成从意识形态主流到民族归属区分这样的多重性文化联系。

只有在这样的认识前提之下，才有可能在此对区域文化进行第一次基于区域文化构成的描述性界定——区域文化是拥有意识文化、地区文化、地缘文化、民族文化四大基本构成要素，并且以地域文化与地方文化为中介形式的一种文化现象。

显然，如果进行区域文化的历史考察，就会看到区域文化作为文化现象，在人类历史进程中具有着特定的时空规定性，也就是说，区域文化只能发生在特定的时期之内，并且只能出现在特定的环境之中。也就是说，在区域文化的基本构成要素中，地域文化与特定的时期直接相关，因而表现出地域文化的时期性与波动性；而地方文化与特定的环境直接相关，因而表现出地方文化的持久性与累积性。

所谓地域文化的时期性与波动性，主要是指由于社会体制在一定时期内的变动，所导致的意识文化与地区文化之间的体制性一致的形成与消解，从而促成了区域文化的形成与解体围绕着社会体制的变动而波动。地域文化的时期性与波动性特征，也就体现到了意识文化特征与地区文化特征之中。

具体地说，首先，就是意识文化的意识形态主导性，在文化意识多元构成的基础上强化政治思想与政治体制的一致性，以进行意识形态的政策调控；其次，也就是地区文化的行政区划限定性，在地区划分历史延续的前提下增进经济需要与行政体制的一致性，以进行行政区划的体制调控。如果说意识文化的意识形态主导性更多地体现出地域文化的时期性，那么，地区文化的行政区划的限定性则更多地体现出地域文化的波动性。

所谓地方文化的长久性与累积性，主要是指由于群体生活在一定环境中的持续，所形成的地缘文化与民族文化之间的实存性交融，一方面是文化交融过程是一个持续不断的较为长久的历史过程，特定的地理条件为其提供了环境保障；另一方面是文化交融过程同时也是文化内涵不断丰厚起来的逐渐累积的现实过程，特定的民族条件为其提供了生活保障。地方文化的长久性与累积性特征，也就体现到了地缘文化特征与民族文化特征中。

具体而言，首先就是地缘文化的人文地理稳定性，在地理条件的限制下，生存环境、群体规范、国民素质经过长期演变而密不可分，奠定了提供资源支撑的人文基础；其次是民族文化的民族归属独特性，在民族条件的限制下，生活风貌、习俗构成、族群原型经过逐渐演进而浑然一体，赋予了提供生活导向的民族特征。事实上，无论是地缘文化的人文地理稳定性，还是民族文化的民族归属独特性，对于如何体现出地方文化的长久性与累积性来说，尽管各有侧重，但是，任何时候都离不开两者之间的相辅相成的融通，特别是在两者出现重合的情况下，更是如此。

必须看到的是，区域文化的意识形态主导性、行政区划限定性、人文地理稳定性、民族归属独特性，只有在某一民族国家之内才能够得到完整的体现。这不仅因为不同民族国家之间，一般不会出现类似地域文化的时期性与波动性的文化发展特征；而且也因为类似地方文化的长久性与累积性的文化发展，在不同民族国家之间，一定会出现历史性的差异。这实际上也就意味着，在民族国家之内，区域文化的存在是相对而言的：首先是区域文化之间具有文化上的内在联系；其次是区域文化有可能成为民族国家文化发展的典范。这样，对于区域文化势必进行基于区域文化特征的描述性界定——区域文化是民族国家之内在特定时期与环境中存在着的，具有着意识形态主导性、行政区划限定性、人文地理稳定性、民族归属独特性这四大特征的一种文化现象。

最后，我们关于区域文化的初步界定是：某一民族国家之内在特定时期与环境中存在着的，拥有意识文化、地区文化、地缘文化、民族文化四大基本构成要素，并且具有着意识形态主导性、行政区划限定性、人文地理稳定性、民族归属独特性这四大特征的一种文化现象。

二

当然，如果说对区域文化进行的认识需要基于大文化观，那么，对区域文学的把握则需要基于大文学观，以突破局限于书面化的纯文学这一小文学观的限制，从而使文学与文化之间的文本联系能够得到一种以历史为基础的审美阐释。这不仅是因为区域文学是对于区域文化的形象表征，而且更是因为区域文学对于区域文化的形象表征具有文学与文化的双重内涵。在这个意义上，可以对区域文学现象的出现进行如下初步描述：在以区域文化为对象的文学审美过程中，以区域文化的现实存在为基础，通过区域文学的发生而成为区域文化的一个组成部分，在促成区域文化发展的同时推进区域文学的自身发展。

从区域文学的文本存在来看，实际上拥有两大文本系统：口头语言文本与书面语言文本，两者的代表分别是：前者主要是由民间采风而来的文本，是关于集体创作的口头流传文本的文字记录；后者主要是由专人写作的文本，是个人创作的书面传播文本的文学书写。这两大系统的文本的写作，不仅呈现出由集体创作开始向个人创作转换的趋势，而且也相应地表现出由民间流传开始向大众传播转换的倾向。更为重要的是，从区域文学的文本构成来看，存在纵横两个蕴含向度：横向的蕴含向度表现为对于区域文化从睿智的哲思到激情的迷狂的包含，而纵向的蕴含向度则呈现为对于区域文化从现实的观照到历史的追溯的包蕴。这样，区域文学对于区域文化进行的文本表达之中，已经促使地域文学的产生与地方文学的出现之间，形成了趋向一致的可能性，最终成为区域文学的存在现实。

区域文学中地域文学与地方文学二分，与区域文化中地域文化与地方文化二分相对应，从一个侧面表明了区域文化与区域文学之间多重构成在内涵上的对应关系。因此，在地域文学与地区文学之间，将表现出不同的文本特征。首先，地域文学的文本存在具有两大系统，并以书面文本为主；而地域文学的文本构成以地域文化为对象，并以横向的蕴含向度为主，因而无论是从文本的写作到文本的传播，还是从文本的对象到文本的蕴含，都将受到意识调控与行政调控的约束。其次，地方文学的文本存在也具有两大系统，且口头文本与书面文本并重；而地方文学的文本构成以地方文化为对象，并以纵向的蕴含向度为主，因而无论是从文本的写作到文本的传播，还是从文本的对象与文本的蕴含，都将受到人文基础与民族特征的种种影响。所以，从文学审美的角度来看，地域文学与地方文学之间，两者的审美自由度，由于外来的地域文化干预与内在的地方文化局限，会导致两者之间出现实质性差异。

这一差异源自地域文学与地方文学的文化内涵的不同，从而体现出地域文化与地方文化之间的基本构成差异。这实际上也就意味着地域文学与地方文学同样具备着文化内涵的二分。就地域文学而言，具备了意识文化导向与地区文化限度的文化内涵二分：意识文化导向是意识文化现实追求的文学表现，而地区文化限度是地区文化辖区边际的文学表现，从而表现为从政治意向到行政体制对于地域文学的可能限制。就地方文学而言，具备了地缘文化特性与民族文化底蕴的文化内涵二分：地缘文化特性是地缘文化历史发展的文学表现，而民族文化底蕴是民族文化传统延续的文学表现，从而表现为从风土人情到风俗习惯对地方文学的潜在制约。

这样，区域文学的文化内涵分为意识文化导向、地区文化限度、地缘文化特性、民族文化底蕴的不同层次。根据这些文化内涵不同层次在区域文化与区域文学兴衰过程之中展示出来的历史稳定性，这四者之间形成了从表层到深层的层次构架，也就是意识文化导向是区域文学最表层的文化内涵，而后由地区文化限度到地缘文化特性逐层深入，直到民族文化底蕴的最深层，表现出从变动不居到稳固更新的层次特征，并且显现出层层递进的可能相关，从而形成了区域文学中地域文学与地方文学之间的文化内涵层次区分。

由此可见，从地域文学到地方文学，由于存在着两者之间在文化内涵上的层次差异，不仅会继续保持着地域文化与地方文化的特征性影响，而且将独自表现出地域文学与地方文学的可能性发展，从而使地域文学与地方文学能够通过文化内涵的互动与互补，在地方文学的历史基础上与地域文学的现实发展相融合，实现两者之间在文化内涵上的兼容并包，从而形成具有体制性政治色彩和实存性民俗风貌两大基本特点的区域文学。至此，可以对区域文学进行第一次描述性的界定：所谓区域文学，就是以区域文化为审美对象，拥有意识文化导向、地区文化限度、地缘文化特性、民族文化底蕴这四大文化内涵的文学现象。

正是由于在区域文化与区域文学之间，始终保持着在文化内涵上的有机构成关联，因而在区域文化的主要特征与区域文学的一般特点之间，形成了内在的互动对应。具体而言，一方面是地域文化的时期性与波动性特征，将直接表现为地域文学的地域变动性，不仅地域文学的性质随着意识文化导向的转变而转变，而且地域文学的边际随着地区文化限度的调整而调整，因而使之成为区域文学是否出现的一个决定性因素。而另一方面就是地方文化的长久性与累积性特征，将间接体现为地方文学的地方永久性，在地方文学的人文资源为地缘文化特性所固定的同时，地方文学的语言表达也为民族文化底蕴所决定，因而使之成为区域文学能否存在的一个根本性因素。这样，地域文学与地方文学之间便从不同文化内涵层次上，展示出区域文学一般特点的基本内容，也就是地域文学以地方文学为历史根基，而地方文学以地域文学为现实样态。

地域文学的地域变动性，从文化内涵的角度来看，一方面直接表现为意识调控的可能性，即通过文学政策的制定，来进行调控以确定区域文学发展的可能限度；另一方面直接表现为行政调控的有效性，即通过行政区划的调整，来进行调控以确认区域文学发展的有效空间。无论是文学政策的制定，还是行政区划的调整，都具有着政治性的基本内容，表现为体制性的政治运作所产生的社会制约作用。在这样的意义上，可以说地域文学是一种政治性的区域文学现象，因而从地域文学到区域文学的现象性存在，实质上也就取决于民族国家在特定时期内文化发展的政治性需要。

地方文学的地方永久性，从文化内涵的角度来看，一方面间接体现为人文基础的历史性，即进行人文地理开拓，来提供必要的人文资源根基以促进区域文学的形成；另一方面间接体现为民族特征的体系性，即进行民族语言发展，来提供必要的语言表达符号以推动区域文学的出现。从人文资源根基到语言表达符号，都具有着地方性的基本内容，表现为人文性的语言运用所产生的群体影响作用。在这个意义上，可以说地方文学是一种民俗性的区域文学现象，因而从地方文学到区域文学的现象性存在，实质上取决于民族国家在特定环境下文化发展的民俗性表达。

由此可见，区域文学的一般特点具有着地域变动性与地方永久性这两方面的基本内容，具体化为意识调控的可能性、行政调控的可行性、人文基础的历史性、民族语言的体系性，进而形成了有关区域文学的一般特点，从政治性需要到地方性表达这样的文化内涵层次的两极区分，由此而赋予了区域文学以政治性与民俗性这样的文化存在关系标志。一旦区域文学在全国范围内成为从政治性需要到民俗性表达的文学典范，区域文学也就具有了全国代表性。

不过，区域文学的全国代表性，与区域文学的存在一样，同样也是在民族国家的特定历史时期呈现出来的，并且往往比区域文学的自身存在时间上更为短暂。这首先意味着区域文学的全国代表性，会发生从一个区域到另一个区域的文学转移。其次也意味着区域文学能否具有全国代表性，较之区域文学自身存在而言，仅仅是一个可能之中的可能。

正是基于这样的认识，我们就可以对区域文学进行描述性的再次界定：所谓区域文学，就是民族国家中以区域文化为审美对象，拥有意识文化导向、地区文化限度、地缘文化特性、民族文化底蕴这四大文化内涵，地域文学的政治性需要与地方文学的民俗性表达趋于一致的文学现象。

三

所以，无论是区域文化，还是区域文学，两者都不过是一个民族国家在特定历史时期与现实环境中存在着的区域性的文化与文学现象，因而从区域文化的存在到区域文学的存在，彼此之间表现出了从时间到空间的同一性。所以，区域文化与区域文学之间最基本的关系，就是区域文化与区域文学之间的存在关系。

这一存在关系，首先分别体现在区域文化与区域文学本身。从区域文化本身看，主要体现为地域文化与地方文化之间的存在可变性关系：如果没有地域文化的出现这一可变性因素，区域文化的形成就会失去现实的体制保障；反之，如果没有地方文化的产生这一不变性因素，区域文化的形成就会缺乏历史的资源保障，从而表明区域文化正是在地域文化的可变与地方文化的不变趋于一致的过程中形成的。从区域文学本身看，主要体现为地域文学与地方文学之间的发展延续性关系：如果没有地域文学的出现这一阶段性因素，区域文学的形成就会失落现实的发展样态；反之，如果没有地方文学的产生这一持续性因素，区域文学的形成就会缺少历史的发展根基，从而表明区域文学正是在地域文学的阶段性发展与地方文学的持续性发展相一致的过程中形成的。

这一存在关系，其次集中表现在区域文化与区域文学之间。从地域文化与地域文学之间看，主要表现为两者之间在存在时间上的同一性关系，无论是地域文化，还是地域文学，都只能在特定时期里出现，或者是地域文学随着地域文化出现，或者是地域文学的出现成为地域文化出现的先导。从地方文化与地方文学之间看，主要表现为两者之间在存在上的空间同一性关系，无论是地方文化，还是地方文学，都只能在特定环境中产生，地方文化有可能直接促成地方文学的发展，而地方文学则有可能间接促进地方文化的发展。

正是因为如此，从区域文化与区域文学之间的存在关系看，事实上，区域文化与区域文学也就可以分为可变/时间性层面和延续/空间性层面这样的两个存在层面。可变/时间性层面是地域性的文化与文学，是区域文化与区域文学中的时期性生成物，因而成为区域文化与区域文学的存在表层；延续/空间性层面是地方性的文化与文学，是区域文化与区域文学中的长期性存在物，因而成为区域文化与区域文学的存在深层。尽管两个层面能否浑然一体，取决于民族国家的社会发展，特别是这一发展在特定时期与特定环境的制约，但是，民族国家社会发展水平在从古至今的发展过程中的差异性，也不能不影响到区域文化与区域文学的形成，呈现出从古代到当代的变化。具体而言，也就是区域文学与区域文化在存在的时间长度上趋于长，特别是在存在的空间范围上趋于广。更为重要的是，人类社会由传统向现代的文化转型，促使古今之差的时间性转化为传统与现代的时代性差异，民族国家在现代发展过程之中，区域文化与区域文学的形成有了更大的可能性。

无论是民族国家的形成，还是民族国家的发展，都经历了漫长的历史过程，在这一历史过程中，民族国家出现分裂与统一的不同阶段，进而呈现出从分裂到统一的历史趋势，从而为区域文化与文学的形成提供了必不可少的历史条件，具体而言，也就是特定的历史时期与特定的历史环境。与此同时，区域文化与文学形成的历史条件，也规定着区域文化与文学的基本类型及其从历史到现实的可能演变。

更为重要的是，民族国家发展过程中历史条件的变动，影响着区域文化与文学类型的分化，促使区域文化与文学在基本类型的基点上生成形形色色的具体类型，由此而进行概括，可以将区域文化与文学分为两大可能类型：一大类型与基本类型大致相符，可称为区域文化与区域文学的主型；另一大类型与基本类型大体相关，可称为区域文化与区域文学的亚型。对区域文化与区域文学进行类型上的区分，不仅有助于对区域文化与区域文学进行历史考察与现实把握，而且有利于对区域文化与区域文学进行学术探讨与理论建构。

这是因为区域文化与区域文学的类型区分，主要与从区域文化到区域文学对于区域这一概念的理论认识存在着密切的关系。在通常有关区域概念的认识过程中，会出现狭化的两极性误认。关于区域的最基本的"现代汉语"界定是："地区范围"，因而在实际上排除了"地缘边际"这一应有之义，直接导致了区域文化与区域文学在概念上与地域文化，地域文学的混淆，特别是还出现了将地区文化与地区文学的关系以行政区划为边界的理论性（误区）。

然而，随着将"地缘边际"纳入区域一词的概念之中，其概念的外延与内涵有所扩大，又出现了将地方文化与地方文学误判为区域文化与区域文学的学理性混淆。这样，对于区域一词的从地域到地方的两极性误认，也就发生了在对区域文化与区域文学进行确认时的狭化倾向，从而直接影响到区域文化与文学的类型划分。因此，有必要对区域一词进行概念界定，即区域包含着从"地区范围"到"地缘边际"这样的外延与内涵，由此而进行区域文化与区域文学的主型与亚型的明确区分。

所谓区域文化与区域文学的主型，就是在地域文化与地域文学同地方文化与地方文学相一致的基础上，能够整体性地体现出区域文化与区域文学之间从存在到构成、从影响到互补的多重关系。具体而言，就是区域文化与区域文学的主型将达到区域文化与文学之间的四个同一：意识形态的主导性与意识调控的可能性，行政区划的限定性与行政调控的可行性，人文地理的稳定性与人文基础的历史性，民族归属的独立性与民族语言的体系性。更为重要的是，区域文化与文学之间的四个同一，将分别以地域文化与地域文学、地方文化与地方文学为中介进行整合，从而成为具有整一性的区域文化与区域文学的主型。

所谓区域文化与区域文学的亚型，就是在地域文化与地域文学同地方文化与地方文学相分离的前提下，没有能够完整地表现出区域文化与区域文学之间的关系。实际上，区域文化与区域文学的亚型是区域概念狭化的产物，分别与地域文化与地域文学、地方文化与地方文学直接相关，并且形成了趋于地域性或地方性的极端现象。就一个民族国家范围而言，可分为这样的两极：单一的以"地区范围"为行政边界的地域文化与地域文学，和单纯的以"地缘边际"为地理限定的地方文化与地方文学。

此外，较之对于民族国家内的区域文化与文学进行类型确认的狭化，还出现了对于区域文化与文学进行类型确认的泛化，不仅将区域文化与区域文学现象的发生推向了民族国家之外的世界各大洲之内，甚至还推到了洲际之间。或者是现代意义上的具有阵营性质的政治性文化与文学现象，也许最为时髦的就是所谓"第某世界文化与文学"；或者是传统意义上的符码性质的地缘性文化与文学，可能引起追忆的就是所谓的"某某文化圈文化与文学"。显而易见的是，对于区域文化与区域文学进行类型确认的泛化，实际上是另一种意义上的狭化。更为重要的是，这样的类型确认的泛化，已经超出了有关区域文化与区域文学的理论界线。

如果不是过于执着区域文化与区域文学进行类型确认的狭化及泛化，那么，我们所能够看到的就是：在区域文化与区域文学的主型与亚型之间，实际上存在着两者相互转化的可能性，即介于区域文化与区域文学的主型与亚型之间的兼类现象，同时具有地域文化与地域文学、地方文化与地方文学中的某些层面，这样的区域文化与区域文学兼类，既有可能从区域文化与区域文学的亚型转变为区域文化与区域文学的主型，即从地域文化与地域文学或地方文化与地方文学，向着区域文化与区域文学的方向转变；也有可能从区域文化与区域文学的主型退化为区域文化与区域文学的亚型，即从区域文化与区域文学向着地域文化与地域文学或地方文化与地方文学的方向退化。这一区域文化与区域文学的主型与亚型之间的转化可能性，将主要取决于民族国家发展过程中的阶段性历史条件。

所以，即使是在以"全球化"为标志的人类文化发展的新浪潮中，所谓"全球化"有可能是一个促成区域文化与文学现象存在或消退、出现或消失的，与民族国家社会发展的阶段性历史条件相关的重要因素，然而，绝非一个具有决定意义的现实因素。在这样的意义上，有关区域文化与区域文学的个人思考，或许能够在对现行研究范式发起质疑的同时，成为促进新的研究范式建构的一次小小尝试。事实上，也许只有在承认理论的有效性是基于理论的有限性这一认识逻辑的前提之下，认可区域文化与区域文学是某个民族国家内出现的文化与文学发展的阶段性现象，由此而进行有关区域文化与区域文学及其类型确认的学理探讨，才有可能使之成为一种有效的理论阐释方法，也才有可能促成对区域文化与区域文学理论体系性建构的较为普遍的学术探讨。

作者单位：重庆师范大学文学院

区域、空间与文学史研究

李　怡

如同"进化论"是推动现代中国思想文化发展的重要动力一样，中国现当代文学研究也一直在"不甘落后"、"迎头赶上"的焦虑中发展自己。能够抓住"时代发展的需要"完善自己，曾经是文学史研究的主要着力点，这样的学术框架可以被概括为一种对"时间意义"的挖掘。

文学史通常被我们置放在运动变化的逻辑上来加以梳理，这就是所谓"时间意义"，新时期以来人们对中国现当代文学史的处理，都不断在这一向度上来讨论问题："二十世纪中国文学"概念的提出当然是为了反拨文学对于政治的依附，但问题的着眼点却是"时间"，通过前移与后挪，政治关键点的价值就从文学视野中淡出了；海外（美国）汉学形成了对中国现代文学"五四起源观"的挑战，双方争议的焦点也集中于究竟"五四"还是"晚清"可以成为历史的起点；严家炎先生最新的《二十世纪中国文学史》论著，其亮点之一就是将现代文学的起点前移至陈季同发表《黄衫客传奇》；苏州大学更有继续前移，纳晚明入"现代"的设想。

除了"起点"之争，经常需要我们回答的还有"分期"问题，所谓中国现代文学"三十年"的经典分期已经深入人心，而当代文学则分割出了"十七年"、"文化大革命"、"新时期"、"九十年代"与"新世纪"等等。

但是，仅仅是"时间"，似乎并不能揭示文学史研究今天面对的许多问题。

例如，近年来学界关于"民国文学史"的讨论，这个概念的提出究竟可以为我们的研究贡献什么新的思路呢？有学者认为是辛亥革命至五四新文学运动"被人遗忘"的几年，那么，补充了这几年，文学史的价值是否就完整了呢？当然，也有学者进一步怀疑：文学史的时间起点是不是

27

一定与政治一致？这几年是否真的那么重要？

在笔者看来，可能根本问题还不在时间上的纠缠和讨论，重要的也不在遗忘或者补充几个年头。今天，应该特别重视文学史的另外一重意义——空间的意义。

强调文学史流变的时间意义，在于一种假设：文学史是随着时代的变迁而不断发生改变的，所谓"一个时代有一个时代的文学"，包含了某种比较简单的"进化论"思想，这里不是说文学与时代变迁无关，而是说真正的变化必须引入另外一个重要的视角——空间，20世纪里爱因斯坦和霍金等人的宇宙观恰恰给予了我们更为丰富的"相对"性的启示：没有绝对的时间，也没有绝对的空间，时间总是与空间联系在一起，不同的空间有不同的时间。

如此表述并不是玩文字的游戏，而是意味着一系列新的解释文学发展的思维框架。

第一，什么是中国文学的现代性。过去我们对"现代性"的认识是置放在整个世界文化与文学共同进程之中，辨析资本主义文化的东移，讨论西方文化的"中国化"过程，这里虽然包含了某种空间的意识，但整体的时间流动依然被看作根本动力。中国现代作家与外国文学（尤其是与西方文学）的关系被视作一系列新变的源头；但是，如果引进空间为基础的概念，可能情况就大为不同，这就是今天国外学术界也逐步讨论到的思维"世界现代性"或"多元现代性"，也就是说，所谓的现代经验完全可能在不同的空间、不同的区域发生。鲁迅的日本体验给了他新文学创作的重要启示，但李劼人却不是在留学法国以后才开始白话新文学创作的，时间甚至比鲁迅还要早，在成都这样中国本身的近代都市也可能诞生自己的现代文化的形态。在今天，考察李劼人的现代意识，肯定与鲁迅等其他作家并不完全一致。就像邓幺姑与祥林嫂，与繁漪根本不同一样。

第二，只有抓住了空间，才从根本上把握住了文学发展的细节。民国文学讨论中，曾经有学者担忧，民国从北洋政府、国民政府到苏维埃政府、边区政府，等等，如此不同，怎么便于"整合"在一起呢？其实，这种整合不同区域、不同空间才能写文学史的认识还是忽略了文学存在的根本——空间，依然将对共同的时间意义的寻找作为文学讨论的目标。其实，中国现代文学之所以如此丰富多彩，恰恰就是因为民国社会的特殊的空间破碎性给文学发展提供了不同的空间背景，北洋政府的文学空间场域与国民政府不同，延安文学与国统区文学不同，乃至重庆的大后方文学与昆明的大后方文学也大相径庭，七月派存在的中心——重庆与中国新诗派存在的中心——昆明与上海各自的空间意义也差异很大。

第三，空间意象往往是作家捕捉感受的基础，也是我们借以窥视作家精神世界的一把钥匙。但现在的问题是，我们总是喜欢强调作家的"时代意识"，而忽略了支持这些"时代意识"的具体的空间意识，这样一来，现代作家的独创性很可能因此被掩盖。例如，巴金的《家》一直被我们当作反叛封建家庭文化的表现，若仅仅是这样，家族文化就不只是巴金的感受和发现，甚至，也远远不及中国古典小说的巅峰之作——《红楼梦》。但是，问题在于，批判封建礼教、反思家族文化这些概念本身就是"时代的命题"，换句话说，也属于中国现代文学研究"时间意义"的主题，并没有完全揭示巴金的具体空间感受。回到巴金的空间意象，我们可以发现，这里不是在抽象地议论家族礼教，而是讲述成都"高公馆"的生存问题，而公馆，恰恰并不是简单的农业时代的封建庄园，而是近代城市文明发展的产物，公馆屹立于民国时期的城镇，建筑形态中西结合，生存方式亦新亦旧，高公馆不是封建官宦的贾府，也不是才子佳人会聚的大观园，而是特殊的中国式商业城镇的市民空间，在这个空间里，悲剧缘何产生，不是简单的"封建"二字可以完全解释的。当然，高公馆也不同于李劼人的郝公馆，这里涉及一个作家如何权衡"空间意象"与"时间意象"的关系，事实上，我们最早可以发现，越是具有强烈的空间意象的捕捉能力的作家，其独创性也越大。

总之，在经历了漫长的时间焦虑之后，中国现代文学研究应该进一步强化自身的"空间意识"，如果说，我们曾经以对"时间意义"的敏感拉动了文学史研究的发展，那么，对"空间意义"的关注则可能深化我们的历史认识，从这个角度上说，文学史研究的"空间"阶段已经到了，我们需要特别加以注意。

作者单位：北京师范大学文学院

文化区域化的前奏：当代文化的肉身化及其表征

——兼论身体对于当代文化的导引

贾　玮

法国当代现象学家梅洛－庞蒂对于"身体"的阐发成为当代思想最为重要的拐点，有学者已经指出："对人的肉身化存在的原初经验的激进描述对法国的后胡塞尔现象学做出了最原创和持久的贡献。"① 可以说，正是梅氏开启了对于身体问题的热烈关注，后来的福柯、德勒兹、罗蒂等其实都可视为这一理论的思想家。当然，由于理论旨趣的差异，"身体"在这些思想家的思考中，已经在相当程度上溢出了"身体图式"所辐射的范围，但是，毋庸置疑的是，他们对于身体的思考与论述进一步确立了"身体"已成为当代思想的这一事实。深入迅猛发展的当代审美文化的内里，我们同样可以发现，"身体"在其中联系东西、贯穿彼此，恰似枢纽，其瞩目与耀眼已无须多说。

从更为广阔的视阈而言，与"身体"在当代美学思想中的显赫地位相伴的正是当代美学、当代文化的"肉身化"趋势，有学者已经就此问题指出，在当代思想中，即"黑格尔之后的后期现代哲学中，意识哲学开始了其解体之旅，而'身体的造反'、'语言的扩张'和'他者的浮现'是推动这一进程的主要力量：它们以掏空和瓦解意识、精神、心智等概念为目标，并最终通向各种形式的唯物主义。这种情形在20世纪的英美科学主义传统和大陆人本主义传统中都获得了十分明显的体现。在分析哲学的科学之思中，意识哲学被各种形式的自然唯物主义所取代；而在大陆哲学的诗意之思中，意识哲学尤其让位于各种形式的文化唯物主义"。因此我们不难推断，身体的凸显正是当代思想趋于"各种形式的唯

---

① Moran. *Introduction to Phenomenology*, London and New York：Routledge，2000. p. 391.

物主义"的显性表现。①

特别是面对高举身体大旗、为所谓的"关注身体"、"身体写作"等极力鼓吹的当代审美文化，我们需要沉思的是：身体在当今审美领域如此这般的异军突起，是否真的是一条审美文化健康发展之途？这是否真的是对于身体、个体、人类的尊重？

一 当代文化的"肉身化"

（一）理论层面

在这一"唯物主义"的大潮中，当下的中国学界出现了众声喧哗、理论纷呈的壮观局面，这难免给人以眼花缭乱之感，原因自然是多方面、多层次的。我们可以从理论与实践的关系着眼，粗略概括之。

首先，我们暂且不论历史原因，② 就我们建构当代中国美学，或者说必须倚重的当代西方美学、文艺理论而言，这些理论本身就包含着多元性的展开向度，各个向度之间的相互交织、牵扯，几乎雷同于勾连着神话与现实的"米诺斯迷宫"，作为接受者，我们不得不从表面的某一或某几个向度着手，逐渐深入内里，因而在短时间内很难对此一目了然。

其次，当代审美文化的迅猛发展，似乎又与我们现有的美学、文艺理论形成了某种紧张关系，这就是理论滞后、疏远于当代审美文化所致的"阐释无效性"："中国当代文学批评的问题或危机"在于"对中国当代文学发展的新现实、新思潮、新特点有所疏离"，"对世界文学发展的新现实、新思潮、新特点有所隔膜"，而且"对信息时代的大众传媒文艺、网上文学等新鲜的文学形态和体制，关注甚少，研究更薄弱"。③ 更为棘手的是，20 世纪 90 年后，大众文化、传媒文化、消费文化等的蓬勃发展，使得当代审美文化明显呈现出重视觉、重图像等背弃文字的趋向，面对如

---

① 这段引文及对于这一问题的分析，请参见杨大春《意识哲学的终结与唯物主义的时代》，《学海》2007 年第 5 期。

② 历史原因诸如：从接受视野的角度而言，中国视角对于西方美学、文论思想有意无意的筛选，在一定程度上形成的遮蔽；西方思想的如何中国化及与中国古典文论美学的融会贯通等"焦虑意识"的不时出现，也都在不同角度、不同程度上牵扯着研究者的精力等问题。

③ 朱立元：《走自己的路——对于 21 世纪的中国文学批评建设问题的思考》，《文学评论》2000 年第 3 期。

此这般的现实，传统上主要以文学作为主要研究对象的美学、文艺学似乎就更显得捉襟见肘、无所适从。

现当代西方美学、文艺理论流派众多、观点杂陈，极容易让我们在这种纷繁复杂中产生迷惑理解。但是，活跃在当今美学、文艺理论界的代表人物与流派总体呈现出两个特点：一非理性主义：这首先来自于以叔本华、尼采为代表的非理性主义对理性主义哲学传统的反叛，进而又得益于弗洛伊德精神分析学派对人的潜意识和本能欲望的分析开掘，从而在揭穿"理性神话"的同时给予非理性以合法性；二反形而上学：这其实是非理性思潮最为重要也最为直白的理论追求。首先，现象学美学：胡塞尔对生活世界的强调、海德格尔对于"此在—在世"的阐发、梅氏的知觉研究；其次，后现代主义：德里达的解构主义，福柯的话语权力理论，巴塔耶、德勒兹、伽塔里等人的欲望生产与播撒理论；再次，西方马克思主义文化批判的力量；最后，女权主义—女性主义：将"男性"等同于"理性"，进而将此视为压迫之源，因此以"女性—感性"的联盟为基础，逐渐形成了性别（gender）理论。

从本体论层面上看，西方现代哲学就是一种非理性主义，这也意味着这些看似互不相关的人物与流派其实有着深层的一致，所谓的"反形而上学"事实上正是非理性主义的明确（需要强调的是，前文提到叔本华、尼采等人虽然旗帜鲜明地反对西方理性主义传统，但是，他们的哲学其实依然是一种形而上学，因为他们固守着二元对立的思维模式，所以与德里达、福柯等人有着根本的区别）。进一步来看，这些理论流派、思想家的理论在表述上虽然大相径庭，但是，本体论层面的一致还使他们有着共同的宗旨，即对于西方理性主义传统进行批判和超越（甚至走向了"反理性主义"），而西方理性主义传统中最为核心的正是海德格尔所概括指出的"形而上学"的思维方式，这也就是我们如此分类的依据所在：非理性主义是从较为笼统、宏观的意义上展开的反传统，"反形而上学"则是在更为具体的层面，特别针对传统思维方式展开的批判。

一致的目标，必然使得这些看似不同的思想产生交叉，身体，正是这种殊途同归的追求所形成的交叉点，也即牵一发而动全身的阿基米德点。

我们可以从上述分类谈起：西方现代哲学在本体论层面是一种非理性主义，这决定了西方现代哲学都视批判传统理性主义为己任，这种大的思想背景必然使传统上长期被理性苦苦压制的感性得以翻身，那么，感性之源——身体必然被特别关注。因此，可以说被我们归入"非理性主义"的尼采们的思考为"身体"的出场做足了铺垫；被我们归入"反形而上学"的诸流派、思想家则在此基础上进一步为"感性"—"非理性"的反弹极尽铺陈之能事，抽丝剥茧地使"身体"的重要性渐渐突出。

其次，正如前文所说，对于传统形而上学二元对立的批判与超越，其实也暴露出美学自身的最大困境——"身心二分"，因此，如何在美学上进一步超越二元对立的问题，非常尖锐地集中在如何解决"身心二分"的疑难，身体必然成为众矢之的。

再次，身体已然促成了当代美学、艺术理论与其他学科的成功联姻：例如，认知科学积极借鉴"身体现象学"对于身心二分的整合，进而实现了对于传统思路的扬弃，即心理学和生理学两个领域共同的现象学变革；吉登斯等人通过对于"身体"的阐发，使得现代性与个人身份的确认两个看似无关的领域发生了深刻的联系，而其对于身体的思考明显有着梅洛－庞蒂的痕迹。诸如这样不胜枚举的理论现象也表明身体可以作为我们由此及彼、触类旁通地理解其他相关学科的坚实基点。

（二）现实层面

海德格尔的提醒是深刻的：现代科技作为我们的基架，已经决定了现代人的处世方式，这甚至使得艺术的导向与追求也有了某种深刻的改变。"物质与精神的关系在当代技术与艺术中具有相反的走向。艺术针对模拟强调虚构物的物质性，技术则强调物质的精神方面。"[①] 我们的精神世界的主导力量正在易主，随之改变的将是一种新的结构：科技对于精神的追求迎合着一种新的实在论，例如网络使得我们正在体验一种新的空间。这种导向悄然去除了艺术原有的担当，艺术传统曾经自诩为精神世界的守护者，如今这种形象已经开始坍塌。

德国美学家韦尔施在《重构美学》一书中继承了康德的思路，对"审美愉悦"与"本能快感"进行了区分。与康德专注探究审美不同，韦尔施承认，在当今社会，"两层次之间的距离在一定程度上的接近，已是相当明显。从前，人们说到'审美'必有高远的需求要满足；在今天，

---

① ［德］彼得·科斯洛夫斯基：《后现代文化》，毛怡红译，中央编译出版社2011年版，第46页。

低层次的要求亦足以敷衍"，① 所谓"高层次"的愉悦自然指审美获得的满足感，即传统上对于审美及其体验的理解；相反"低层次"则是指本能方面的感官享受，所以有可能走向反审美状态。康德的提醒似乎是无力的，如今"审美"与"本能"的无间隙混同的状况几乎成为一种具有极大压迫性的坚固事实。想对两者进行区分似乎是徒劳的，而其他学者则试图证明这种分别其实也是无益的。

保罗·卡尔·费耶阿本德通过对科学的颠覆性批判，表明有一种后现代精神彻底洗礼了我们的生活，"怎么都行"（everything goes）就是践行唯一且必要的准则；丹尼尔·贝尔认为，消费主义甚嚣尘上的当代精神文化，其本质是反对传统美学（特别是康德美学——笔者按）对于生活的既有框定，进而肯定了本能冲动及由此而来瞬间乐趣，哪怕已经意识到它的肤浅与短暂。② 国内一些积极倡导"文化研究"的学者也认为当下中国的日常生活也已经发生了"审美化转向"，随即提出了所谓"日常生活审美化"的命题，并且认为这是一场"深刻的美学革命"，"一种新的日常生活的伦理"，"商业与市场将完成对文学艺术的收编"。③ 根据这些学者的论述分析，再比照处身其中的日常生活，我们发现当今时代似乎真的有太多"审美因素"的滋生。人本身：选美活动，美容、美发、美甲、减肥等旨在无限度美化人之外形的努力；住行环境：力求别致的住宅装修、城市"会更美"规划与设计（深圳有座造型新颖的立交桥，但是实用效果极差，唯一得到好评的就是其外形）、拥有极致造型的巨型建筑（比如堪称绝伦的鸟巢体育馆）；影视制品的泛滥带来的美之刺激与模仿，例如，从几年前开始衰落的"哈日"到如今的"韩流"，甚至新兴的手机美容，都在用一种夸耀式的方式彰显着年轻一代的审美追逐。"美"真可谓大大小小、方方面面、源源不断，多样而庞杂，丰富而烦琐，兼有着疯狂与内敛，几乎无一例外地在混淆着我们的视听，尽可能地使传统上处于鸿

---

① ［德］韦尔施：《重构美学》，陆扬、张岩冰译，上海译文出版社 2002 年版，第 19 页。

② ［美］丹尼尔·贝尔：《资本主义的文化冲突》，赵一凡、蒲隆、任小晋译，生活·读书·新知三联书店 2002 年版，第 96—130 页。

③ 参见张弘《面对"审美化"的当代美学文艺学》，《文艺理论研究》2007 年第 5 期；陶东风《日常生活的审美化与文艺学的学科反思》，《天津社会科学》2004 年第 4 期；陶东风《日常生活的审美化与文艺社会学的重建》，《文艺研究》2004 年第 1 期；黄应全《日常生活的审美化与中西不同的"美学泛化"》，《文艺争鸣》2003 年第 6 期。

沟两边的"审美愉悦"与"本能快感"混为一体，难分彼此。

根据中外学者的分析及所见之现实，我们可以将当代审美文化所表现出来的特点概括为以下几个方面：其一，由于反本质主义的泛滥，艺术自律看似已经不可能了，艺术与非艺术的界限微乎其微。借用本雅明的话来说，艺术区别其他的"灵晕"已经消失，因此必然会失去曾经作为美学研究的核心地位及其神圣和神秘。其二，以艺术作为主要研究对象的美学研究界限也被一种泛文化的"美学"突破，即所谓的"美学泛化"；其三，所谓的"读图时代"的强势到来，使得视像文化向曾经在文化领域中居于核心地位的文学发起了强有力挑战，文学几乎无力迎战；最后，精英主义的式微，使得"高雅"（或曰"精英"）艺术与通俗、流行艺术之间的界限趋于消失。大众文化异军突起，精英文化成为学院派、少数人的专利，因此被讥为顾影自怜。在中国这一趋向格外明显。①

我们的勾勒当然存在局限性，但是"艺术—文学—精英主义文学"在当下的尴尬处境却是不争的事实（学界对此也有共识）。这也表明："文化"一语不再如同卢卡奇等人所期望的那样指向高级精神层面，成为精英群体确认自身的独特领域。"文化"可以用来消费，甚至必须成为一种消费品，例如，"旅游文化"、"商品文化"、"企业文化"，等等，成为当下中国使用频率最高的一词。"文化"一语的能指与所指，早已在如此频繁的使用中发生了不可逆的分离：一方面，这种内在消耗致使文化几乎无所不能指；另一方面，"文化"的内涵由此被僵化，竟然悄然地实现一种统一，因为在历史上，对于文化的定义多达170余种。

文化的消费品化使得作为日常生活消费对象的商品越来越趋向一种美化形式。也就是说，审美因素在日常生活中的四溢其实是与文化消费主义保持着互惠互利的协作关系，② 这样，举目四顾，我们似乎无时无刻不生活在"美"对感官的冲击之中。上述这些说明，大众文化、传媒文化、消费文化在我们这个时代的兴盛，其实正是当代审美文化对于日常生活方

---

① 对于这一问题国内学者都已有过仔细的剖析，参见周宪《当代中国审美文化研究》，北京大学出版社1997年版；王岳川《中国镜像：九十年代文化研究》，中央编译出版社2000年版。

② 对于当代文化的状况，当代西方马克思主义的代表人物弗雷德里克·詹明信（又译为杰姆逊）有着深入的论述，可参见詹明信《晚期资本主义文化的逻辑》（陈新侨译，生活·读书·新知三联书店1997年版）中的"后现代主义与消费社会"、"后现代主义，或晚期资本主义的文化逻辑"等章节。

方面面的一种洗礼，或者说一种试图从头到脚包装日常生活的努力。

审美因素对于日常生活的疯狂渲染，其实也在质疑、颠覆着我们已有的审美经验与认知："审美"是人与对象世界的一种特殊关系，这种关系实现的基础就在于暂时超越日常生活的束缚或与功利实用性保持一定距离，这就是康德所说的审美的非功利性，或（心理）距离性。但是，美对于日常生活的包装却使我们随时处于美之包围中，"审美"似乎无须与日常生活脱离，两者似乎也在无限度地接近，当代的日常生活仿佛就是要让我们如此频繁甚至有点疯狂地生活在与美的不期而遇之中。因此，日常生活似乎就在大量的审美可能中，实现了与审美活动的偷梁换柱。

当我们静下心来仔细分析就会发现，如此这般在美的名义下展开的日常生活，即使按"日常生活审美化"的步伐无微不至地实现对于生活的全方位收编，最终也是要将传统意义上的"审美"挤出日常生活，因为这样大量、频繁的"日常之美"不过是对于感官的刺激，更多实现的还是韦尔施所说的"本能快感"、"感官满足"，换言之，这样"美的生活"，感召、呼唤的仅仅是本能欲望的参与其中。

二 身体的真实表达

（一）在物化与灵化中迷失的身体

中国当下的"器官写作"等可以说是将"身体"过分物化的结果，而"身体美学"却存在着将身体过分灵化的嫌疑，有学者就认为强调身体知觉的重要性会导致不恰当的神秘主义，[①] 这些学者指出，我们的身体感官的确可以感受世界，但如果没有理性的指引，身体感官就会是盲目的、易犯错误的。这是西方自柏拉图起，至笛卡儿、克罗齐等哲人都一再认定的"哲学事实"。事实上，在追求理性思考的精确性、清晰性的哲学、美学领域，任何对于身体这一传统上远离理性视阈的对象的强调，都存在着被扣上"不够精确"罪名的危险。

如果说，理性化、精确化实现的正是对于世界的"祛魅"（海德格尔语），那么，在这样一个科学昌明、工具理性日渐占据主导地位的时代，精确化、明晰化的"祛魅"似乎已经不再是南柯一梦，但是，晶莹剔透

---

① 彭锋：《身体美学的理论进展》，《中州学刊》2005 年第 3 期。

真的就是世界最应该的趋向？"晶莹剔透"是否就是我们与世界最为真实的关系？"真正的哲学就是使我们学会重新看世界"，①梅洛－庞蒂在此想要告诉我们的是：一个一目了然的世界显然不再具有"看"的价值，更为重要的是，晶莹剔透、一目了然等并不是我们处世的真实，而是有着更多压迫、更多伤害的假象。因此，问题关键是重新"看世界"，突破明晰化的罗网，直面世界本来的真实面貌。在这个过程中，实现，或者说必然趋向对于世界的"复魅"。

于此，美学与身体的会合因而有着某种必然性，也就是说，对于世界的"复魅"要求我们摆脱现代科学与哲学这两个"既忠诚又不忠的后来者"②带来的桎梏，在逆流而上与深入内里构成的语境中，展呈我们与世界原初的联系。因此，传统的、古典形态的哲学思维，甚至言说方式都因为自觉或不自觉地维护了"理性"的专断而要被放弃。"感性"这一曾经被遗忘的角落就有了被大书特书的必要，感性学因此获得一种突出的地位：身体这一长期被鄙夷的感性之源必须在"感性学"层面上被特别关注。

将身体置于美学史纵向发展来看，身体事实上长期遭遇着鄙夷、唾弃，其获得热烈且普遍的关注是极为晚近的事。这一漫长的历史是在两个相互交织的层面上展开的：一是身体从传统美学视野里理念、精神的附庸地位脱离，逐渐拥有自身的独立价值；另一层面则是身体走出"物化"困境趋向肉体与心灵或精神深度交融的"未被撕碎的身心统一体"。

从美学研究的横截面来看，作为审美客体，随着对身体羞耻感的清除，形体之美成为新的审美焦点，人类基于身体的颇具自恋色彩的自我欣赏也随之得到正名；作为审美体验的生成之所，身体的局限性与感受的丰富性使得审美经验成为可能；弗洛伊德对于"无意识"的阐发足以证明身体才内蕴着审美创造的"第一推动力"，创造者的"身体状态"也因此被视为创造之源。心理学美学、生命美学、现象学美学、存在主义美学等对于美学思维路径的开拓，极大程度上改善了身体的境遇，身体完全改变了其在传统美学中的缺席状态。在这样的境遇中，"身体美学"的出场自

---

① Merleau－Ponty. *Phenomenology of Perceotion.* trans. ：Colin Smith，Routledgy and Kegan Paul，1962. p. XⅥ.

② Merleau－Ponty. *The Visible and The Invisible.* trans：Alphonso Lingis，Northwestern University Press，1968. p. 128.

然是水到渠成。

显然，对于"身体"的热情并不至于美学领域。尼采、弗洛伊德、梅洛－庞蒂、波兰尼、福柯、德勒兹等人从知识各个不同的领域出发对于身体内涵的拓展，使其成为当代思想、文化中各种理论争夺、交织的场域，而在针对具体的文化现象的批评中，更因理论资源的混杂使得有关身体的讨论在热烈之余难免给人混杂之感。当代行为艺术的兴起，引发所谓"身体社会学—理学"的讨论，这使原本就混乱的关于身体的讨论更加复杂；针对当代审美文化对于身体的宣传、包装、塑造所提出的批评，更使有关身体的理论进行了跨度更大、名目更多的重组。

但是，面对当下对于身体如此无度的曝光、张扬，美学与哲学对于身体的关注似乎又给人一种"矫枉过正"的沉重感，因为任何光鲜的话语所编织的理论华服。这种无法掩饰的欲望合法化的伦理困境，不得不让我们重新回到理论层面对现实如此关注的"身体"进行反思。如今，身体如此充分地被展呈，其根本还是为了配合消费主义对于购买、占有欲望的刺激。因此，身体只是一件商品，其特殊性不过是它与人的紧密关系，所以，身体在其中还是"物"，换言之，当代社会对于身体的热烈关注，并没有真正尊重身体、更没有挖掘"身处于世"的深刻内涵，它所承继的依然是一种伪笛卡儿主义，一种绝然与心灵、精神对立的身体观，即使其不再如此宣称或一再声称"身心合一"。当代社会对于身体的热情事实上加速了"身体的商品化"。

由此，我们发现"灵化"与"物化"其实并不遥远，身体就在这一区间凸显自己并且连接着两极。进一步而言，"灵化"与"物化"又因为我们"出离"身体，即将我们的处世之身对象化，对其进行这样、那样的偏狭理解，甚至将身体的某些特点极端化的结果。究其实，身体正是这两极的根源。因此，我们如何走出两极编织的种种迷局回到我们的始基——处世之身，就成为问题的关键。

由此，我们发现一个有趣的现象，似乎对身体的关注越热烈，对于梅氏等人的"身体理论"的遮蔽似乎就越严密。因此，我们可以说，真正在思想、观念等层面超越身心二分，进而理解"我是身体"的内涵，绝非易事。梅洛－庞蒂等人的"身体召唤"，在这种情况下就显得更为珍贵，因为，这些思想有助于我们走出身体的"肉体之限"：跋涉出本能、欲望与性等"肉身之限"编织的陷阱，关注梅氏等人从"身处于世"的角度对于"处境"问题的思考，从而恢复身体作为人类个体的现实存在形式，及其决定的我们无法摆脱的时空、文化等限定，也就是将身体置于各种意识形态编码而形成的历史、文化之网的笼罩之中。于此，身体作为当代文论、美学、文化的焦点及由此产生的价值、意义、问题，等等，才会得以显现。

（二）"身体"引导的思维新方式

当我们关注梅氏所说的使得存在绽现自身的艺术时，问题就凸显而出：塞尚、普鲁斯特、巴尔扎克、达·芬奇这些耳熟能详的名字，让我们意识到梅氏所说的"艺术"其实是以"伟大的散文"为代表的艺术经典，换言之，"平庸的散文"所代表的种种其实已经被悄然地排除在"艺术"之外。这正是梅氏美学思想中的最大隐患，即太过强烈的精英主义情愫。当然我们在此无意用后现代主义的思维方式对"艺术"一语进行解构，进而针对梅氏整体美学思想提出质疑。

事实上，梅氏美学思想的这一症结牵涉出的是另一个问题：后现代思想对于传统形而上学提出的最为重要的批评就是认为形而上学的命题——例如，世界的本源、自由，等等——都是无法回答的伪命题，因为这些问题已经被争论了几千年却依然没有统一的答案。这其中最大的问题就在于概念与其内涵并没有一一对应的关系，换言之，概念的内涵本身就是含混的，所以希求在这些命题上达成一致纯属痴人说梦。后现代的代表人物德里达就在《文字学》《哲学的边缘》《文学行动》等著作中通过分析著名的形而上学家的文本，指出哲学家自以为精确、理性的表述并不存在，他们的哲学像文学文本一样充满了隐喻，因此是一种"白色隐喻"。[①] 其后的解构主义者，如美国的耶鲁学派则在文学文本中寻找潜藏其中的形而上学内涵，从而实现了对文学的解构。总体而言，后现代的精髓就是将概念与其内涵的不对应强调到了无以复加的地步，因此可以对于美、文学、艺术等这些对美学有着奠基意义的概念进行颠覆性的解构：美学、哲学等因此深陷"解构"泥沼无法前行，因为，任何概念经过后现代的审查都成为内涵难以确定的空壳。

由此，我们发现，后现代主义对于形而上学的批判与20世纪初以维特根斯坦为代表的分析哲学其实有着内在相通之处。维特根斯坦认为传统

---

① Derrida. *Marges de La Philosophie*, 1972, éditions de Minuit, Paris, 1972. pp. 270 – 273.

形而上学的命题本身就是无法解答的错误，因为这些命题所谈论的问题都无法言说，对于无法言说的一切就应该保持沉默。① 在他看来，哲学家的工作近似清洁工，就是要通过严格的语言分析来清除这类形而上学的命题。

事实上，维特根斯坦、后现代主义阐明了一个问题：形而上学的根本症结在于语言，进一步而言，正是由于语言内涵的含混性使得形而上学的种种命题千百年来一直被争论，始终没有达成一致。梅氏关于语言，特别是对于语言含混多义的论述，已使我们对此问题不再感到陌生，事实上，作为后现代思想的代表人物，"福柯、利奥塔、布尔迪厄、德里达等人都对他（梅氏）的著述、教学十分着迷……从不同方面继承和发展了梅洛－庞蒂的思想"。② 德里达等人事实上是将语言内涵的含混多义进行了进一步的阐释和发挥，从而使得概念与其内涵的不对应关系变成了尖锐的对立。

对于梅洛－庞蒂而言，语言的含混多义与沉默经验的"难以言明"是相互对应性的，换言之，概念与其内涵正如表达之于"沉默经验"：任何一种表达都无法将沉默经验完全表达，正如我们的言语终究存在歧义一样（在日常交往中，由于语境的限定和保证，语言的含混多义并不特别明显，但是，美学、哲学的种种命题由于都是在脱离具体语境的思辨演绎中展开的，因此在这些领域语言的含混、多义得以充分展示，这也是这些命题争论千百年依然无法得出统一答案的原因）。但是，梅氏指出"存在"在文学、艺术（其实是指伟大的艺术经典）中绽现自身，所以我们依然可以体悟甚至可以对本体层面的沉默经验（梅氏所说的"肉"）进行表达。这正是梅氏美学乃至其思想的底线，即通过文学、艺术间接承认了表达的有效性。我们可以将这一问题细化为以下几点。

第一，对于哲学形态的改造，也就是梅氏所说的"古典的"、"通常的"哲学的陨落。新的哲学必须伴随原初之物的"绽现、不一致、差异化"，梅氏其实已经身体力行地通过关注文学、艺术指明了哲学展开自身的方向，即像艺术一样使得存在绽现自身，或者至少努力从艺术中获得类

---

① Ludwig Wittgenstein. *Tractatus Logico - Philosophicus*, London：Boston and Henley：Routledge&Kegan Paul, LTD, p. 26.

② 佘碧平：《梅洛－庞蒂历史现象学研究》，复旦大学出版社 2007 年版，第 254 页。

似的启示。如此的转向使得梅氏所说的"新的哲学形态"，几乎完全成为美学。这也就是梅氏与那些宣称"取消美学、哲学""美学、哲学已经死亡"的激进派的截然不同之处，梅氏指明了思想得以前行的方向，而没有倒向怀疑主义及其潜在的虚无主义。

第二，对于理性的拓展。梅氏通过现象学还原之路力图回到种种分化对立还未出现的原初状态，这事实上是一条突破理性，特别是工具理性的路径，由此也就突出了感性的重要性，但是，相伴而来的误解就是认为梅氏是非理性主义的倡导者和支持者。我们认为梅氏的研究工作确实使得在理性主义传统下被压制的感性得到了被尊重的可能，但是，梅氏的思想却很难说是一种"非理性主义"，除非我们将理性界定为"逻辑性的""准确清晰的"，等等。梅氏在探入沉默经验时，其实已经体悟到深蕴在历史中的"理性"，因此认定历史有其自身的"目的"，并且试图建构"本体论"来贴近这一"难以言明"的"理性"。

梅氏就这一问题写道："倘若一切都有着一种意义，倘若世界的发展只是一个理性计划的现实实现，那么就不会有历史了；但是，倘若一切都是荒谬的，或者，倘若事件的进展是由某些巨大不变的事实决定的，如大英帝国、'元首'或'群众'的心理（它们只是过去的产物，并不必然地介入我们的未来中），那么就更加不存在什么历史、行为或人性了。"[1] 梅氏并不认可工具性的、计划性的"理性"，因为那是对于理性的一种狭隘化理解，理性有着更为深刻的内涵，但也正因为其深刻，所以它是深藏不露，令人难以觉察的："当一些事件发生时，另一些事件伴随而来，贝吉试图就此描述事件的发生，及历史的完成，一代人对于另一代开创的东西的反应。他在个体和时间接续中看到了历史的本质，因为行动、事件和过往都不可能被局外观察者理解，同样一天之内实现的革命需要多年的积累，在一个小时里写就的文章中的'历史'、冗长的注解都不可能完全展示历史。错误、偏差、失败都有着极大的可能，但是，对于写作、行动、或者生活于一种关注之中的人们而言，残酷的规则在于期盼他人或者后来者以不同的方式完成他们的事业。"[2] 我们可能无法直白地说出历史深蕴的这一"理性"，但是，我们却可能通过某种方式体悟"理性"在历史中

---

① Merleau - Ponty. *Sens et Non - Sens*, Paris, Gallimard, 1996. p. 204.

② Merleau - Ponty. *Signes*, Paris, Gallimard, 1960. p. 236.

的绽现。

事实上，这与梅氏美学对于感性、艺术等问题的拓展是一致的，因为正是这种对"理性"内涵的重新解读，使得艺术这种传统上认定为"感性"的方式，成了名正言顺的、不可替代的感悟"理性"的通途。我们由此发现，倚重文学、艺术确实逼近了"存在"，但是，这种表达方式自然对于"存在"产生一种感性而且自然的"遮蔽"，因此，这种间接承认"存在"难以言说的做法，就使梅氏美学思想的神秘主义色彩愈加浓烈，对于习惯于明晰、准确的现代人而言，这不能不说是一种"缺陷"，于是"遮蔽"还在继续。

三 "身体—表达"内蕴的勇气

多斯认为："对于整整一代哲学家来说，梅洛－庞蒂发挥了重要的作用。是他把他们从沉睡中唤醒，令他们面对新的问题，虽然他们最终纷纷放弃哲学，成了训练有素的人类学家、语言学家、精神分析家。"[①] 质言之，梅氏的思考开启了哲学的一种蜕变，梅氏思想内蕴的巨大爆发力，需要在承上启下这一表相之下被诱发出来。从其思想发展脉络来看，作为"一个杰出的调停者"（米歇尔·阿里韦语），[②] 梅氏的工作可以被理解为"一方面对立于经验的基础主义，另一方面对立于给定语言的约定主义或结构主义。他寻求思考的是经验与语言的两者之间"。[③] 深入分析的话，这就是利科认为梅氏所克服的"布隆斯维克或者拉泽－雷所从出的康德中心的理智主义和行为主义背后的经验主义所致的二律背反"。[④] 从美学史、哲学史的承继发展层面而言，这其实是一种处于现代与后现代之间的努力："抵制基础主义和建构主义的各种极端变种，以及语言的语用主义和解释的或语用的传统主义的修正形式，为的是不谈论后现代的专横的任

---

① ［法］弗朗索瓦·多斯：《从结构到解构：法国 20 世纪思想主潮》上卷，季广茂译，中央编译出版社 2004 年版，第 54 页。

② 同上。

③ 同上书，第 58 页。

④ Paul Ricoeur Merleau－Ponty, Beyond Husserl and Heidegger, Merleau－Ponty And The Possibilities Of Philosophy, ed: Bernard Flynn, Wayne J. Froman, and Robert Vallier, State University of New York, 2009. p.25.

意性。"①

20 世纪 60 年代之后，后现代思潮汹涌而至，因此我们很难说梅氏的努力以成功告终。但是，梅氏在 20 世纪末逐渐引起了当代思想界的关注，除去在美学史、哲学史上的查漏补缺之外，这似乎另具深意，特别是联系到我们如今所面对的"在后现代之后该去向何方"② 这一困惑，梅氏曾经的努力就值得仔细审视，因为这其中可能有为我们指明方向的路标。

于是，多斯给出的结论就可以演化为：梅氏的身体理论与这些"唯物主义"之间是什么关系？倘若如同多斯所说，梅氏"一方面对立于经验的基础主义，另一方面对立于给定语言的约定主义或结构主义"，那么，梅氏的身体理论乃至其思想就存在对抗这些"唯物主义"的可能；倘若从后现代曾经的席卷之势来看，梅氏的身体理论及其思想似乎并不能抵挡这一"文化唯物论"的大潮，但是，梅氏思想在 20 世纪末的兴起似乎含义颇多，是梅氏思想中抵抗"文化唯物主义"的趋向得以被察觉，还是企图借其思想装点门面，进一步将"唯物主义"彻底化？最终牵涉出的依然是梅氏的身体理论及其思想的定位问题。

事实上，我们依据梅氏思想的发展，也可以发现除去"处境"问题，梅氏思想中还有着使"身体"走出物化与灵化陷阱的更为艰辛的努力，这就是梅氏最终尝试建构的——新的"本体"，即"肉"这一概念。一方面，梅氏正是借此来对抗多斯提及的基础主义、建构主义，等等，并且依循"历史肉身"的膨胀，梅氏寄希望于历史在自身理性的引导下走出以欧洲科学危机为代表的种种现代危机，因而迈向了一种新的目的论。也正是这些使得梅氏的思想完全迥异于后现代主义的理论旨趣；另一方面，正如前文已经提及的，"历史的肉身"这一概念作为对身体理论的拓展，是梅氏决意走出人类中心主义的表现，而这有助于走出过分强调"身体"带给人类的自恋、自怜等。

但是，天妒英才使得梅氏没有充分展开对于这一"历史肉身"的建构，新的本体只能"犹抱琵琶半遮面"，自然会给人神秘、难解之感；另一方面，这一新的"本体"作为更为深入的沉默之经验，本身就有着太

---

① ［法］弗朗索瓦·多斯：《从结构到解构：法国 20 世纪思想主潮》上卷，季广茂译，中央编译出版社 2004 年版，第 62 页。

② ［德］沃尔夫冈·韦尔施：《我们的后现代的现代》，洪天富译，商务印书馆 2004 年版，第 478 页。

多的"难以言明"，在我们看来，这才是梅氏思想的神秘主义之根源。

前文已经反复提及梅氏哲学最大的特点就是其"含混性"，这一特性自然是梅氏哲学所探寻的主题所产生的，换言之，正是对于"沉默经验何以被表达而出"这一主题的探入，特别是因为沉默经验无法完全被表达的必然性使得梅氏不得不认可并接受这种"含混"，因为梅氏的思考本身也是关于"沉默经验"的表达，所以可以说，"含混"是梅氏思想的宿命。

梅氏曾经将含混性分为"坏的含混性"和"好的含混性"，并且认为自己的思想有着一个从"坏的含混性"向"好的含混性"发展的潜在趋向。

从梅氏的思想来看，所谓"坏的含混性"是指与相对主义过分靠近的那种模糊性，这在其早期思想中，特别是《行为的结构》《知觉现象学》中表现得较为明显，因为梅氏于其中对于经验主义、理智主义的批评是以现象学的"意向性"为基准的，这必然使人将其与相对主义的"视角"等而视之。从思想发展演变的过程而言，这也是梅氏思想必经的过程，也就是说，在这一时期，梅氏只是在初步深入"沉默经验"并对这其中深蕴的本质性的"含混"有所体验，但却无法完全把捉，更无力贴切地对其绽现进行展示。

在梅氏思想发展的中期，通过深入文化、历史的内里，特别是通过对于语言、艺术的研究，梅氏对于"含混"有了更为深入的体验和更为有力的把捉。因此，梅氏在其随后的研究中也就能试图通过一种独特的方式来展示这一含混，《可见者与不可见者》正是这种努力的结果，这种让许多学者产生不知所云之感的表述，其实是梅氏对于艺术——这一在含混中孕育自身进而展现自身的表达方式的一种借鉴，有学者已经指出："这种思想最好用小说而非哲学来表达。"[1]

"含混"、"模糊"同样是中国美学的最大特色，所谓"道可道，非常道"、"大美无象"。其实梅氏所说的"沉默经验"与其表达之间的关系具有极大的相似性：因为任何的表达都不可能实现对于"沉默经验"完满把捉，文学、艺术最为贴近"沉默经验"，但也绝不能说文学、艺术实现了对其完全的把捉，而只能说这是沉默经验得以充分绽现的处所。

---

① Dias. *Poietique du Sensible*, Press Universitaires du Mirail, 2001. p. 163.

从更为广阔的视角着眼，这其实是包括梅氏思想在内的现象学美学与中国古典美学的相通之处："现象学美学与中国古代美学有很多相似之处。在某种意义上，中国传统美学就其最纯粹部分来说正是现象学的，它一开始就将审美对象的客观存在问题'存在不论'，而诉诸直观本身。"但是，我们应该清楚地认识到两者依然存在根本的差异，即两者在始基层面的"不可通约性"："不同的是，现象学美学有其形而上学的思辨前提，而且最终是想要建立一种精神现象的本体论；中国传统美学则只是一种心性修养和人格培养的途径。"[1] 应该说，梅氏提出的"肉"这一概念确实是建构本体论的努力，但是这一概念依照梅氏的理论已经远远超出了"精神现象"的界域。

由此，我们可以依照梅洛－庞蒂的方法理解梅洛－庞蒂，即从梅氏所处的历史处境去理解梅氏的现象学美学思想，从而试着体悟其美学深蕴的另一种魅力。

20世纪的前60年，特别是梅氏从开始作为知识界的一分子的30年代中期到其辞世的60年代：第二次世界大战、阿尔及利亚民族解放运动、朝鲜战争、两大阵营的冷战、莫斯科审判等使得这几十年成为风起云涌的大时代，梅氏、萨特、阿隆等法国知识分子，无论情愿与否都在介入其中，这正是梅氏所说的身处于世的必然性，因此，他们不得不言说、不得不赞成或反对。

这是每个知识人对于历史的承诺，或者说与历史发生的交流，我们因此也就可以理解为什么说梅氏"毕生致力于历史现象学"，因为梅氏同样也是渴求通过纷繁复杂的历史事件探究历史真相的知识人。在我们看来，这正是梅氏的现象学美学的历史背景，其作品"表现出对科学的一种不信任的"[2] 的梅氏，其实是放弃了对于现代科学、意识哲学等方式，而坚定地用一种感性的、更为贴近艺术的方式去感悟蕴藏于历史之中却又使得历史展开自身的神秘沉默。

我们也应该从这一层面理解到，梅氏的现象学美学思想的发展，其实就是在这一终极追问的引导下，不断地探入这一"神秘沉默"。比起维特

---

① 邓晓芒：《西方美学史纲》，武汉大学出版社2008年版，第176—177页。

② Chatelet. *Histoire de La philosophie*：*Idees*，Doctrines（le XX scecle），Librairie Hachette，1973. p. 239.

根斯坦对于这些无法言说的问题所保持的缄默，比起只求"意会"不愿"言说"的"拈花一笑"，等等，梅氏的这种探入蕴含着令人尊敬的勇敢。

梅洛－庞蒂对于美、身体、感性、艺术等问题展开的本体论层面的思考，在很大程度上，反衬出隐匿于当代文化肉身化趋向中的盲目性，进一步而言，当代思想对于身体的看重并不是为了促动欲望的合法化，而是寄希望于通过阐发这一长期被形而上学压制的主题重启哲思。但是，颇为遗憾的是，身体在不经意间滑出了这种预期，进而被消费主义、虚无主义、犬儒主义等彻底裹胁，成为刺激莫名之欲望、制造虚幻之热情的活化石。所谓区域文化正是试图以具体时空来凸显或者描述文化的茎块差异性，因此从渊源上而言，这正是由文化肉身化所发展而出的趋向之一，所以，区域文化研究一个潜在的前提就应当是，如何在这种具体时空的限定中，抵制其中的狭隘与惰性，从而得以再塑文化的精神力，当然，"身体"之于区域文化与文学研究的深刻影响还需另辟蹊径去研究，本文也只是初探之作。

作者单位：重庆师范大学文学院

地域文学研究的根源追溯及多维阐释

张瑞英

文学是人学，是反映人的性情本质的语言艺术。人的性情本质的形成有种族遗传的因素，也有环境文化的造就，地域文化就是其根性特色形成的重要因素。同时，由于人的生长及生存受传统习俗和社会时代流风等各种因素所致，文学在其明晰的特色后又具有复杂丰厚的内涵。因此文学研究也就不能不考虑到文学形成的种种因素。从文化人类学的历时性视角探讨文学的特色，一般侧重其发生的本源性和文学的本质性。如果具体到某个时代甚至横切到某个时段，文学的社会性、时代性因素就得以彰显甚至放大，某些思想潮流、政策运动等非文学因素有时会对文学有着决定性影响。同时，文学作为极具个人化的行为，其产生与接受机制中，创作者个人的生长经历、是非观念、性情趣味及审美选择等因素也起着重要作用。而且因时空的差异，不仅存在时代演进的"常"与"变"，而且每个作家都有着属于自己的"常"与"变"。因此，具体到某个作家某部作品，其研究阐释的空间就具有多维性、开放性。

从地域文化的角度对文学的研究，不仅挖掘到了文学的本源与本质，而且追溯到作家本人的生命之源，同时在探讨作品创作的时空分析中，顾及作家本身以及生存时代的"常"与"变"。这种多维阐释与根源追溯正是地域文化视野下文学研究的特点和意义所在。

一 "地域文学"概念

"地域文学"的概念最早为学界认可始于 20 世纪 90 年代严家炎先生主编的"20 世纪中国文学与区域文化丛书"。在该丛书的总序中严先生谈到："地域对文学的影响是一种综合性的影响，该地区特定的历史沿革、民族关系、人口迁徙、教育状况、风俗民情、语言乡音等；即使自然条件，后来也是越发与本地区的人文因素紧密相连，透过区域文化的中间环节才影响和制约着文学的。"① 这套丛书也是从地域文化的视角研究现当代文学实绩的成规模显现。这套丛书对地域文学研究的价值自不待言。但不能否认，这套丛书虽然强调了地域对文学影响的综合性，但这种综合性更多的还是局限于"该地区""特定"的局部因素。本土精神及在此精神影响下文学研究的相对封闭性也是客观存在的。对地域的自然属性及局部因素的强调自觉不自觉地相对淡化或者忽视了文学的时代及社会属性，对地域文学中"常"与"变"的因素也有待于进一步厘清。

"区域文学"的提法与"地域文学"有联系又有区别。"地域文学"的形成，虽然也涉及地域文化方方面面综合性因素的影响，但它是以自然地理为基础形成的，不同的地理位置和文化传统形成的地方文化的长久累积赋予某一地域作家作品共同的创作特色。"区域文学"既强调地域文学地方特色的永久性，也同时强调地域变动性，时代性、行政调控的色彩更加明显。无论"地域文学"还是"区域文学"，都不仅包括该地域范围内的乡村、乡镇题材的作品，也包括地域内的城市题材的作品。只是"区域文学"的消长变幻与时代精神气候的脉搏跳动有更大的相关性。多维视野下的地域文学研究，对影响文学因素的考虑更加全面，而且关注到因创作者个人成长及时代变迁引起的影响文学因素的"常"与"变"。随着地域文学研究相关因素考虑的多维与全面，地域文化与文学研究更趋向关注区域文化与文学的内涵，地域文学的研究也就呈现更加开放之势。

二 地域文学研究的根源追溯

随着信息时代与图像时代的到来，文学的生产与接受也被迫走入快节奏和高效高产的制作流程，技术、量化几乎控制了所有方面。文学的内面性、独立性、审美性在逐渐淡化。而文学是关注心灵的艺术，在"现代化"高歌猛进、"全球化"势不可挡的当今世界，大多数人的心灵处于一种无根的漂泊状态，在这个时候人们更渴望回到心灵的故地，生命的原初，怀旧风尚的盛行正是人们寻找心灵家园的具化。而反映不同地域生活的地域文学不仅让同一地域的读者有亲切安适之感，也让不同地域的读者

---

① 严家炎：《20世纪中国文学与区域文化丛书总序》，《理论与创作》1995年第1期。

感到清新生动，而且不同地域文学对生活的多元呈现也带来文学与生活的丰富多彩。文学显现的差异与个性，以及由此给读者带来的耳目一新和引起的深度思考，满足了我们对差别异质的渴求。差异性是一种美，每一种异质经验都弥足珍贵。人的差异性、社会的差异性、地域的差异性，才构成了这个世界的多元、丰富与活力。所以地域文学无论是从人们寻求心灵的回归、追寻艺术的真谛以及寻找理想的生存方式而言都是有意味的参照。地域文学这种融合着"地域特色"、"古典韵味"和"时尚气息"的独特审美意蕴，甚至超越了文学鉴赏的范畴，而成为整个人类反思自身生命意义及合理生存方式的一个有价值的参照。

（一）**地域书写，是对自己生长之地的追溯，地域文学，是心灵的诉求**

相对于反映时尚现代一体化的都市生活而言，地域文学因其对大地和血缘的依附而与居住者之间保持一种内在的恒定关系，老屋、古道以及风化的砖墙，都是贯穿亲情、使心灵安适的地方，是人类可以依托的"家"。在那些古旧的村镇，老屋中还有门神、灶神的守护，人们对神灵还留有一份虔诚，人的命运也与家族、种族、自然等统一的集体利益维系在一起。地域文化是中国深厚的历史文化积淀中生动可感的组成部分，从地域出发的文学，恰恰是从心灵出发的。地域性写作既是地域的，更是人性的，因为人性的很大一部分是由地域性造就，从地域考察文学，即是从本源探讨现象。不能否认地域文化有传统、习惯遗留的形式与内容对人的硬性强加，但更多的还是符合人情人性习俗的自然选择集成，所以从地域文化探讨文学的生成、发展及特色，即是追究人情人性的本源，这正是文学的根柢所在。而时代政治制度、社会运动历史的影响虽然是巨大的，却也是外在的，外因还是要通过内因才能起作用，从这个意义上说，地域文化对作家的影响虽然只是影响之一种，但却是根本性的塑造，抓住这一点，也就抓住了作家创作的根本。这里应该注意的是避免"夜郎自大"与"坐井观天"排他式的区域自满与封闭，局限的可以是手足眼界视阈，思想却是超越与开放的。

（二）**地域的也是世界的，地域文学因为真诚地反映了人们的身心感受而具有普遍性**

地域性很容易让人联想到边缘性，其实边缘与中心是相对而言。边缘和中心，正如故乡和他乡，关键是自我定位带来的身份感的认同与确立。

就作家对创作题材的感觉而言，作家写什么，什么就是最重要的事情，因为从这些事情中不仅反映人情人性，而且可以折射大千世界，投射历史的风云变幻，世事沧桑。所写事情无所谓大小，也无所谓主流边缘，只要是切身的生命体验，出于真诚的思考，用心的感觉追求，一己之感之情之思也就具有了普遍性。个体对自我的关注审视与对生存环境的感知思考，超越党派、群体、种族的自我感觉，也是人类共同的感受，虽然传统、习俗、生活方式甚至审美标准不同，不同地域、种族的人之间有差异，但人类喜怒哀乐的情感产生的感受是一致的。从这个意义上说，区域的也就是中心的，民族的也就是世界的，个人的也就是人类的。而且正是切身关己的感悟以及对他人的用心观察与思考，在"他者自我化"和"自我他者化"过程中，地域文学也体现了其客观性，由此超越自我，也就超越了地域的局限。文学作为灵魂的客观物，是一种向内又向外的艺术，在外在观察与内心审视的双重思考中，明晰了在快节奏高强度的压力生活中已然钝化的生命感觉，独立了跟潮逐流的思维，润泽了干枯麻木的心灵。在这个强调技术性、可操作性、因高度媒介化、极度现象化而变化莫测的世界里，某种程度地抗拒了概念化、符号化的命运。

（三）地域文学研究的多维阐释

地域文学的形成是多维的，研究角度也应该是多维的。地域历史的沿袭与沉淀，社会、时代的风云际会，个人性情、经历的自我塑造等都会在地域文学中留下印记。而且这些因素又不是变动不居的，其流动变幻形成了地域文化和地域文学中的"常"与"变"。

地域文学以其表现独特的空间与文化构成了它的"常"。随着现代文明的不断输入，某一地域原有的思想观念和生存方式也随之发生改变，这便构成了地域文学的"变"。研究地域文学既应注意"常"，更应该注意"变"，这样才能合理地把握地域文化与地域文学的嬗变与特性，以及在其中折射出的社会历史变迁的轨迹。沈从文从"边城"到"长河"的创作，实际上描写的就是湘西社会的"常"与"变"。当然"常"与"变"都不是绝对的，"变"是"常"的改观，"常"是"变"的积淀。

自从19世纪法国文学史家丹纳提出种族、时代与地理环境是决定文学的三个要素开始，文学批评及文学研究日益重视地域文化对作家作品产生的影响。地域文化的根性追溯，给予地域文学一种根植大地的踏实和本真，同时不同地域文化风习的表现与展示，又赋予地域文学以丰富厚重的内涵，文学由此变成了更为丰富多样的存在。时代风潮变化的冲击浸润又或者作用于作家本人的思想与创作方式，或者作用于所表现的社会生活，不同程度地参与到地域文学的创作中。地域文学是一方厚重丰富又不断发展变化的天地，对这方天地的欣赏研究也必须采用多维视角与发展的眼光方能领略其多样风采，避免因公式化教条化带来的文化与文学意义的遮蔽。

作者单位：曲阜师范大学文学院

当代西部文学与区域文化

主持人：陈国恩

主持人语：

中国的西部，是一片神奇的热土，壮怀激烈，孕育了不屈不挠的西部精神，充实和丰富了中华民族的文化传统。随着中国西部大开发战略的进一步实施，研究西部文学及其内含的西部精神，越来越受到当今学术界的重视。选在这个专栏里的 4 篇文章，内容涉及当代西部文学中的西部精神、新时期回族文学中的乌托邦倾向、新疆新生代汉语文学的现实书写以及红柯《喀拉布风暴》的文学间性问题，其中既有总体性论述，也有个案研究，但最终都殊途同归，致力于对西部精神进行解读，其中所提出的问题足以引起大家的思考。推出这个专栏的目的，是希望有更多的学者来关注中国西部的问题。研究中国西部问题，其实就是研究中国西部和中亚社会发展及文化交流，也就是研究中国发展本身的问题，具有重要的学术价值和重大的现实意义，值得大家为此作出努力。

"西部精神"的文学意义阐释

黄 健

　　"西部"一词，应不是一种纯粹意义上的地理含义，而是它所展现出来的精神含义和文化特色。有人说"西部"一词及其内涵，多多少少是受到美国"西部牛仔"（West cowboy）精神影响而形成的。因为在 18 世纪至 19 世纪的美国，在广袤的西部土地上，曾经有着一群热情、执着而无畏的开拓者和冒险者，他们富有冒险和吃苦耐劳精神，为美国的西部大开发立下了汗马功劳。此话虽有些牵强附会，但也不无道理，也就是说"西部"一词已成为专有名词，成为一种精神的象征，具有独立的文化内涵和人文价值与意义。当然，在中国的历史和文化语境中，"西部"一词有着独特的本质规定和精神含义。"西部精神"也有着自身特殊的文化内质。尽管难以用一个词，或一句话将"西部"的内涵，特别是其精神的内涵概括清楚，但可以说，"西部精神"已完整地组合在中华民族的精神系统之中，成为历史悠久、博大精深的中华文化的有机构成部分。

　　常言道，文学不仅是反映现实，抒发情感，更重要的是书写精神，展现生命的意义。萨特指出："文学的对象，虽然是通过语言本身实现的，却永远不能用语言来表达。恰恰相反，从本性上它就是一种静默，是一种词的对立物。"[①] 作为语言艺术，文学不是一场语言的游戏，而是对生命的意义，对人生的精神的一种书写。从文学的视阈来书写"西部"，展现"西部精神"，是中国文学的一大传统。古代文学对西部边塞的书写，既

---

① ［法］萨特：《什么是文学》，《萨特文论选》，施康强译，人民文学出版社 1991 年版，第 108 页。

描绘了壮阔苍凉、绚丽多彩的西部边塞风光，也抒写了建功立业的豪情壮志和极富生命意义的人文情怀，展现出西部特有的精神气质。到了现当代，文学也同样以恢弘的气势，张扬西部的文化性格和人文精神，以独特而深厚的精神内蕴，揭示西部文化在历史与自然中所呈现出来的巨大精神张力和深邃的人文内涵，展示西部作家独有而强烈的生命体验和人生感悟。在中国文学史上，西部文学以其独特的"西部精神"，展现出中华民族深沉而博大的情怀，丰富而多彩的文化，如同高彩梅在为《首届中国西部散文奖获奖作品集》写前言时所指出的那样："如果说黄河与秦岭相连一线以西的戈壁、沙漠、草原、湖泊、江流、河源、平野、峡谷、山岭、沟壑、雪峰、大阪、弄场、田垌、坝子……构成的西部的奇特、多彩、壮丽的地理面貌特征而令人为之神往，那么，西部散文家凭其对艺术的执着的探索精神和不倒的理想信念，作品所强烈凸显西部人文精神、大自然本质，凸显西部民族生存意识和生命体验，凸显西部的阳刚大气、豪宕正气，同样令人为之惊叹。她像舞袖长风抚慰了中国文学漠野，像古老的地平线上喷薄而出的朝阳，那暖洋洋的鲜活，为中国文学塑造了一种旷世的大美……"①

一 "西部精神"的文学诠释

什么是"西部精神"？从人文的含义上来说，至少可以概括出这样一些精神的特征：坚忍不拔，通达乐观，崇尚自然，忠于信仰，开拓进取，大气豪放，执信守义，胸怀天下。由于特殊的地理结构和自然环境，西部奇峰耸立的群山，川流不息的江河，既是万物生息的生命之源，也是中华民族历经水火刀兵而不渐灭、不沉沦的精神象征。文学对"西部精神"的诠释，大多依据的应是这种认识理路。在文学的视阈中，"西部精神"彰显的是一种人生的精神张力，一种文化的精神活力，一种人文的精神魅力。

在古代文学中，对"西部精神"的诠释，离不开对西部壮美的自然景观的讴歌。通过寄情于景、借景抒情的艺术方式，把丰厚的"西部精神"展现得辽阔、深远，极富人生的壮美和崇高的情怀。王之涣的"黄

---

① 高彩梅：《中国西部散文六十年》，《首届中国西部散文奖获奖作品集》，中国社会科学出版社 2010 年版，第 1 页。

河远上白云间，一片孤城万仞山"（《凉州词二首》），描绘的是古代西部凉州的旷野景象，蕴含其中的则是诗人忧患的人生情怀。其他的诗人，如王翰的"醉卧沙场君莫笑，古来征战几人回"（《凉州词二首》），王昌龄的"黄沙百战穿金甲，不破楼兰终不还"（《从军行七首》），李颀的"白日登山望烽火，黄昏饮马傍交河"（《古从军行》），王维的"大漠孤烟直，长河落日圆"（《使至塞上》），李白的"明月出天山，苍茫云海间"（《关山月》），岑参的"忽如一夜春风来，千树万树梨花开"（《白雪歌送武判官归京》），等等，大都从西部边塞的大好自然风光中，展现出一种坚忍不拔的生命境界。可以说，赋予"西部"旷野之美的人生情感和审美意义，目的是要完整地诠释"西部精神"对于人生独有的价值。像岑参的《走马川行奉送封大夫出师西征》一词所展示的：

> 君不见，走马川，雪海边，平沙莽莽黄入天。轮台九月风夜吼，一川碎石大如斗，随风满地石乱走。匈奴草黄马正肥，金山西见烟尘飞，汉家大将西出师。将军金甲夜不脱，半夜军行戈相拨，风头如刀面如割。马毛带雪汗气蒸，五花连钱旋作冰，幕中草檄砚水凝。虏骑闻之应胆慑，料知短兵不敢接，车师西门伫献捷。

在展现西部边塞的自然风光中，诗人把西部冬天独特的景观：酷寒、大风、飞沙、走石，都用类似电影"蒙太奇"的特写镜头进行了精心的描绘，赋予其独有的英雄主义精神气概。可以说，古代的西部边塞诗，如果没有诗人留下的那些描绘西域瑰丽风光的诗，其精神也就会黯然失色。

到了现当代文学，对于"西部精神"的诠释，继承了古代文学的这一传统，也格外注重自然与人文的精神统一。像20世纪80年代出现在新疆的诗歌流派——"新边塞诗"，就是以旷达的边塞生活，冶炼灵魂，铸就精神气质：

> 我以青年的身份／参加过无数青年的会议，／老实说，我不怀疑我青年的条件。／三十六岁，减去"十"，／正好……团龄才超过仅仅一年！／《呐喊》的作者／那时还比我们大呢；比起那些终身不衰老的／年轻的战士，／我们还不过是"儿童团"！／……哈，我是青年！
>
> ——杨牧：《我是青年》

岁月可以催人老，尤其是相对东、中部来说，西部的生存环境相对严峻得多，但是，在诗人的心中，外部的自然环境催人老的是肉体的生命，而精神的生命则永远是"年轻态"，不会因为岁月的侵蚀而减色。因为诗人追寻的是崇高而永不哀戚的精神魂魄，以维护生命价值的尊严和人生信念的忠贞，尤其是诗人早已将多舛的命运与西部广袤的土地紧紧融合在一起，从中升腾出悲怆、雄浑、洒脱的现代精神品格。

在另一首《我骄傲，我有辽远的地平线——给我第二故乡准噶尔》的诗中，杨牧更是在对"地平线"的向往中，展示出他特有的时代救赎精神："黑沙。黑尘。黑风。黑雾。/也曾在这片处女地上肆无忌惮。/我见到过，见到过那个疯狂的年月，/见到过恐怖，见到过劫难。/当罪恶与冤孽蒲公英似地乘风撒播，/我也曾为大漠的晨昏感到迷乱。/我记得那时天地间像座血腥的牢狱，/——地平线，冷得发青的一条锁链……"用"黑色"这种冷色调来展示西部自然景象，其中寓意的则是他对时代精神的思考和追寻："呵，不出茅舍，不知世界的辽阔！/呵，不到边塞，不觉天地之悠远！/准噶尔呵，感谢你哺育了我的视力——/即使今后走遍天南地北的幽谷，/我也能看到暮云的尸布、朝晖的霞冠；/——日落和日出都在迷人的地平线上，/——死亡与新生，都是信念。/我骄傲，我有辽远的地平线！"这不是对西部苍凉的诅咒，而是以时代眼光审视西部，自豪而坦荡地讴歌西部精神，在雄浑而富有的生命力度中，展现出穿透历史的烟尘，走向新生的时代思考。

如果说新边塞诗的创作总是与精神的"崇高"联系在一起，诠释出"西部精神"的特质，那么，"西部精神"的崇高，总是贯穿着一种"力量和速度崇拜"的特点，呈现出一种动感之美，如同周涛在《从沙漠里拾起的传说》中所强调的那样，是一种"力量之美，速度之美，动态之美"。这种精神特质，不仅只在男性作家那里凸显，在女性作家那里也是如此。如娜夜的诗歌创作，就带有一种"力量之美，速度之美，动态之美"：

在这遥远的地方
不需要
思　想
只需要芦苇

顺着风

　　　　　　　　　　——娜夜：《起风了》

　　由"力量"、"速度"、"动态"构成的诗歌美感，使娜夜的诗空旷、空灵而富有张力，洒脱、悠扬而富有韵律，长短句的配置，无论是诗本身的节奏，还是对应心灵的节奏，都具有动感的力量与速度的美感。跃动而大跨度的诗思，在凸显精神生命张力的同时，也使诗的情感韵律达到了一种极致。

　　如果说这就是"西部"，就是"西部精神"，那么，从中让人深切感受到的，就是生活在西部的"那些高贵的/有着精神力量和光芒的人/向自己痛苦的影子鞠躬的人"（娜夜《风中的胡杨林》）精神的崇高和伟岸。文学对"西部"和"西部精神"的领悟、阐释和艺术再现，应作如是诠释。

二 "西部精神"的文学书写

　　冯远经指出："所谓西部是地理概念，由于这个地理概念造成了西部文化历史的传统，这不同于中部、东部的民族习俗，多年以来，这些传统文化已经形成它特有的风格特征。艺术家在表现西部时，一定要找到具有西部文化特色的东西。或者说，要找到西部最鲜明的形象特征，传递一个鲜明、浓郁、直观的西部人特有的特征、特质。我们所说的由文化、由地貌特征和人的生活情态形成的带有文化印记的思想、民俗和精神特征，总体来说，可以归结为西部特色或是西部精神。"[1] 文化的生命总是薪火相传，从人类远古的刀耕火种时代，到现代高度文明的岁月，文化作为一种民族精神，在历史的长河里点滴累积着财富，为人们提供安身立命的精神归宿。生活在西部区域的人，也正是通过祖祖辈辈纵横驰骋的脚步，将自己的文化情韵，深深地印烙在西部风云流变而山河依旧的大地上，形成了特有的"西部精神"。从这个意义上来说，"西部精神"具有深厚的文化内涵，是西部文化赋予西部人一种像高山一样坚韧雄奇的精神禀赋和文化

---

　　① 余宁、吴月玲、孟祥宁、段泽林：《中国美术的西部情结："两会"代表、委员谈西部题材美术创作》，《中国艺术报》2010 年 3 月 9 日 S01 版。

性格，从中展现出西部人九曲回肠般的江河壮美之情和大地般广阔的仁慈情怀之美，让古老的西部河山因为有了这种丰富独特的人文情感而蕴含着西部人性的全部神韵和灵光。

在古代，由于西部边塞烽烟迭起，在造就英雄的同时，也为人们留下了许多振奋感人的展现"西部精神"的佳作。"葡萄美酒夜光杯，欲饮琵琶马上催。醉卧沙场君莫笑，古来征战几人回。"（王翰《凉州词二首》）"大漠沙如雪，燕山月似钩。何当金络脑，快走踏清秋。"［李贺《马诗二十三首（其五）》］"东风乍停北风起，驱雪松涛十余里。松柴烧赤老瓦盆，奇冷更变成奇温。"（洪亮吉《行至头台雪益甚》）"万里伊丽水，西流不奈何。驱车临断岸，落木起层波。远影群鸥没，寒声独雁过。河梁终古意，击剑一长歌。"（邓廷桢《伊丽河上》）"高如云气白如沙，远望那知是眼花。渐见山头堆玉屑，远观日脚射银霞。横空一字长千里，照地连城及万家。"（丘处机《阴山途中》）"飞帘纵锋锐，袭人乘夜半。惊沙扑面来，铦利若刀剑。"（宋伯鲁《战风戏作》）这些脍炙人口的古代书写西部边塞诗作，均展现出西部独有的自然风光和人文情怀。在古人看来，他们在西部所见、所闻、所感、所悟，无论在诗歌中表现出来的是描写奇异的塞外风光，还是反映戍边的艰辛；是抒发渴望建功立业、报效国家的豪情，还是状写戍边将士的乡愁，家中思妇的离恨；是表现连年征战的残酷，还是宣泄对黩武开边的不满、对将军贪功启衅的怨情，实际上都是追寻生命意义的一种书写，所要展现的"西部精神"，也就是生活在西部所获得的那种深切而独特的文化精神禀赋和人文情怀：他们情系魂萦的西部热土，体现了充满阳刚之美的民族情感和志在四方的开拓进取的生命热情，以及与祖国同命运、共荣辱的精神品格，并将其升华为与西部热土血脉相连的情结，从中演奏出中华民族宏大史诗中一曲雄浑的西部交响乐。即便历史发展到今天，这种精神的传统，依然是代代相传。

余斌在《中国西部文学纵观》一书中指出，西部文学与"西部文化"、"西部精神"紧密相连，"它的着眼点不在'社会'而在'文化'，在地域文化"。① 现代西部文学继承了古代文学的优良传统，在创作实践中，注重从文化、从精神、从人生等多个维度书写西部，展现"西部精神"的独特和博大。

---

① 余斌：《中国西部文学纵观》，青海人民出版社 1992 年版，第 79 页。

以散文为例，收录在《首届中国西部散文奖获奖作品集》（中国社会科学出版社，2010 年出版）的作品，就充分地展现出"西部精神"的多姿多彩，如同该作品集的内容提要所精湛描述的那样："西部自然、历史、文化的滋养，使西部散文呈现出了色彩斑斓的大本色。爱能使石头开花。生命的大爱能挣裂岩石。生命的大爱能避开峡谷。从这些作家和这些作品来看，从越来越多的人对散文发生兴趣并参与其中的现象来看，西部作家深厚的创作功力、严肃的创作姿态、强烈的社会责任感正在形成。"也如同高彩梅在为《首届中国西部散文奖获奖作品集》写前言时所展示的那样：

> 中国西部散文的出现，应当上溯到 20 世纪 50 年代初。其时，著名散文家碧野和李若冰分别以《天山景物记》《柴达木手记》锃亮的光芒，初步镂刻出了一个西部散文的轮廓。《天山景物记》《柴达木手记》的那种西部粗犷美、豪放美，在中国文坛开始登台亮相。到 1985 年左右，西部散文，从涓涓细流，汇成一条直奔浩渺大海的文学之河，并开始以恢弘的气势张扬西部的人文精神和民族个性，以独特而深厚的精神内蕴揭示西部文化在历史与自然中呈现出的巨大张力和深邃内涵，展示西部作家独有而强烈的生命体验。①

作为西部文学的重要构成部分，西部散文的创作或许最能够多方位地体现"西部精神"。文体的书写自由，带来了思想展示和情感抒发的自由，如周涛的散文创作，所抒发的就是他对生命的讴歌，对个性的张扬，对西部大好河山、自然美景的欣赏与赞美，所有这一切，都刻上了鲜明的西部文化意识烙印，显示出根植于西部土地，以及在这土地存在着的所有生物的灵性。在周涛的笔下，西部所有生命都是鲜活的、真诚的，充满了生机和旺盛的活力。如他的散文《巩乃斯的马》，对奔驰在广阔草原上的马的形象描绘，就深深地寄托了他对自由生命境界的渴望与追寻，如同有学者所指出的那样，"马"的形象描绘"展示了这种生命力的冲动达到极致时酒神式的狂乱奋发的境界，生命的潮流在自然的鞭策下纵横驰骋，所

---

① 高彩梅：《中国西部散文六十年》，《首届中国西部散文奖获奖作品集》，中国社会科学出版社 2010 年版，第 1 页。

有外界的羁绊都不放在它的眼里"① 的精神特征，以及"以一种由点向面发散，由局部向整体辐射，由具体向抽象升腾，由表象向本质突进的顿悟的方式，以奇特的想象力、强劲的语言张力、对西域文化独到的理解力以及汪洋恣肆、纵横捭阖中独具的深刻穿透力，营构出西北地区独特的阳刚之美、粗犷之美和原始野性之美"。② 裕固族作家铁穆尔是"一个具有深厚史学功底和丰富的田野作业经验"的散文作家，他的创作特点是善于从民族文化中提取积极进取的人生目标和民族文化性格。在《尧熬尔之谜》一文中，他这样写道："草原上的尧熬尔人多是一些好客、心地诚实善良和粗犷质朴的人们。酷热的气候，残酷的历史，貌似强悍、坚忍的人民，如果深究其本质，他们像是很多北方游牧人一样，绝对是温情、人性和浪漫的。"在《狼啸苍天》一文中，他描绘"阿妈每天都在帐篷边祈祷着，她在祈祷声中迎来日出送别晚霞。她在祈祷那云中的蓝峰、灿烂的北极星、汹涌的雪水河，还有那骑着棕色公山羊的火神祖先的亡灵赋予了高山大河以生命力，它会保护、援助我们，使恶魔、强盗和奸邪之徒远离我们。"不言而喻，流淌在字里行间的深情，显示出一种民族精神的韧性。

散文创作如此，小说创作、诗歌创作又何尝不如此呢？姜戎的《狼图腾》，这部以狼为叙事主体的史诗般的小说，用一个特殊的维度再现了"西部精神"深厚的文化内涵，让人们重新认识了西部草原，认识了西部草原狼，也重新认识了西部的历史、文化、社会生态，更重新认识了人类自身。小说围绕着几十条狼及其与自然、与人的关系的描写，情节曲折紧张，跌宕起伏，场面宏大神奇、波澜壮阔。不论是大青马勇敢镇定地独闯狼阵，狼口脱险，还是蒙古女人和小孩与狼徒手搏斗，生擒恶狼，以及狼群与军马惨烈的生死决斗，同归于尽，人与狼的殊死较量，相存相依……以及作者最后对小狼的忏悔，对蒙古老人的忏悔，对草原的忏悔，都深深地震撼着人的心灵，让人在内心深处产生无尽的想象和深深的思索。西部作家（或曾经生活在西部的作家）的小说叙事，注重在客观描写当中，展示西部人的性格和精神状况，如石舒清的短篇小说《底片——记邻村的几个人》，素描式的寥寥几笔，就把像望天子、懒汉、哑巴、大姑父等

---

① 陈思和：《中国当代文学史教程》，复旦大学出版社 1999 年版，第 254 页。

② 高彩梅：《中国西部散文六十年》，《首届中国西部散文奖获奖作品集》，中国社会科学出版社 2010 年版，第 2 页。

人物形象，栩栩如生地展示在人们的面前，这些世世代代生活在"西海固"的村民，没有惊天动地的故事，也没有非凡伟大的业绩，但在他们普普通通的生活中，却包含着复杂深沉的内心情感，作者善于在他们无数的生活琐事中，挖掘深藏在他们内心的利他主义品质，让人看到他们的精神骨架里仍然是牺牲自己、拯救他人的情愫。还有像佤族作家袁智中创作的短篇小说集《最后的魔巴》，全书紧紧聚焦云南佤族山区的人与事，把地域文化、风土人情和民族性格融入其中，如小说《丑女秀姑》，在写山寨丑女人秀姑与几个矿工的情爱故事时，就将佤族女人的忠诚、质朴及所经历的苦难，展现在人们的面前，同时也把佤族人的人生信念和信条，生活和情感的原则，与特定的民族性格和文化有机地融合在一起，展现出西部人特有的韧性与执着。

如果说西部小说书写"西部精神"，是以再现和写实的方式来进行的，那么，西部诗歌对"西部精神"书写，则是以表现和抒情的方式来进行的，所抒发的是来自大西部的豪情、深情和生命力的顽强、坚忍，以及粗犷、深厚、忧患、苍茫的悲天悯人的情怀。以昌耀的诗歌为例，他在《一个中国诗人在俄罗斯》中这样写道："我一生，倾心于一个为志士仁人认同的大同胜境，富裕、平等、体现社会民族公正、富有人情。这是我看重的'意义'，亦是我的文学的理想主义、社会改造的浪漫气质、审美人生之所本。"在诗歌创作中，"面对苦难的英雄主义态度"是他基本的人生态度，从中展现出他那由西部土地孕育的孤独、敏感、忧患和充满热情的心灵跃动："每于不意中陡见陋室窗帷一角/无端升起蓝烟一缕，/像神秘的手臂/予我灾变在即似的巨大骇异，毛骨悚然。/而当定睛注目：窗依然是窗，帷依然是帷。/天下太平无事。"（昌耀《噩的结构》）"骚动如噪声。/你一声长叹，/以头颅碰撞梦墙。/可你至今不醒。"（昌耀《嚎》）立足的是西部，放眼的是整个世界，面对大千世界的无常，昌耀选择的是英雄主义，以充满理想和激情的方式，发出来自西部的声音。

因此，对于文学而言，书写"西部"，实际上就是书写人生、书写文化、书写精神，主旨是展现西部独有的精神史诗。在人类漫长的精神发育过程中，文学始终是最基本、最忠实、最核心的参与者和表现者。可以说，文学是人的精神生长过程的结晶，是一个时代、一个社会的人群的价值追求的精神制高点。对于文学书写"西部精神"来说，不论是古人书写的"将军金甲夜不脱，半夜行军戈相拨，风头如刀面如割"（岑参《走马川行奉送封大夫出师西征》），还是今人书写的"大男子的嚎啕使世界崩溃瘫软为泥。/……而嚎啕长远震撼时空。"（昌耀《嚎啕：后英雄行状》），本质上都是西部独有的文化精神和人文理想的呈现，让人们能够在繁忙而杂乱的生活中，穿透重重迷雾，洞悉灵魂的底色。

三 "西部精神"的文学使命

李星在《西部精神与西部文学》一文中指出，对于西部文学展现"西部精神"而言，"重要的是从历史和现实的结合上，从宏观的、习惯的西部印象与考察中，把握西部精神与文化的主要方面及其审美特征……因此，我们认为对文学创造具有巨大影响的仍将是由其地理人文生存环境、多民族文化，特别是宗教文化所制约西部人的生命意识、生存意识、人生意识，正是它们构成了综合性的西部精神和西部意识的核心，决定了西部的文化精神特征。"① 文学从来不是世外桃源，尽管"文以载道"不可取，但这并不意味着文学可以自言自语，孤芳自赏，独自清静，逃避应有的社会责任，放弃自身的社会使命。在西部文学中，书写"西部精神"，传播"西部精神"，让"西部精神"构成中华民族精神的重要元素和结构因子，同时带着中华文化多元价值理念，多样性精神特点而走向世界，为人类的文明作出新的贡献，如同李星所强调的那样：

> 如果我们找到了西部人心理意识层面的文化精神或西部意识的核心，我们也就找到了西部文学的特征和精神。所谓文学是人学，主要指的是文学和人心理意识的对应关系和精神上的超越关系。从对应方面来看，西部文学是崇高的、宏大的、民族史诗性的；又是神秘悲壮、具有信仰力量的；它是粗犷的、原始的、野性的，又是丰富而细腻深刻的，具有人的命运的悲剧力量等等。从理想和超越的方面看，无论西部现在的状况怎么样，但中国的西部文学应该与整个中国文学及整个人类文学紧密相随，并成为中国和世界当代文学的一个最有生

---

① 李星：《西部精神与西部文学》，《唐都学刊》2004 年第 6 期。

命力、最辉煌、最具特色的部分。①

展现"西部精神"的文学使命，不是获得廉价的同情和理解，而是要以充分的自信，鲜明的地域文化风采和多姿多彩、深厚博大的人文精神，传达来自西部的心声，表现西部人独特的文化性格和精神禀赋，展现西部特有的自然与人文之美，让"西部精神"作为中华文化和中华民族的重要精神形态，汇入人类社会走向现代文明的发展长河，从而发挥其不可替代的功能和作用。

马克思、恩格斯在《德意志意识形态》中，对地理环境和人文环境的意义进行了经典阐述，指出："任何人类历史的第一个前提无疑是有生命的个人存在。因此第一个需要确定的具体事实就是这些人的肉体组织，以及受肉体组织制约的他们与自然界的关系……任何历史记载都应当从这些自然基础以及它们在历史进程中由于人们的活动而发生的变更出发。"②对于"西部精神"的文学使命而言，首要任务是完善自身，向世人展现西部自然景观的独特寓意，文化精神的壮美和人文内涵的丰厚，而不是一味地以西部与东、中部不同的自然景观和人文风俗而故意猎奇，沾沾自喜。在这其中，要表达"西部精神"的独一无二的特征，乃是不同于东、中部的那种"西部精神"的独特性。这不是标新立异，不是另起炉灶，而是要把"西部精神"的原始力和原创力充分地展现出来，用西部人独有的豪放、粗犷、深沉、苍茫、崇高之情来书写西部人的壮志，抒发西部人旺盛的生命热情，塑造出鲜明的西部人物形象，展示西部人情感激荡的情形，形成一种极致的情感之美，使文学在诠释和书写"西部精神"中，获得巨大的情感冲击力和审美张力，由此探索生命的意义，叩问生命存在的价值，如同生命哲学家柏格森所说："生命在其整体上显出是一个巨波，由一个中心起始向外铺展，并且几乎在它的全部周边上被阻止住，转化成振荡：只在一点上障碍被克服了，冲击力自由地通过了"，③并从中打造出西部文化精神的魂魄。

"西部精神"的文学使命，第二个重要任务就是要基于西部的自然和

① 李星：《西部精神与西部文学》，《唐都学刊》2004年第6期。
② 《马克思恩格斯选集》第1卷，人民出版社1972年版，第20页。
③ ［法］柏格森：《创造进化论》，肖聿译，华夏出版社2000年版，第226页。

人文的语境，展现出中华民族"海纳百川"的包容情怀，书写出中华文化的多元、多样的精神色彩。西部文学应在这个层面上，自觉地汇入中华民族在21世纪走向伟大复兴，展现中华文化"软实力"的洪流之中，担当起自身应有的责任，而不能仅仅置身于西部自身的区域文化中，孤芳自赏，流连忘返。从文学的视阈来看，西部独特的地理环境、文化积淀和风俗习惯，都使得西部文学在思想表达、文化凝练、意象构筑、题材选择和语言运用上，对于中华文化的展现可以有更得天独厚的表达空间。像茅盾文学奖得主陈忠实在小说《白鹿原》的扉页上，引用法国著名小说家巴尔扎克的名言"小说就是一个民族的秘史"用意一样，通过文学的方式，传达出西部人对于中华文化的独特认知和理解，把藏在中华民族心灵深处的那种"集体无意识"多方位地展现出来，尤其是要从"生命的历史困境与人的寓言"的西部历史和文化语境中，既考量区域文化的特性，又紧紧地把握中华文化的博大精深，将西部人的生存境况、发展前景与背后蕴含的历史和文化紧密关联，不仅揭示出西部人存在的深层底蕴，也从中折射出其复杂的主体精神和心理内涵，并能够对中华文化进行深度的精神开掘，对中华文化的现代表达和传播，作出西部人的独特贡献。

由此出发，"西部精神"的文学使命第三个重要任务，则是要放眼世界，使西部文学的创作具有"世界性"的元素，与西部人那广阔、高远、旺盛的生命意识和情愫一样，展示出"越是地方的，越是世界的"这一特色。尽管从经济发展上来说，西部还是欠发达地区，但这并不意味着西部人观念的"欠发达"，不意味西部文化的"欠发达"，西部文学创作同样要具有放眼世界的眼光和胸怀，获得"世界性"和"现代性"的价值建构。就西部文化自身形成的特点来说，在漫长的历史发展过程中，西部区域除丰富深厚的本土文化特征外，本身还融合了众多的外来文化因素，其中包括古地中海文化、古阿拉伯文化、古印度文化等，呈现出多元并存、多样发展的格局。如同吉狄马加在中韩作家对话会上的演讲所指出的那样，从总体特质上来讲，"西部文化具有极强的传奇性、神秘性、包容性和丰富性"，这是中华文化多元、多样性的一个最好的脚注。在历史上，中国西部就"被三条史书般的重要通道所贯穿，即贯穿西北的丝绸之路、贯穿西部高原的唐蕃古道和贯穿西南的茶马古道"。[①] 所以，西部

---

① 吉狄马加：《中国西部文学与今天的世界》，《青海日报》2009年7月10日第6版。

文化、西部文学本身就具有世界性的文化基因，因而在新的历史时期，展现"西部精神"的文学使命，就是要推动西部文学走向世界，在世界文学的格局中，彰显中国"西部精神"的力量和风采。

今天的西部，既是昨天历史的延续，也是走向明天辉煌的开始。弘扬"西部精神"，让西部文学以丰厚的"西部精神"与独特的文化个性，走向世界，拥抱现代文明，展现中华文化多姿多彩的精神形态，应是西部文学的终极使命所在。

作者单位：浙江大学中文系

新时期回族文学创作中的乌托邦倾向

李 雁

一

作为世界三大宗教之一的伊斯兰教对中国的特定区域具有较大影响，特别是在西部回族人民聚集区，因而在一部分回族作家创作中，显示出伊斯兰宗教乌托邦精神，相关的作家作品有张承志的回族题材系列文本、王树理的《一生清白》《沙窝故事》，石舒清的《微白》《西海固的事情》《清水里的刀子》查舜《穿越峡谷》《阿密娜姐姐》《淡蓝色玻璃》《江水无名》，郝文波的《朝觐者》等。

首先，在他们创作中突出地体现了宗教性的苦难经验，这一点和回族的社会历史境遇和地理生存环境有着直接的关系。回族和其所作为精神信仰的伊斯兰文化在华夏汉文化体系中一直处于边缘地位，而其自身强烈的民族文化认同感造就回民特有的凝聚精神，因而在专制的明清时期与主流政治意识形态形成尖锐对立，形成了回族难以抹去的历史苦难经验；另一方面，回族所处的中国西部地区，像宁夏、甘肃、青海等地区，自然环境恶劣，人的生存受到自然的直接威胁，因而人与自然的斗争也构成回族作家苦难经验的一个重要内容。"伊斯兰文化自始至终面临的是酷烈的自然环境、艰难的生存条件和苛严的人文境况"，[1] 回民的困窘物质文化生存处境不可避免地凸显于文本的表象层面。其次，伊斯兰宗教文化又具有乌托邦精神。如果我们把乌托邦理解为一种"信仰"和"希望"，那么在伊斯兰文化中，苦难并不是人生的全部，或者说，人生的苦难具有救赎的可能，而这个拯救的源泉就是伊斯兰所信仰的唯一的神——真主。石舒清在《残片童年》说："人是多少需要一些神性的，神性带与人的，惟有幸

---

① 杨经建：《伊斯兰文化与中国西部文学》，《人文杂志》2003 年第 2 期。

福。"在伊斯兰的教义中，真主是至仁至慈、全能、全知的，具有无上的权威，掌握正义和公理，而人只要遵循真主的旨意，行善祛恶、奋发努力就能得到真主的酬报，获得后世的幸福。基于这样的认知，一部分回族作家就在他们的宗教信仰中找到了他们所生存的理想的家园，在石舒清的笔下，西部荒凉贫瘠的戈壁沙漠不再令人畏惧，因为"那不仅是一片皲裂的大地，那还是一个精神充盈的价值世界，在天人之际自有不可轻薄的庄重"。① 而对具有理想主义精神的张承志而言，经过漫长艰辛的追寻，走过辽阔的草原和现代化的大都市（包括北京、日本、欧美），他终于在天山和宁夏西海固的黄土高坡找到了灵魂的栖息地，"我发现了世间原来有如此一块净土"（《最净的水》），他在那里找到了他苦苦寻找的"梦"——他理想中的生命形式，安顿了他浮躁疲惫而又混乱骚动的心灵。

二

我们知道，宗教的世界是与世俗相对峙的，是对人的日常生活、人的肉体感性生命的超越和提升，因而宗教所宣扬的天国实际上包含了对人的终极理想生命的想象、设置。赫茨勒认为，宗教的天国包含着乌托邦精神，因为"天国可视为一种发展过程，一种社会和精神上逐渐进步的过程"。② 这种逐渐进步的过程就蕴含了乌托邦精神，它包含了乌托邦极为重要的否定和超越意识。伊斯兰产生于现实苦难的土壤中，但又借助神的力量实现了精神的升华，因而创造了超越世俗的"圣"的空间。

伊斯兰"圣"的世界其核心的价值在于对"清洁"的信仰。张承志就对穆斯林和非穆斯林作出简洁的界定："对于一切简朴地或是深刻地接近一神论的人来说，farizo 是清洁的人与动物的分界。"（《离别西海固》）笃信伊斯兰的回族作家经常怀着崇拜赞美的情感书写对"清洁"之美的赞美，"从山岊和坡地之间的小路，走进沙漠和崇山峻岭。我欢喜地又遇到茫茫的大雪。风景千里万里一派迷茫，大雪如天降的淳白音乐。再

---

① 李敬泽：《遥想远方——宁夏"三棵树"》，石舒清：《暗处的力量》，花山文艺出版社2001年版，第2页。

② ［美］乔·奥·赫茨勒：《乌托邦思想史》，张兆麟等译，商务印书馆1990年版，第71页。

也没有世俗化的苦痛和人事的纷扰，人的心，那时是清纯的。"（《神往》）"清洁"作为精神追求在伊斯兰的世界里可以转化为对"水"的赞美，在西部干旱无水的戈壁沙漠中，水就是生命之源，因而在伊斯兰的"圣"的世界里，水是与神的恩惠相联系的存在。伊斯兰教"五功"中的"拜功"是向真主表示虔诚信仰的仪式，是穆斯林教徒的重要的宗教行为，信徒在行使拜功前有"大净"和"小净"的礼仪，就是用洁净的水按照一定的次序清洗身体，以清洁的身体与真主相遇。宗教风俗、仪式往往是与其宗教信仰相互联系的，伊斯兰的"大净"、"小净"正隐喻了伊斯兰教义的重要的价值追求——即对"清洁"精神的追求。穆斯林生命旅程中的重大活动都伴随着"清洁"的水，查舜《淡蓝色玻璃》中的王老汉，每天早上都极其虔诚地履行"大净"，"从手到脚，从漱口呛鼻洗脸抹额到净下，全身上上下下每一个汗毛孔儿都没有放过。活这么大岁数以来，他一直对清晨时候的这种洗浴，充满着特殊感情。这不，一通大净洗过，不只是洗去了瞌睡和不洁，洗去了所有的疲乏和不快，同时也还洗出了一个新自己。"石舒清《清水里的刀子》中的老人马子善，唯一的希望就是能够知道自己的死期，因为"自己若是知道自己归真的一刻，那么提前一天，他就会将自己洗得干干净净的，穿一身洁洁爽爽的衣裳，然后去跟一些有必要告别的人告别，然后自己步入坟院里来"，他希望能够带着洁净的身体和灵魂走向另一段旅程，那举义的老牛，透过一盆清水，看到了清水里的刀子，领会了自己的神圣的使命，"槽里的那盆净无纤尘的清水，那水在他眼前晃悠着，似乎要把他的眼睛和心灵淘洗个清清净净。那是一盆怎样的水啊。"（《清水里的刀子》）这种清洁贯穿在伊斯兰的社会生活中，成为一个真正的穆斯林终生遵循和信奉的道德原则。

清洁的精神意味着人的精神的升华和灵魂的纯净，它集中了伊斯兰教义中对神性的理解，表现为个体对于世俗欲望的克制和约束，对纯洁清静世界的追求。查舜在《淡蓝色玻璃》中涉及"欲"的世俗世界和"清洁"的圣的世界的对照，作为现代文明的汽车曾经引起王老汉的羡慕，然而伴随着现代文明而来的却是人的欲望的泛滥，身边飘来的乌烟瘴气的烟，电视上"过来过去都是精尻子亮肚脐眼露奶子的婊子和挺着肚子留着长发的嫖客捻捻掐掐嘻嘻哈哈胡骚情的事"，还有公然的辩护"我们就像是戒不掉女人一样戒不掉这烟"，所有的这一切，象征了一个现代化进程中的文化所面临的新问题：肉体与精神、欲望与道德的关系和处理方式。欲望、情感、意志等世俗内容，正像马克思所说的，"人作为自然存在物，而且作为有生命的自然存在物，一方面具有自然力、生命力，是能动的自然存在物；这些力量作为天赋和才能、作为欲望存在于人身上；另一方面，人作为自然的、肉体的、感性的、对象性的存在物，和动植物一样，是受动的、受制约的和受限制的存在物"，① 这是人的本质内容之一，欲望等世俗内容是生命体的本能要求，它既可给予生命以感官的满足，实现生命的本质，同时亦对生命构成了奴役。当欲望超越了合理的限度，膨胀到一定程度，欲望就不再是生命本己的部分，而转化为生命的对立存在，戕害人的精神追求，人就失去了自由而被异化为欲望的奴隶，人就远离了德性的崇高和精神的纯洁而堕落到低级层面。而伊斯兰所推崇的"清洁"精神，则对欲望保持了警醒的态度，自觉地对"欲望化"的世俗保持否定的精神，充分肯定了人的道德自律和精神自由，正像王老汉所思索的："'人'，活在这世界上，还有什么比吃喝更重要的呢？但恰恰是对这种最迫切欲望的突然调整和适度节制，常常就会使那些已经麻痹或迟拙的接受感官，再次敏感和活跃起来，常常也会使他的意志和体能由一种不规则挑战而拓展出更大意义的历练。"认为真正的"人"恰恰在于能够合理地控制自身的欲望，使自己能够从动物的自发的生存层面上升到"人"的精神层面。

三

宗教作为一种意识，反映的是人与神的神秘关联，它为人的生存提供了一整套的价值系统和行为规范，最终指向人的根本归宿和生存意义，因而具有乌托邦的理想精神和超越意识。但与世俗乌托邦不同，世俗乌托邦认为完美的世界存在于现实的社会中，不管它是存在于某种类型的社会制度中，还是存在于人与人之间的伦理关系中，它都是把乐土建立在属人的大地上，人类可以通过种种的努力在世俗生活中实现理想，而宗教具有超世的追求，"宗教对世俗生活、社会文明从根本上是否定的。宗教不会主张用一种社会制度去取代另一种社会制度，在宗教徒眼中任何世俗社会都

---

① ［德］马克思：《马克思1844年经济学—哲学手稿》，刘丕坤译，人民出版社1985年版，第124页。

是有缺陷的，不完美的"。① 但要注意到，宗教超世，但并非完全厌世。在宗教的价值观中，世俗的生命是神的赐予，只有神才能收回，因而大多数宗教对生命采取顺其自然的态度，鼓励人们顺应神意，接受生命本身天赐的幸福。特别是伊斯兰教，它注重两世吉祥，既向往后世的终极乐土，也不弃绝今世的短暂幸福。而不管是终极幸福还是短暂的世俗幸福，人所依靠的不是社会、自然等外在因素，不在于外在政治制度和组织的完美，也不在于道德理想主义，宗教所追求的幸福体现在人的精神之中，"宗教想要改变的是人"。② 在伊斯兰的观念中，作为神在尘世的代理人具有双重属性，"伊斯兰教认为人是真主在地球上的代理人，他们是最活跃的，他们有软弱的一面，也有坚强的一面，这种软弱与坚强紧密相连，有时一方会战胜另一方，从而表现出时而堕落、卑贱，时而进取、伟大"。③ 它既有恶的因子，也拥有神的本质，它可以被贪婪的欲望所裹挟，堕入恶的深渊，也能够战胜自身的软弱，表现出人崇高的内在神性，散发出壮烈优美的情操，因而体现出宗教所推崇的理想人格。

在回族作家所构建的"圣"的世界里，活跃着的是一批具有崇高精神追求的理想人物。这一点在张承志的创作中尤其突出。他的很多作品贯穿着相近的母题和形象，早期的多是九死不悔、执着寻找人生意义的追寻者、探索者，《九座宫殿》中的韩三十八，默默寻找传说中的"九座宫殿"，《黄泥小屋》的苏尕三坚信："哪怕走上这一辈子，哪怕走到这片茫茫大山的尽头，那大山的彼岸一定会有纯净的歇息处。"后期则成为信仰的捍卫者，在寻找到自己心灵的归宿——哲和忍耶后，作家把理想主义的激情转化成英雄的赞歌，他的代表作《心灵史》对作家而言是一部重要的作品，其重要性在于它是一曲歌颂具有理想主义精神的斗士的赞歌，是被作家视为可以结束自己文学生涯的收官之作。张承志通过中国西北哲和忍耶门宦几百年来争取生存、捍卫信仰自由的斗争史谱写了一曲恢弘悲壮的回民的心灵史诗。哲和忍耶历七代教主和追随他们的忠诚的教徒，为了捍卫伊斯兰清洁的信仰，维护民族尊严，与清廷进行了艰苦卓绝的斗争，他们"在二百年时光里牺牲至少五十万人"，在这部作品中，呈现了一大

---

① 王晓朝：《宗教学基础十五讲》，北京大学出版社 2003 年版，第 206 页。
② 同上。
③ 马燕：《伊斯兰教艺术观与回族文学创作》，《青海民族研究》1999 年第 3 期。

批为了捍卫心灵的自由而奋不顾身、前仆后继、不畏牺牲的英雄人物。他们拥有纯洁的灵魂，具有崇高的道德情操，洋溢着刚健悲壮的人格之美，闪现着宗教所赋予的神性光辉。可以说，在这个几乎被汉民族主流文化湮没的、沉默无语的苦难民族深处，张承志找到了他梦想中的生命形式，这个情感浓烈的、长久流浪的孤独的灵魂也找到了属于他的栖息之地，作家曾经屡次强调这种发现对自己的意义，"我渐渐感到了一种奇特的感情，一种战士或男子汉的渴望皈依、渴望被征服、渴望巨大的收容的感情"。而真正打动他的，就是在哲和忍耶所追求的"人道"与"尊严"。这里的"人道"、"尊严"是一种"活在穷乡僻壤可以一贫如洗、却坚持一个心灵世界的凛然的人道精神"，是哲和忍耶"清洁"的精神追求，它包含着五四启蒙运动以来的现代的价值追求，是一种平等、自由的精神，是对人的尊严、力量、主体性的肯定，是一个经受过现代乌托邦文明洗礼的知识分子在信仰崩溃的时代为回族所保存的理想的赞歌，"我是从现代人的立场出发，从二十世纪的末尾出发，来看待中国特殊的、充满圣洁理想和人道尊严的伊斯兰回族的"。（《未诞生的封面》）张承志绝不是仅仅因为自己的血统而草率决定自己心灵的归属的，而是站在一个更为开放的文化立场上思考华夏文化的前途，他在《心灵史》中说："我和哲和忍耶几十万民众等待着你们。我们把真正的期望寄托给你们——汉族人、犹太人、一切珍视心灵的人。"他在哲和忍耶身上所发现的"人道"、"尊严"、"纯洁"，是对20世纪90年代以后的金钱拜物主义的反拨，是具有乌托邦精神的现代知识分子对真正的现代文明的期许。

张承志的神性生命推崇的是激动人心的阳刚之美。与佛教相比，伊斯兰教所推崇的生命形态是动态的、充满着力量和主动性的。如果说佛教的理想生命境界是如湖水一样宁静、超脱、轻盈，充满内在的丰沛，那么伊斯兰宗教的生命形态则是动态的，他们表面上像岩石、像森林，沉默无语、谦逊有礼，"我们这一类人在茫茫人世中默默无言但又深怀自尊"（《生命如流》），而他们的内心则像雷雨、闪电，涌动着澎湃的激情。这样的精神品质是伊斯兰文化漫长的积淀和民族艰苦的生存环境所铸造的。伊斯兰从诞生的时候起，就面临着生存危机，恰如《古兰经》所云，"我确已把人创造在苦难里"（《古兰经》90：4），这里的苦难首先是历史性的，伊斯兰教属于平民的宗教，在宗教传播的过程中面临传统的多神教政治势力的压制，因而伊斯兰教的历史实际上是一部斗争的历史。在《古兰经》的教义中留下了早期斗争的痕迹，"你们当为主道而抵抗进攻你们的人"（2：190），"你们当反抗他们，直到迫害消失"（2：193），伊斯兰崇尚"吉哈德"精神，也就是奋斗的精神。认为人要奋发努力，为维护圣道而竭尽全力。在宗教斗争的时代，"吉哈德"往往鼓励教徒为捍卫伊斯兰而与迫害势力斗争，认为能为真主而牺牲是伟大的、光荣的，可以得到真主的酬报；而随着时代的发展，"吉哈德"精神又转化为内在精神层面的斗争，指的是"个人尽力，去驱逐一切罪恶、诱惑，纯洁心灵，远离各种罪恶"。① 入华后的穆斯林在政治上一直属于边缘民族，"人口较少，在漫长的封建和半封建半殖民地社会，一直处于受歧视、受压迫的地位。逆境中的图存欲望使得他们不得不抱起团来，应付和反抗随时可能加身的凌辱与欺侮"。② 而中国伊斯兰聚集地往往处于僻远贫困之所，特别是大西北穆斯林族群，自然生存环境也极为恶劣，民族生存环境的恶劣与宗教教义尚刚尚勇的精神结合起来，他们在历史上更多地发展了传统的圣战的精神，形成伊斯兰民族英勇顽强、坚忍不拔、追求纯洁与尊严的民族文化性格，并形成特有的赞美苦难、赞美流血的英雄气质。这一点，在张承志的创作中非常明显。杨经建说："穆斯林民族都极力倡扬坚忍、敬畏、苦其心志磨其心力的人格风范，强调为人的血性和刚气，呼唤人的硬朗与旷达，以此来品悟'苦难'和拒斥'悲悯'并坚守宗教信念的虔诚。"③ 苦难对他们而言绝不仅仅是痛苦的经验，相反，伊斯兰教主张接受苦难甚至享受苦难，因为苦难是神的预定，恰恰经过苦难的磨砺，人的纯洁的追求才更为宝贵。《大阪》中的攀登者，历尽艰辛终于到达目的地，领略到千年积成的冰川的壮美，终于认识到"经过痛苦的美可以找到高尚的心灵"，完成了作者心灵的升华；《辉煌的波马》中的神秘的"碎爷"，有着惊天动地的经历，"造反举义、背井离乡、冤狱折磨"，然而这些在"我"看来无比重要的事情对碎爷来说却如过眼烟云，世俗的荣辱悲欢如微风过隙，真正的生命就是"在长流水里沐浴，在洁净的波马举礼，碎爷用不着一张白纸片证明自己，虽也有一颗打不垮的心"，"那枯瘦的沟壑密布的脸膛上，那紧张地凝聚着的诚挚、苦难、渴求的深

---

① 刘其文：《智者与神》，河南人民出版社 2007 年版，第 254 页。

② 王树理：《试论回族穆斯林的民族认同感》，《中国穆斯林》2000 年第 5 期。

③ 杨经建：《伊斯兰文化与中国西部文学》，《人文杂志》2003 年第 2 期。

情"打动了"我"的心灵，因为在这样一个沉默的生命中，"我"发现了那在苦难中默默坚守信仰的高贵的灵魂。

20世纪90年代以后社会发展变化极大，人的物质生存要求被看作合理的需要，但同时它的发展也开始失控，人的情欲、物欲开始脱离理性的约束无限膨胀，而社会主义初级阶段的经济发展还不能完全满足民众的需求，因而现代人的精神危机，甚至引起社会矛盾。在这样的情况下，宗教的超越性的乌托邦精神为浮躁喧嚣的现代文明提供了参考，它所推崇的自由、纯洁、超脱的宗教理想人格与极度物化、异化的现代人形成了鲜明的对照，"它们的价值，更多地在于为实存的人类提供了一种永恒的参照，使可能走向畸形的人类文明得到调整和匡正"。[①] 这一点，在很多具有宗教追求的作家那里都有反映，张承志就曾在《心灵史》的前言中说："不应该认为我描写的只是宗教。我一直描写的都只是你们一直追求的理想。是的，就是理想、希望、追求——这些被世界冷落而被我们热爱的东西。"而阿来也说："在我怀念或者根据某种激情臆造的故乡中，人是主体。即或将其当成一种文化符号来看待，也显得相当简洁有力。而在现代社会，人的内心更多的隐秘与曲折，却避免不了被一些更大的力量超越与充斥的命运。如果考虑到这些技术的、政治的力量是多么的强大，那么，人的具体价值忽略不计，也就不难理解了。其实，许多人性灵上的东西，在此前就已经被自身所遗忘。"[②] 他们是在全球化、现代化的文化背景中警觉到现代文明的病症，而试图用宗教的精神加以补救。可以说，这正是宗教的时代意义所在。

说明：本文为教育部人文社会科学研究规划基金项目"新时期小说中的'乌托邦'想象研究"（13YJA751022）、济南大学博士基金项目"新时期小说中的'乌托邦想象'研究"（B1210）阶段性成果。

作者单位：济南大学文学院

[①]　杨慧林：《基督教的底色与文化延伸》，黑龙江人民出版社2002年版，第121页。
[②]　李康云、王开志：《阿来其人及〈尘埃落定〉》，《乐山师范学院学报》2001年第2期。

新疆新生代汉语文学的现实书写与反思

王　敏

　　新疆新生代汉语文学写作作为中国当代文学的边缘性构成，一直保持着一种现实主义创作的态势，无论是基于现实主义传统的一种无意识继承，还是基于新疆生活体验的有意识再现，抑或是基于对新疆文学创作经典性复现的一种策略性选择，新疆新生代汉语文学创作依然本能地选择了现实主义的叙事模式以及现实主义的写作态度。

　　这一选择既有文化语境的原因，也有本土文化传统的原因，还有成功作品示范性的影响。第一，20世纪80年代是中国社会的重要转折时期之一，这一转折时期的主要特征是存在着一种"结构性裂隙"，即政权的有效延续、意识形态结构的新构成质素的渐次生成，与社会体制的逐步变迁。在这一转折时期，伴随着葛兰西意义上的对文化权力的重新思考的"人道主义思潮"的新人文话语，新疆新生代汉语文学写作与内地的文学写作保持一致，重新建构了一种新型的个人观念，即重新安置"人"在社会结构中的位置，以弘扬个体的"主体性"为主要标志，在个人、社会和国家的关系中确立了一种新的模式。这一主体观念影响到文学创作上，便主要表现在对新疆各民族群众现实的个体生活状况、精神世界的关注成为作家创作的主要内容。就此而言，新疆新生代汉语文学写作可供借鉴追溯的传统之一便是王蒙小说的创作。新疆是王蒙的避难之地，一别京城16年，他在伊犁巴彦岱公社像一个真正的农民那样劳动、生活了8年。系列小说《在伊犁——淡灰色的眼珠》就是他献给第二故乡——伊犁的纪念品。这些作品书写了那些普普通通的维吾尔族、回族、汉族等各族群众在特定岁月的生活，以及作者个人的亲身经历和生命感触。在王蒙之前，还没有一个当代作家能将新疆兄弟民族特有的民族个性和现实生活这样真切地书写出来。可以说，王蒙关于新疆的文学作品开启了新疆新生代汉语作家对新疆各民族现实人生状态进行关注和表现的现实传统。与此同时，哈萨克族作家艾克拜尔·米吉提的现实主义创作构成了新疆新生代汉语文学写作的另一个传统。如果说王蒙的异族视角，使其对生活在伊犁大地上的维吾尔族人的现实书写是外围透视的，带着一点微妙的异文化打量的色彩，有其强烈的政治情结的投影，作品中的人物无一不是作为"政治"书写物的主体而存在，那么，哈萨克族作家艾克拜尔·米吉提则是栖身于本民族文化传统的内部，着力于书写平凡的日常生活和情感生活中表现出的带有本民族特殊印记的流动的文化传统，从而使其笔下的人物更具有本民族文化的色彩和性质。换言之，他是以"局内人"的姿态经历和体验着哈萨克族的现实生活，却保持着对本民族传统文化精神内在的反省和思考，凭着对本民族社会生产、生活方式的理解和对民族传统文化的深沉热爱，他积极探索着民族文化传统在时代变迁中的变与不变。无论是王蒙的异质文化视角中外聚焦的新疆生活，还是艾克拜尔·米吉提本民族文化内视角中书写的新疆哈萨克牧民生活，他们写作的成功构成了新疆新生代汉语文学写作渴望出位的一个重要传统，并逐渐作用于20世纪90年代新疆汉语文学创作的潜意识。

第二，新疆本土文化传统中很重要的一部分就是对历史的现实叙述，或者说对现实的历史叙事某种程度上也被视作新疆发展史的重要部分。比如新疆当代文学创作中醒目的"屯垦"小说和"拓荒"小说。兵团、屯垦、军旅，这些语汇对于新疆人而言绝不陌生。然而，人们也许没有想到，这些语汇的背后饱含着多少辛酸往事，又有多少历史在人们的垦荒中悄然发生。这些真实发生过的及还在进行中的故事成了新疆这块地域上与众不同也令人神往的色块。我们今天所谈的"新疆特色"多少离不开这样深重的历史体验。对于这段历史的记忆以及饱含情感的再现性叙事，虽则并不能在一种昨日重现的移情角度上加以理解，却一定程度上构成了新疆新生代汉语文学写作的现实主义穹顶。这其中，董立勃选取了以"新疆生产建设兵团"屯垦战士的生活作为自己创作的中心点，并赢得了自己在新疆新生代汉语文学写作中的领先地位，更是成就了一种成功地"扬弃"传统的现实主义文学创作的典范。作为第一代屯垦者的后代，他对生产建设兵团的生活非常熟悉。20世纪80年代他就开始了屯垦小说的创作，但一直到他的长篇小说《白豆》荣获《当代》文学拉力赛2003年首站赛"《当代》最佳"称号，才引起文坛的广泛关注。董立勃关于兵团屯垦生活的小说揭示了在一个高度集约化的组织形式中，个体意志的存在是多么艰难。这些放下刀枪来不及取下徽章就开始屯垦荒原的官兵，战争时期集体主义原则掩盖下的专制思想以及兵的服从意识也是专制观念滋生的土壤，换言之，心灵的麻木和精神上的奴性也助长了军事专制主义的畅行无阻。对于新疆新生代汉语文学写作而言，除了可以化用屯垦历史作为写作资源之外，20世纪五六十年代迫于生计"走西口"来疆的"自流人员"的辛酸往事、人生遭遇、坎坷命运再次开启了新疆新生代汉语文学写作书写现实的底层叙事空间。这其中尤以赵光鸣的小说创作的展示最为生动。他的小说集中表现了中国式或西部式移民的人生命运，表现底层民众生活多样的人生形态。这些处于社会底层的小人物，常常在国家意识形态、社会强势群体的遮蔽和压抑下谋求生存，这些小人物构成了赵光鸣艺术世界的叙述单位，他们所面对的种种苦难、生存困境是通过叙事主体的理解和同情叙述出来的。

第三，对于戍边历史的再现式叙述，似乎再次成了新疆新生代汉语写作不可舍弃的题材，它与"新边塞"诗的创作起源以及审美倾向有着某种同构的关系。在新疆新生代汉语作家的历史书写中，戍边历史的再现叙事与内地主流文学的文化寻根意识保持了一致。无论是芦一萍的长篇报告文学《八千湘女上天山》还是张者的《老风口》都是其中的典型。人总会好奇甚而迷恋自己所不知道的发生史，喜欢从过去寻找意义，这一点从张者的访谈中更可得到印证："我在查找资料时，被兵团的发展历史迷住了，那些史料那么精彩又鲜为人知，要不是为了写小说，也许我会一头扎进那些史料堆，成为专门研究兵团史的学者。"①《老风口》历时5年，是张者个人格外看重的一部作品，他的创作初衷也是希望老一辈兵团人能够浮出历史地表，被更多的人记忆。

2010年《老风口》的问世和市场反响，再次证明新疆新生代汉语文学叙事仍然保持着高度的现实主义审美认同心理。《老风口》并没有全景式叙写新疆生产建设部队的历史，而是把焦点集中在一个普通连队里，从他们进疆时在羊粪坡扎营开垦荒地开始，一直叙述到我们这个时代。透过这些以连长胡一桂、指导员马长路为代表的普通基层指战员经历漫长生活变化所产生的悲欢离合、爱恨情仇反映出一个时代的风云变幻和人生命

① 张者：《我知道这本书意味着什么》，2010年1月6日，中国作家网（http://www.chinawriter.com.cn）。

运，揭示出现实矛盾冲突的本质，表现出新中国一代戍边军人的思想品格和精神境界。

小说中的华彩乐章之一，就是一大批女军人加入这支从来没有女性的戍边部队的情节。这些来自祖国内地农村、城镇的女军人们把她们美好的青春都献给了看起来并不适合她们生存的地方，和男军人们一起经历了半个多世纪的风云岁月。这种写作细节与芦一萍的《八千湘女上天山》再次互相照应，该书也是历时五载，三易其稿的倾心之作，先后荣获中国报告文学大奖和昆仑文艺奖。在这部书里，作者采用全新的视角，通过湘女们回忆录般的口述纪实，完整而客观地再现了被时光所遗忘的陈情悲歌、传奇故事，该书以湘女入疆的历史背景为纵线，以当事人口述故事为横轴，还原了一份历史的厚重和一个时代的真实。那批进疆的湘女中有的是文艺青年，有的是大学高才生，有的是国民党将领的女儿，有的是商贾富豪的千金，为了新疆和平解放后的长治久安，行军数月来到瀚海戈壁、沙漠边陲，安家落户、奉献一生。在那个特定的历史时期，湘女们用自己的生命、理想和爱情补偿了那个时代所造成的广大驻疆官兵鳏寡孤独的命运，她们执掌着自己灵魂的纯净和心灵的安详，对时代所错待的个体命运给予了深厚的同情和宽容。如此，戍边历史的再现性书写往往与支边女性的命运纠结一起，共同建构了新疆新生代汉语文学的写作资源。事实上，回顾新疆的历史，在整个西域历史的庞大坐标里，有过细君、解忧西行万里，远涉和亲、奠定家国基业，两千年后的另一个特定时期，大批的女兵沿着她们的足迹来到天山南北。在这片苍茫的荒原大地上演绎一个又一个悲欢离合的故事，建构着时代更迭中新疆建设的另类历史，承载着宏大的历史潮流和辛酸的红尘过往。她们在这片土地上扎根安家，孕育后代，传承文化，为了这片土地的开拓、家园的建立，没有谁比她们的牺牲更多。似乎借由对她们进行叙事再现的同时，新疆新生代汉语作家也完成了某种谢绝邀怜的角色转换，从而获得一种"吟咏后妃之德"的人格魅力。

第四，新疆少数民族文化的史诗文化以及口传文学模式一定程度上也影响着新疆新生代汉语文学创作的现实主义表达。中国的主流文学从古到今都是长于抒情而短于叙事的，因而，关于中国文学没有史诗的言说似乎一直受到主流批评界的认同。但是，在新疆大地上，这个结语并不成立。新疆的少数民族文学中孕育了世界著名的史诗文学，中国少数民族"三大史诗"中的两部英雄史诗，《玛纳斯》和《江格尔》均诞生在新疆的大地上。同时，不少民族也保有自己的口传文学。可以说，这个史诗性的文化滋养是内地的文学创作鲜少具备的，正因如此，出于对新疆本土文学审美特性的下意识追求，新疆新生代汉语文学创作也无可厚非地选择了一种现实主义的叙事倾向，以便与保持少数民族文学史诗传统形成一种内在逻辑上的合拍，同时，这样的书写也意味着反身本民族的历史，以形成在文学场域中与汉民族文学的一种对应。这一点在少数民族文学的汉语叙事中得到了一种显豁的表现。我们至少可以在叶尔克西、傅查新昌的文学写作中找到很好的印证，他们的写作更像是一种民族志的书写。从叶尔克西的《永生羊》到傅查新昌的《秦尼巴克》，他们的现实主义书写更像是拼尽了气力为本民族的历史作传，意图浮出被其他民族叙事遮蔽的历史地表。也正是因此，他们的现实主义书写在某种程度上超出了文学写作的范畴而进入历史记述的领域。这一种越界书写在塑造新疆新生代汉语作家的新疆表达时无疑成就了后者的史诗气质。

当然，除去为民族历史进行记录的无意识心理，新疆大地本身所具备的迥异于内地文化的故事性质素也是新疆新生代汉语作家选择现实主义题材的一个写作诉求。当然，故事性一直是新疆或者说西部作家关注的重点。或许是因为在西部这块土地上可以而且应该发生这样那样传奇的事件和诞生传奇的人物的缘故，一直以来，叙述一个完整的故事和人物在西部小说是不被质疑的。或许正因为此，当20世纪80年代末期以来中国发生巨大的历史选择时，新疆的文学创作并没有受到多大冲击，反而还在市场化的大潮中找到了一席之地。

第五，新疆作为异域体验的被描摹物，庞大事像的客观对应物赋予了写作主体一种现实还原的写作需要。对于写作主体而言，这一点主要出于一种对住居新疆生活经验的无法不言说的心理。比如今年热销的李娟的散文《阿勒泰角落》和《我的阿勒泰》，以及新疆80后作家董夏青青的小说《胆小鬼日记》，都是对生活在新疆的住居体验的现实性书写。碍于篇幅的关系，笔者想重点结合董夏青青的写作谈谈新疆住居体验的现实书写问题。

如果一定要给新疆80后汉语小说写作选一个代表的话，就目前的创作状况而言，董夏青青的写作是值得关注的。就董夏青青的年龄而言，她是严格意义上的80后，受目前批评语境影响，她的写作似乎也难逃很多人对80后写作刻板印象的痕迹。董夏青青确实异常年轻，她1987年生于北京，毕业于解放军艺术学院。从她的写作履历来看，董夏青青的写作领域还未能形成个人的体系，若这样继续下去，恐怕也会像很多的 80 后写手一样，隐身于网络、媒体，特质尚未形成便被磨平，最终销匿于均质化的大众文学书写和符码化的青春文学叙述里。但是 2009 年 7 月，董夏青青来到了新疆，成为新疆军区政治部创作室的专业作家。

这对她来说是一次人生的转折，也是一次写作之旅的全新启程。在新疆乌鲁木齐的独特体验，刷新了董夏青青之前的生活阅历。她的生活被新疆重新"给予"了，新疆文化的多元丰富，民俗风情的差异性以及新疆 2009 年发生的许多社会变故给予了她全新的写作素材和思维角度。对她以及她的写作而言，这种被给予性是无处不在的。如果来新疆之前，她对新疆有过种种的想象——这种想象当然能够构成她对新疆生活种种直观的感受——那么，这些想象在她亲临新疆生活，完成对新疆生活的在场之后，得到了另外一种还原。正如海德格尔所言，亲身是存在者自身被给予的一个显著样式。董夏青青的新疆移民使得她对新疆体验得到了"亲身的同一性"。这个改变直接作用于她的写作。2009 年，她基于移居新疆体验而创作的小说《胆小鬼日记》在《人民文学》2010 年第 4 期发表，小说以散文体的笔法，记述了作者初到新疆乌鲁木齐的所见所感，通过与一个维族小男孩的不期而遇，进入与一个维族家庭的日常交往，穿插叙述了父母对自己的惦记与关爱。这里又牵扯到笔者在前文中屡次提到的一个话题，审美距离之于创作主体的意义。毫无疑问，董夏青青与新疆的生活是有着一定尺度的审美距离的，然而，她移居新疆所获得的完整的叙事在场使她保有对新疆生活的亲身同一性，这又使得她的创作不会变成对新疆生活的一种猎奇性记叙。她的写作在直观尺度上被无限给予，却又能够在"面向实事"上得到一定程度的还原，这是她的《胆小鬼日记》能够被认可的重要原因。

作品中，作者以自己的所见所闻书写了关于新疆的种种印象与感受，通过不同族群人们在日常生活中的言谈话语、情态心迹，一无掩饰地倾倒出来，在这种浑象又原生的日常社会生活图景中，让我们看到了一个真实无欺的社会现状与人们的心理动向。那既是一个在社会生活上日渐趋于平稳和活跃的景象，又是在一些方面仍存有矛盾与隐忧的现状。但在不无怨尤，又相互忍让的求同存异之中，维系着一种内在的平衡和团结的格局。这些我们从库尔班的不满心结，从华凌商贸城的缓慢恢复中，都可以清晰而切实地感受到。这些也都是董夏青青作品中的被给予性。同时，她通过虚构一个五岁的维吾尔族小男孩凯德尔丁，展开与自己的对话。在作者眼中，这个不期而遇的异族男孩给她营造出一个心安的氛围，使她初来乍到便有了一个可以置放不安的自己的落脚点，从而能够对这个陌生又心悸的异地的观察与瞭望，具备一个相对正常同时也需要修正的视角。由此及彼，异地的生活体验以及对童年记忆的勾连使得作者难免产生想家之情，于是，作品里不时写到父亲与母亲对自己的种种牵挂，以及为她到底该不该来，现在是否安全等发生的一些争吵，把那种"儿行千里母担忧"的天然情感系连，表现得不露声色又淋漓尽致，进而又牵扯出父母对自己无微不至关怀的往事。这些细节再次证明董夏青青对新疆生活的还原并没有她所被给予的那么完全。她必须将这种异域的体验还原到自己所熟知的童年经历和生活经历中去才能把握目前生活的真相。也就是说，董夏青青对新疆生活的叙述，虽然具备完全的主体在场，也在尽可能大的限域里得到了相对多的给予，同时也能够烛照自身经历的还原，但是由于这种还原并不具备一定的问题意识，使得她的叙述并不能真正切入新疆生活的真相。从这个层面上讲，《胆小鬼日记》不如跳开新疆生活，完全虚拟一个地区和空间，这样反而更有利于主题的深度开掘。

如此便又回到了笔者此文的内核深处，新疆新生代汉语文学写作的上方总悬挂着一柄现实主义之剑。假如我们在再现现实的维度上是十分有限的，为什么还如此着迷于对现实的叙述呢？还是我们的作者表达和创造的能力实际上比我们再现现实的能力更为有限？二者之间，我更担心的是后者。

即便如此，笔者仍然认为，新疆新生代汉语文学写作仍然应该取得其居于中国当代文学中的合法地位，作为中国当代区域文学现实主义书写中的一个边缘性构成，它无疑递交了一份独特的地方样本，其现实主义书写中普遍具有的"流寓"（既有地理的也有文化的）特性使得他们的创作具有深刻的哲理体验和人道反思，体现出崇高、悲凉的美学韵味，从另一个角度深化了中国当代文学创作的人文内核。只不过，接过新疆新生代汉语文学写作的杯盏，新疆当代文学写作的下一阶段书写若想进一步完善自己的现实主义表达体系，深化现实主义书写的表意内涵，还需注意以下几点。

第一，在再现文化语境时，需要注意内外视角的有效统一，达到真正意义上的视界融合，视角错位不仅会模糊新疆社会的历史属性，也会模糊新疆文学创作主体的精神向度与价值立场。

第二，在再现历史时，需要注意国家意志和个体意志的有效统一。既要避免一路高歌猛进地大唱主旋律颂歌，也要避免一味追求娱乐至死的个体自由至上。

第三，在再现民族传统时，需要有一个族性意识内部的他者视角。新疆的少数民族题材写作大多属于本民族的历史和传统进行书写，或者说属于民族志书写，但是这种书写需要有一个审美距离，也需要有一个相对稳定的异文化参照系，否则就会流于表面，甚至会因为叙述者的判断立场的迷失从叙述的内部解构文学叙述自身。

第四，在再现住居体验时，需要注意在地性和去地性经验的统一。既要重视住居地生活经验的重新给予，也要把握好对住居地生活经验的还原。

总之，新疆新生代汉语文学的现实主义书写只有超越以往的道德关切、性别关切、族性关切以及地域关切才能有更大的突破和创新。同时，诚如笔者在文章一开篇时指出的那样，要将中国当代文学设想为一个单一的实体实在是困难的，新疆文学作为中国当代区域文学的一个边缘构成，[①] 其历史和现实处境中的多元性、复杂性，各种文化质素之间的不平衡性，外部语境与内部语境间的协商、对话和适应性，都迫切需要当代中心区域文学的重新审视，而实际上，中心和边缘，它们的发展在一定程度上是一种相互反映，也是一种相互游移。不妨这样来讲，首先，从历时角度来看，新疆区域文学文化身份的重新确立，是由中国文学史发展的内在逻辑所决定的。新疆文学或者说新疆题材文学在历史上一度也是主流文学瞩目的方向，正如同这片区域在历史上曾经边缘却又中心的政治文化身份一样，[②] 它经历了这个由"中心"移向"边缘"的过程，因此，文学版

---

① 当然，这个定位仍有待商榷，是边缘构成还是边缘性构成？对这个构成的反思不仅有助于我们反思中国当代文学的生成方式，也有助于反思区域文学与文化间的划分标准，即进一步反思我们的文学/文化分层、分区现象坚持的是文学标准还是社会学标准。

② 韩子勇先生在《文化新疆　心灵故乡》（载《光明日报》2010 年 11 月 18 日第 10 版）中提到新疆在历史上的这种文化身份，论述确凿而精彩，他认为："在陆权时代，中央王朝的目光主要是向西的，道理简单，就是在古典时代，生产力水平决定了我们的先民们，只能沿自然地理所规定的方向去前行、去拓展"，而到了"海权时代"，这种西域的中心位置才发生了位移，进而决定了其文化身份的让权。这个历史事实说明文化身份的"中心"与"边缘"从长远眼光来看，确实是一种相互游移与变化的存在。

图上"中心"和"边缘"的绘制是有时效的。其次，从现实语境来看，新疆区域文学文化身份的重新确立，也是当下正在经历着的西方理论和思潮从"中心"向"边缘"旅行进程的间接结果。围绕着这种理论现实，多少学科都在拆装重组、重新绘制自己的疆域和版图，文学史自身也面临着去经典化以及重构文学经典的时代命题，从某种意义上说，"边缘"对"中心"的挑战是目前所有思潮中的主流。有因于此，笔者以为，重新从"区域"的角度而非"边缘"的角度考量新疆新生代文学的文化身份，对于中国当代文学研究而言，也是现实中的现实。

作者单位：新疆大学人文学院

红柯《喀拉布风暴》的文学间性研究

姚芮玲

在新疆工作生活了十年之久的陕西籍作家红柯一直通过与对象保持距离来激活美感、追寻创作冲动。他在新疆写的大都是陕西，回陕西写的又都是新疆，2013 年《收获》春夏卷首发的长篇新作《喀拉布风暴》实现了红柯作为陕西籍新疆作家双重身份的一次融合，从而使这部小说具备了两个地域、两种文化、两种审美方式和两种民族性格间相互体悟、参照的宏阔视野。学者常用"文化间性"、"文学间性"、"文本间性"等"间性"语词来描述跨越两种或多种民族文化进行写作的现象，① 而就《喀拉布风暴》而言，研究其文学间性不仅有利于阐释它的文本生成，亦可彰显其精神特质和艺术魅力。

"文学间性"（interliterary）是文艺学中用来描述文本间性与主体间性之间交叉、复合关系的一个概念，它的提出代表文本间性与主体间性两大理论视域的融合，对阐释文本生成和意义生成具有重要作用。② 匈牙利比较文学家伊什特万·索特尔用这个概念来描述"不同（民族、国家）文学或同一民族文学不同文本之间的"最广阔的可能的联系和平行关系。③ 这里我们用比较文学的方法，从横向地理跨越、纵向历史跨越和文化跨越三个方面分析《喀拉布风暴》在文本生成过程中广阔的平行关系和纵深的历史联系。

---

① 蔡熙：《关于文化间性的理论思考》，《大连大学学报》2009 年第 1 期。

② 赵毅衡、邹国红：《试论文学间性与文学活动诸要素的相互关系》，《创作评谭》2004 年第 8 期。

③ ［斯洛伐克］马立安·高力克：《中西文学关系的里程碑（1898—1979）·导论》，伍晓明、张文定等译，北京大学出版社 2008 年版，第 1 页。

一 《喀拉布风暴》的横向地理跨越

从空间上看,《喀拉布风暴》讲述的是一个发生在陕西西安和新疆精河、以追寻爱情为题的"双城故事"。美丽的精河女子叶海亚与相恋七年的男友孟凯即将结婚,却因为听到张子鱼吟唱民歌《燕子》怦然心动而陷入爱情,毅然背弃婚约,追随张子鱼进入人迹罕至的沙漠共度新婚蜜月。突如其来的打击使孟凯一蹶不振,经历了一段时间的痛楚消沉之后,孟凯结识了来精河买药材的张子鱼的大学同学武明生,从武那里得知了张子鱼来精河的大致原因,以及张子鱼不为人知的隐秘爱情,为了探索张子鱼过去的秘密同时搞清楚自己到底输在哪里,孟凯来到张子鱼的老家西安,张子鱼的爱情隐秘被一步步揭开的过程中,孟凯也在人生历练中收获了真正属于自己的爱情。这是小说的大致轮廓,在这个轮廓当中,又套了另外一个故事,而这个故事的空间跨度则更大——从欧洲到中亚腹地,那就是斯文·赫定与米莉的爱情故事和他屡次进入中亚腹地的探险经历。故事的传奇性几乎仅体现在小说开头,叶海亚抛开相恋多年的男友、突然投入一个还很陌生的男子张子鱼怀抱,并追随他进入环境恶劣的大漠这种极具爆发力的叙事当中,而后便是漫长、细密地探索人性幽微之处的过程,正如有评论者指出的那样,叙事并不是红柯所擅长,《喀拉布风暴》的宏阔和丰富之处,首先体现在它的横向地理跨越上。

(一) 作为陕西籍的新疆作家红柯

红柯的文学创作大都以奔马、奴羊、天山、大漠为景观,在《喀拉布风暴》中,作者以极具震撼力的文字着意刻画阿拉山口的黑沙暴;不厌其详地描绘天山阿拉套山艾比湖的鸟瞰图;迷恋般地一再咏唱哈萨克民歌《燕子》;惊叹于地精、锁阳、肉苁蓉这些沙漠里的神奇生物;赞美为爱狂奔的金骆驼……然而,红柯的创作模式却类似 20 世纪 20 年代的"乡土小说"——一批寓居在北京、上海等大城市,被故乡放逐的现代作家,依靠回忆书写自己遥远的故乡。不同之处在于,新疆虽不是红柯的故乡,却可以说是红柯的"第二故乡"或精神故乡。而对于家乡陕西,红柯并没有在写作中遗忘,他出版于 2013 年 5 月的《百鸟朝凤》便是在浓浓的乡思中对故乡的一次礼赞,写过《百鸟朝凤》之后,红柯终于把他对陕西、新疆两个地域的情缘统一在一部小说当中,《喀拉布风暴》的创作模式是作者身处故乡陕西而在回忆中亲近另一个精神故乡新疆的，这份双重的地理情缘使红柯的创作既不同于其他陕西作家，也在进疆的作家中独树一帜，更不同于新疆的本土作家。

从作家的主体意识来看，红柯显然不同于传统的知识分子/启蒙者身份，对于自己的写作对象——新疆这片广袤的土地以及生活在这里的人，红柯都是怀着诗意去赞美的。孟凯父亲说："水流二里净，你就是一把鼻涕一团脓水四五百公里的戈壁沙漠净化不了你？"[1] 精河是一个可以净化人的地方，同样张子鱼因爱受伤、失去爱的能力后只身来到精河，穿梭在戈壁沙漠的风暴中，也是因为这里的天地辽阔高远，是一个可以疗救人的地方；而对于燕子、地精、金驼这些神奇的造物，红柯更是心向往之……但也并非赞美这里的一切，通过对比新疆和陕西两个地方，红柯也认为西域瀚海的历史零落如碎片、没有纵深感——这也算是一种客观评价，不含批判的意味。

深入分析会发现，作者的这种诗意赞美，其实隐含的是一种外来者/观者的眼光和姿态，即汉族地区对少数民族地区、内地对边疆的观看和把握，这也恰巧符合作者的实际身份，尽管这种观看和把握是抱着惊叹、赞美、迷恋、震撼等情感的。作家陈忠实曾对此有很明确的区分，他说在农民眼里，土地和劳作都不具有诗意，他们考虑的是怎样多打粮食过好日子等实用的目的，而作家思考和体验的就可能不是这些，这其实是一个很重要的区分，作家的主体意识决定了其情感介入的方式和作品最终呈现的景观，在《喀拉布风暴》中，作者对新疆的描写既不具备批判精神，也不具备本土意识。

与另外另一位进疆作家赵光鸣相比，红柯这种旁观者的主体意识就更鲜明。赵光鸣十岁就随父母进疆，"八千里路云和月"的进疆之路和在新疆的成长经历成为他日后文学创作的"珍贵尘土"，如同一个土生土长的新疆人一样，他从不以外来者的眼光强调那些具有典型民族特色的征象，只是将其作为生活场景处理。赵光鸣善于描写那些四处游走谋生的流浪汉漂泊者及同样处于生活底层的人们，在毫无诗意的日常生活中表达生存层面的世俗精神。在《喀拉布风暴》中，西安人张子鱼和新疆小子孟凯都因为被爱放逐漂泊到异乡，但这种漂泊不是一种生存方式，而是一种精神

---

① 红柯：《喀拉布风暴》，《收获》（长篇专号）2013 年春夏卷，第 10 页。

现象和文学景观。

（二）斯文·赫定与中国

张子鱼和孟凯早在他们还未相遇的少年时代就已相互关联，联系他们的不是叶海亚而是斯文·赫定的《亚洲腹地旅行记》，这种关联虽不是实质性的却有某种宿命的意味。张子鱼远走精河不仅是为了忘却爱情，还体现了他对斯文·赫定的仰慕和追随，三个男人的爱情都与空间距离的变换息息相关——爱情与空间距离的矛盾张力是这部小说的一个主题。

在《喀拉布风暴》中，冲淡或阻隔爱情的，不是时间，而是空间，这个空间是包含生命意义的，不仅由于空间距离跨度之大，还因为这种距离有斩断过去的意义。对赫定来说，每次进入亚洲腹地的探险都是对生命的挑战，是生与死的距离，虽然他与米莉的爱情最早是建立在两人对探险的共同向往上的，米莉也爱慕赫定身上那种北欧神话英雄们所具有的荒蛮气质和作为一名探险家的雄心，但是当赫定越走越远、越走越难的时候，世俗的爱情注定要离他而去。爱情失落了，爱还在延续，赫定的探险之旅是与荡气回肠的爱情之歌《燕子》《蕾莉与马杰农》相伴的，没有了爱情却更懂得爱情，每到生死边缘，米莉总能幻化成永恒的女性形象引领赫定穿越死亡不断上升，米莉嫁人之后，赫定也强忍着悲痛宣称自己"已经嫁给中国了"。从世俗的爱情走向精神的、永恒的爱情，从一种爱情走向另一种爱情，从孟凯与叶海亚间寡淡普通的爱情走向张子鱼与叶海亚、孟凯与陶亚玲间如同被什么击中的爱情，是《喀拉布风暴》带来的启示。

斯文·赫定走过戈壁瀚海来到中国标志着他地理探险的成功，而他与当时中国文人学者们——沈兼士、鲁迅、刘半农等人的交游才是两种文明、两种文化的真正接触。作者虽对此着墨不多，对鲁迅来西安讲学、本计划创作的剧本《杨贵妃》后来胎死腹中、婉拒诺奖推荐等史料的叙述也稍显散逸，却拓展了小说的文化意蕴和格局。对于生长在陕西的作家红柯来说，《喀拉布风暴》写西域时依然执着地表达历史情缘和文化诉求是很自然的，小说通过叙述赫定对中国文学和复兴古代丝绸之路的兴趣，把对民族的文化自信问题引入小说。有感于西安讲学期间所见唐代遗迹，鲁迅在《看镜有感》中表达了他对这一问题的看法。

> 遥想汉人多么闳放，新来的动植物，即毫不拘忌，来充装饰的花纹。唐人也还不算弱，例如汉人的墓前石兽，多是羊，虎，天禄，辟

邪。而长安的昭陵上，却刻着带箭的骏马，还有一匹鸵鸟，则办法简直前无古人……汉唐虽然也有边患，但魄力究竟雄大，人民具有不至于为异族奴隶的自信心，或者竟毫未想到，凡取用外来事物的时候，就如将彼俘来一样，自由驱使，绝不介怀。一到衰弊陵夷之际，神经可就衰弱过敏了，每遇外国东西，便觉得仿佛彼来俘我一样，推拒，惶恐，退缩，逃避，抖成一团，又必想一篇道理来掩饰，而国粹遂成为屠王和屠奴的宝贝。

二 《喀拉布风暴》的纵向历史跨越

前文述及鲁迅是因其与斯文赫定在中国的游历相关，而在笔者看来，红柯的《喀拉布风暴》与鲁迅的内在相关性并非主要体现在这里，而是体现在某种精神气质上——红柯笔下的瀚海风暴，与鲁迅笔下朔方的雪，有极大的相似性。鲁迅在《雪》中写道：

> 朔方的雪花在纷飞之后，却永远如粉，如沙，他们决不粘连，撒在屋上，地上，枯草上，就是这样。屋上的雪是早已就有消化了的，因为屋里居人的火的温热。别的，在晴天之下，旋风忽来，便蓬勃地奋飞，在日光中灿灿地生光，如包藏火焰的大雾，旋转而且升腾，弥漫太空，使太空旋转而且升腾地闪烁。
>
> 在无边的旷野上，在凛冽的天宇下，闪闪地旋转升腾着的是雨的精魂……
>
> 是的，那是孤独的雪，是死掉的雨，是雨的精魂。

鲁迅笔下，朔方的雪是与暖国的雨、江南的雪类比出现的，如"粉"如"沙"绝不粘连、"蓬勃地奋飞"、"灿灿地生光"、"旋转升腾"、"弥漫"天空是它的外形，"孤独的雪"、"死掉的雨"、"雨的精魂"是它的内质。借朔方的雪，鲁迅表达了一种高度凝结的情感张力和理性精神，抛开我们惯常联系的社会背景，孤独、死亡这些极致的生命体验，使文字具有的诗性和穿透力触及灵魂。

《喀拉布风暴》写瀚海里的细沙比面粉还要细腻光滑，也毫不粘连，揎在脸上像毛巾，流下来跟水一样干净彻底，水还有个湿印子，沙子却一粒也不沾，但是当风暴来临时，沙漠就"站起来"，遮天蔽日昏天黑地，就成了传说中的喀拉布风暴——"冬带冰雪夏带沙石，所到之处，大地成为雅丹，人陷入爱情，鸟儿折翅而亡，幸存者衔泥垒窝，胡杨和雅丹成为奔走的骆驼"。①

朔方的雪和沙漠里的黑风暴具有太多相同的气质，但终极的一点在于，人在这样的风雪和风暴中，灵魂会被打磨得粗暴，然而这种打磨是人完成自己所必需的，粗暴也是一种极高的生命体验，是人主动追求的结果。温软的江南的雪没有这种旋转升腾、蓬勃奋飞和冲决一切的力量。同样，不经历风暴，人无法陷入真正的爱情，喀拉布风暴带来的燕子是爱情的象征，古歌《燕子》与风暴融为一体。

《蕾莉与马杰农》是故事中的故事，它同《燕子》这首古老的爱情之歌一样，在斯文·赫定的历史故事中出现，在张子鱼、孟凯的当下叙事中也出现，是一条贯通全文的情感线索，《燕子》是风暴之后温暖祥和的爱情结晶，《蕾莉与马杰农》就是一场爱情的风暴，疯狂是爱的最高境界——"到此为止吧，我的心神已经耗尽，我像蜡烛一样内心一直在燃烧，再移半步全身就会烧焦，也会使他（马杰农）更加忘情更加癫狂。"②西域大漠中古老的爱情之歌与古老的爱情故事都是引领人追寻生命冲动、走向自我原野的神启。

三 《喀拉布风暴》的文化跨越

两种或多种文化之间的距离、交流与冲突构成了小说《喀拉布风暴》书写的广阔空间，同时体现了小说的内在张力。

（一）边地与关中：《喀拉布风暴》与《白鹿原》

比较《喀拉布风暴》与《白鹿原》，不仅因为陈忠实与红柯都是陕西籍作家，关中文化作为一种集体无意识在这两位作家身上程度不同、精深度不同地体现出来，还因为这两部小说中都写到了神奇的生物。《喀拉布风暴》里描绘的地精、锁阳和肉苁蓉不仅外形上很像男性生殖器，其生长的原因和功效也神奇无比，小说通过写地精刺破太阳的壮阔画面、写人

① 红柯：《喀拉布风暴》，《收获》（长篇专号）2013年春夏卷，第13页。
② 同上书，第73页。

与地精的相遇、写武明生家族的故事都无不热情洋溢、无不渗透着男性生殖崇拜的意味，作者有意将这种赞美剥离了文化内涵，还原为人的自然本能，因而写得直白而富有激情。《白鹿原》故事的叙述也以白嘉轩在地头雪野里发现了类似白鹿的植物开头，但这个"白鹿"所包含的文化意蕴和精神象征远比地精、锁阳和肉苁蓉丰富，也更含蓄。《白鹿原》开篇即写性却不是为性而性，而是要写白嘉轩的豪狠、写他意志的坚韧顽强，其目的是为了突出其身上所秉持的文化韧性。

两相对比区别就很明显了，一个指向自然本能；一个指向文化诉求。这显然与西域边疆和关中厚土两种迥然相异的地域文明相关，所有的人文都是地理的，都是次生于地理的。但需要指出的是，红柯毕竟不是土生土长的新疆人，他对新疆的体悟依然带着陕西人的烙印，因此在《喀拉布风暴》中，红柯虽然主要写西域戈壁，却借新疆小子孟凯的眼将他所熟悉的关中文化风物作了陌生化处理："他和张子鱼一个奔向时间一个奔向空间……孟凯的爷爷外公总让他想到天山阿拉套山艾比湖，想到天空大地，张子鱼和武明生的爷爷却紧连着历史。"① 此外，对张子鱼爷爷的刻意描写让人看到一个精明、隐忍、独断，俨然乡村哲学家的宗法社会家长，与《白鹿原》里的家长族长总有几分相似。

《喀拉布风暴》写孟凯在关中的探险之旅中爱上了西安姑娘陶亚玲，其实吸引孟凯的除了陶亚玲身上的独特气质外，还有她所擅长的秦腔艺术，尤其是眉户剧，孟凯随陶亚玲寻访此剧种的发源地户县，小说用了不小的篇幅来描写这一地方剧的艺术魅力，并多次津津乐道"眉户听多了会丧失理智"，这是作者描写西域瀚海之外另一截然不同的文化景观，有种刻意在里面。

（二）城市与乡村

小说中张子鱼几乎不具备爱一个人的能力是多少让人匪夷所思的。城郊出身的张子鱼在成长过程中极其幸运地不断命犯桃花，屡屡得到最美丽最优秀出身最"高贵"、最有家学修养的三个女孩子的青睐，不可思议的是，在这些令人心动的女孩子面前，张子鱼从来鼓不起爱的勇气，每次都是在心动之后自觉地掐灭心中爱火，以致一次次造成对对方的毁灭性打击，极端的表现是他在红碱淖拥抱李芸的前一刻突然昏厥，像中弹一般完

---

① 红柯：《喀拉布风暴》，《收获》（长篇专号）2013年春夏卷，第50页。

全丧失爱的能力，然而在作者看来，造成张子鱼这种精神阳痿的是城市与乡村两个世界的距离。

生活在城郊的张子鱼与城市居民楼里的女孩近在咫尺，两家只隔着一条不到五百米的砂石路，却分属两个完全不同的世界，城里的女孩画画、听音乐、弹钢琴的高雅生活离割麦子、进砖厂打零工的乡村少年太遥远，尽管张子鱼五官清秀教养良好，但他内心的极度自尊发展成了自卑，在武明生别有用心地不断吼唱《一无所有》的同时，张子鱼也一遍遍地告诉自己同样的话，就是这种自卑心理使张子鱼在爱情面前屡屡却步，久而久之发展成一种令他完全丧失爱的能力的心理疾病。

文化有时候会构成对人性的阉割，但是同样出身的武明生却大胆鲁莽，为追求爱情不择手段，可见文化并非对每个人都形成桎梏和约束，张子鱼的矜持是出于极度的自尊，他的精神阳痿是文化与性情共同造成的心理结果。

《喀拉布风暴》看似千头万绪，将西域与关中、历史与当下、东方与西方、地理与文化熔于一炉，地域的跨越及由此带来的文化跨越只是小说的表象，其基本的精神内涵在于追寻生命冲动。冲动虽不是生活常态，却在人的生命中必须得有一次，唯此才能证明生命依然鲜活、才能使生命获得提升，这是《喀拉布风暴》给予我的启示。

作者单位：西藏民族学院

区域文化与新旧体诗创作

主持人：赵黎明

主持人语：

　　本辑选稿四篇，体裁包括新旧体诗，地域从西南到东北，时限上至晚清下至抗日战争，内容已经够丰富的了。抗日战争期间，各路文人雅士会集重庆，敌寇的隆隆轰炸，也没有中断他们顽强的文学创作，他们用不同的文学形式表达自己的御敌信念与家国之思，成惕轩的旧体诗就是这样的例子。抗战军兴，他西行入川，旅居渝州，写作颇丰，且诸体咸备，尤其是其抗战诗歌，宗法老杜，成就颇高，本辑《抗战时期成惕轩客渝的旧体书写》一文，对成氏诗作的"史诗"品格有着深入分析，值得一看。20世纪40年代的国统区当然也是一个复杂的空间，那里有精诚团结的抗战，当然也有敷衍塞责的表演，这为讽刺诗的产生制造了良好的土壤，袁水拍、臧克家等应时而起，真可谓国家不幸诗家兴，《论四十年代国统区讽刺诗的创作技巧》，从技术的侧面透露20世纪40年代国统区讽刺诗主题的一致性。沈阳是近代中国政治文化重镇，各路文人在沈阳留下了大量诗作，斯时

《盛京时报》开辟"文苑"等栏目，刊发了不少旧体诗文。赵旭、刘磊的论文，对近代沈阳诗人群体及诗风流变进行了全景扫描，对了解斯时斯地的文学生态颇有所助益。张立群的论文，阐述了延安前期诗歌的基本轮廓和构成方式，分析了一度为文学史研究遮蔽的时空状态，丰富了延安诗歌整体的研究视野。

论延安前期诗歌创作

张立群

所谓延安前期诗歌，主要是指 1942 年毛泽东《在延安文艺座谈会上的讲话》（以下简称《讲话》）之前、以延安地区为中心的诗歌创作。这一突出时间下限和地域空间的界定方式，主要目的是强调延安诗歌本身的开放性。从时间的角度上看，自 1935 年 10 月，经历长征胜利的工农红军主力到达陕北革命根据地之后，延安诗歌便作为延安文艺史的一个组成部分，拉开了历史的序幕，并相继经历抗日战争前期、抗日战争时期和解放战争时期。受以往文学史的编写以及某些评价文章的影响，延安诗歌总不免留有政治压倒审美、艺术成就不高的印象。然而，无论是文学史的编写，还是评价文章，都不可避免地带有研究者自身的主观倾向性，这一点，不但反映在当时历史情境与当前研究视点之间的差异，而且，还反映在研究主体所处的时代性及其可能存在的多样性"投影"。事实上，延安诗歌特别是其前期诗歌创作在整体走向上，一直具有和文学体制相互缠绕的个性特征和构造原则。本文在结合历史的前提下，进行的延安前期诗歌的整体性研究所要揭示的正是这一内容。

一 历史的延伸与路向的变动

谈及延安前期诗歌的创作，首先应当回顾苏区的文艺活动。苏区文学是随着红色革命根据地的建立而产生的。井冈山等革命根据地的建立，催生了崭新的文艺创作。在当时苏区的文艺活动中，革命歌谣曾是流传最为广泛，最有成效，运用的最为普遍的文艺形式。在 1929 年 12 月，红军第四军召开的第九次党代表大会上，由毛泽东亲自起草的决议案就指出了红军宣传的意义，在于扩大政治影响，争取广大群众；决议还指示各级政治部负责征集和编制各种表现群众情绪的歌词，充分肯定了艺术的社会性功用，特别是革命歌谣等在斗争中的实际功用。此后，苏区诗歌的标志性成就体现在第一本诗集《革命诗集》和《革命歌谣选集》的出版。在上述创作中，山歌、民谣以及广大群众喜闻乐见的传统曲调，曾被广泛地应用并产生重要影响，这一表现形式也在延安时期的诗歌创作中得到继承。

在《抗战文艺的动向》一文中，艾思奇曾结合时局形势指出："抗战中的激烈的社会变动改变了（至少也动摇了）每个作者自己的生活。任何一个作者都不能不被卷入抗战的漩涡（或至少是被大大地影响），这也是文艺不能不向着新方向发展的一个重要原因。"在这一前提下，"一个真正有感觉的作者，难道还不知道重新去找自己的创作的出路和方向吗"？显然，抗战中全国人民普遍的空前觉醒，是文艺发展的一个"最大的动力和泉源"。而对于今后文艺的展望，艾思奇则强调"这个阶段"是要继承"五四"新文学运动的最初的传统，要接续16年的左翼文化运动的"过渡的准备过程"，进而是"民族的东西"、"走向大众"、"具有现实主义的基础"。①《抗战文艺的动向》较为清楚地反映了延安文艺的整体走向。随着抗日斗争的形势日趋明朗，历史及其包容的一切均进入了转折时期。这种趋势反映在诗歌创作上，则是诗人的思想感情、日常生活自觉不自觉地和民族的存亡融为一体，诗歌艺术固有的"小我"也逐渐转化为对国家、人民关注的"大我"。新的形势在变动，新的诗情在萌动，此时，诗歌的功用意识、斗争性已不再与诗人的情感和创作的灵感构成对立状态，相反地，二者在特殊的创作年代以和谐的状态有机地融为一体，进而确立新的诗歌美学原则。

应当说，当祖国和人民遭受巨大灾难，民族危亡的年代，诗歌也在血与火的考验中获得了新的发展。在当时以延安为中心的解放区诗歌里，战争毫无疑问地成为压倒一切的主题。这其中包括控诉日本侵略者的罪行，宣传救亡图存，以及对祖国前途和命运的思考，而与此相应的，则是诗如何服务于时代和社会的需求，如何作为政治斗争和民族解放战争的宣传工具和战斗武器。"诗必须成为大众的精神教育工具，成为革命事业里的，宣传与鼓动的武器"；"把政治和诗密切地结合起来，把诗贡献给新的主题和题材……使人们在诗里能清楚地感到今天大众生活的脉搏"。②在这

---

① 艾思奇：《抗战文艺的动向》，《文艺战线》1939年创刊号。
② 艾青：《开展街头诗运动——为〈街头诗〉创刊而写》，《解放日报》1942年9月27日。

样的历史背景下，诗人自然走出往日精雕细琢的"象牙之塔"。他们不仅以诗歌作为斗争的武器，甚至还以自己的生命书写着献给祖国的壮美诗篇。后来在华北敌后突围的肉搏战中，拉响手榴弹与敌人同归于尽的，年仅 24 岁、卓有才华的诗人陈辉，在其著名的《为祖国而歌》中，曾写道——

> 祖国呵，
> 在敌人的屠刀下，
> 我不会滴一滴眼泪，
> 我高笑，
> 因为呵，
> 我——
> 你的大手大脚的儿子，
> 你的守卫者，
> 他的生命，
> 给你留下了一首
> 无比崇高的"赞美词"。

正因为青春、生命、抉择和战争已有机地、必然地结合在一起，诗人及其诗作才会迸发出激动人心的力量。这使得抗战时期的延安诗歌创作比苏区时期和左翼时代，在内容开掘的深广程度上，都有了显著的发展。

除抵抗侵略、保卫家国的题材外，解放区的大生产运动、土改运动以及解放区人民崭新的精神面貌和富于诗意的生活场景，也同样是延安诗歌创作的重要内容。它们仍然与战争密切相关，并紧密联系时代主题，但与战争题材的雄壮刚健的风格相比，则呈现出诗意浓烈的生活场景。鲁藜的《延河散歌》、贺敬之的《我走在早晨的大路上》、郭小川的《晨歌》等，都以抒情的笔调写出了延安生活的另一侧面。其特有的艺术价值，即使以今天的标准衡量，也毫不逊色。

从前期延安诗歌创作的主题和风格，可以引申出关于现代诗歌史地域诗学特有的文化现象问题。延安诗歌的出现，在很大程度上标志着现代诗歌正经历着一个重要的转折阶段。相对于此前诗歌的历史以及当时国统区的诗歌创作，延安诗歌带来的重大美学变革，使新诗创作在其内部形成前所未有的碰撞、融合状态。在具体的表现上，至少包括中国传统文化、民间文化和西方文化之间的碰撞，以及时代性、地域性鲜明的诗歌在其内容和形式上具有对立倾向这两方面问题。历史地看，上述倾向不但制约了延安诗歌整体的艺术性，而且也影响了后来文学史的编写规范。因而，如何准确、全面地评价延安诗歌创作的整体面貌与走势，才是将其客观地、合理地、有机地纳入中国现当代诗歌史发展流程的重要前提。

二　诗人的汇集及其生态环境

战时延安素有诗城之称，这是因为大批热血青年云集于此，诗歌创作十分活跃，新作迭出；诗社相继成立，园地比比皆是。抗日烽火的熊熊燃起，改变了一切。在民族陷入空前危机的背景下，中国共产党坚决抗日的主张众望所归。随着"西安事变"之后，国共两党关系的相对松弛，无数青年知识分子奔赴延安，开启崭新的人生。在这一潮流的融会中，诗人自然是不甘落后的，"诗人是最具有丰富的革命热情的。延安，正像巨大的磁石，吸引了大批诗人，满怀激情投奔而来；延安，又用清亮的延水和金黄的小米，哺育和培养出来大批年轻的诗人"。[①] 在或是告别曾经压抑的心情，或是对未来充满理想的心境下，诗人眼中的延安，既"是一个神圣的名字"，又"是人类中的奇迹"（白原：《延安》）；而来到延安的目的也正在于："不是回到母亲身边的游子，/向你要一些温暖讨一些爱，/我回来，是要你把我烧炼一下，/再投出去！"（方冰：《延安》）

值得指出的是，延安文艺政策的调整也对诗人会聚于此产生了重要的作用。如果说抗战初期大批知识分子奔赴延安是带有很大程度的自发性和理想性，那么，1941 年 6 月 10 日《解放日报》刊登的社论《欢迎科学艺术人才》，则以更为明确的"召唤"，表达延安对科学艺术人才的重视。这种"召唤"，既与此前毛泽东起草的《大量吸收知识分子》（1939 年 12 月 1 日）和《中央宣传部、中央文委关于各抗日根据地文化人与文化人团体的指示》（1940 年 12 月）等一脉相承，同时，也体现了抗日战争进入相持阶段解放区对于国统区文艺工作者的关注。这样，诸多早年成名的诗人来到延安、自由创作也就成为顺理成章的一件事情。

---

①　严辰、田间：《延安文艺丛书·诗歌卷·前言》，湖南文艺出版社 1987 年版。

　　虽然，《在延安文艺座谈会上的讲话》之前，可以作为延安诗群的诗人整体上已全部抵达解放区，但是，延安诗群的地域性及其阶段性还是需要给予历史的辨识。就总体的眼光看来，延安诗群作为一个开放的群体，主要集中在陕甘宁边区、晋察冀边区以及太行山区等地。其中，活跃于陕甘宁边区的诗人主要包括：艾青、柯仲平、何其芳、萧三、卞之琳、严辰、公木、光未然、林山、严文井、贾芝、朱子奇、胡征、白原、李季、闻捷、郭小川、贺敬之、戈壁舟、李冰等；活跃在晋察冀边区的诗人主要有田间、陈辉、邵子南、方冰、史轮、魏巍、孙犁、鲁藜、蔡其矫等；活跃在太行山区的主要有阮章竞、袁勃、张志民等，上述诗人大都在解放区各级党政、文化、宣传部门工作过，又长期活跃在斗争前线和广大农村，有着丰富的斗争经验和生活积累，他们基本都有过在延安生活、学习、创作的经历，因而，在划分为更小区域单元的同时，统摄到延安诗群这一范畴在总体上反映了当时解放区诗歌创作的实绩。诗歌群体的繁荣，必然促使诗歌活动与发表园地也同样繁荣。在上述地区，诗歌运动如火如荼的开展不但使以延安为中心的根据地，相继建立了战歌社、山脉诗社、战地社、边区诗歌总会、延安新诗歌会、延安诗会、怀安诗社、晋察冀边区诗会等诗歌团体，还先后兴办了《新诗歌》（延安版）、《山脉诗歌》《新诗歌》（绥德版）、《诗刊》《街头诗》等刊物，上述诗歌团体和刊物，相互交响，由此支撑起以延安为中心的一个灿烂光辉的诗歌空间。

　　结合以往的研究可知：对于 1937—1949 年长达十余年的延安文学，1942 年《讲话》之后的文学成就，几代研究者都给予了充分的肯定，《白毛女》《王贵与李香香》、赵树理的小说等，都使后期延安文学获得了稳定的评价体系。与此形成反差的是，前期延安文学却长期处于模糊不明的状态。针对这一阶段特别是 20 世纪 40 年代初期延安的创作情况，大体是通过毛泽东《讲话》推究而来的现状，我们认为：包括诗歌在内的文学创作都需要进行更为翔实、准确的辨析，唯其如此，其成就、价值才能得到全面、公允的认识。

　　在大致了解当时延安诗群的基本构成之后，谈及延安前期诗歌的成就，首先要面对诗人的创作情况及其抵达延安的时间和活动空间。就现有资料获知的信息来看，在 20 世纪 20 年代就有"狂飙诗人"之称的柯仲平，是最早来到陕北根据地的知名诗人。柯仲平于 1937 年 11 月从武汉奔赴延安，之后，积极致力于朗诵诗的创作。此后，田间、何其芳、卞之琳、鲁藜、公木等于 1938 年到达延安，萧三 1939 年来到延安，艾青、严辰等知名诗人则是 1941 年到达延安……在解放区之外成名的诗人，相继来到延安，无疑会为其整体诗歌创作注入活力，提升知名度乃至艺术品位。事实上，曾以现代派闻名的何其芳、卞之琳在此期间完成的《夜歌》《慰劳信集》等作品，不但在这一阶段的延安诗歌中占有重要的地位，而且，即使在诗人一生的诗歌创作道路上，也占有重要的位置，至于这一评价归根结底是来自诗人及其诗作与众不同的艺术个性。

综览延安前期的诗歌创作，其多元化的格局和丰富的个性精神，并不是来自于诗人以及知识分子与工农兵大众的融合，而是来自于文艺生活环境的宽松、多样与民主。初到延安的诗人的作品中几乎都交织着新生的喜悦和乐观的情绪，这种情绪也同样感染着整个文人群落，一时间仿佛人人都是诗人，从而使 1942 年以前的诗歌创作洋溢着健康、活泼、欢快的格调。回顾这段历史，不难看出：延安最初几年诗歌创作大多与外来作家群的文化素质有关，与之一致的，是此时的《解放日报》等重要报刊，鲁迅艺术学院的课堂，仍不断以较大"篇幅"对西方名篇佳作进行刊载与讲述，也促进了文艺生活环境的良性空气。

当然，对于整个前期延安文学来说，当时文化环境与延安后期的不同无疑可以作为更为重要的内部原因。历史地看，1941 年之前，延安文艺政策的主要制定者和文化界的领导者是张闻天（洛甫）。作为五四时期文坛上的知名作家、批评家和翻译家，从文学走上革命之路的张闻天始终具有丰厚的文学素养、理论水平和对文化事业的充分认识。在堪称《讲话》之前延安文艺界指导思想的《抗战以来中华民族的新文化运动与今后任务》一文中，张闻天曾指出"中华民族新文化"是"民族的"、"民主的"、"科学的"、"大众的"；对于建立最为广泛的文化统一战线，张闻天则强调吸收广大青年知识分子，"善于尊重共同工作的文化人，其人格、其事业、其创作与意见"。[①] 而在《中央宣传部、中央文委关于各抗日根据地文化人与文化人团体的指示》一文中，张闻天又肯定了"应该重视文化人，纠正党内一部分同志轻视、厌恶、猜疑文化人的落后心理"，"力求避免对于他们写作上人工的限制与干涉"，"应该在实际上保证他们

---

① 洛甫：《抗战以来中华民族的新文化运动与今后任务》（1940 年），《延安文艺丛书·文艺理论卷》，湖南文艺出版社 1987 年版，第 126—155 页。

写作的充分自由"。① 显然，上述文章的提法和对待文化人的态度与《讲话》之后的同类说法具有相当大的差距。事实上，上述文化政策保证了作家、诗人自由创作的权利，同样也保证了他们的身份和地位。在 1942 年文艺整风前夕，到达延安不久的著名诗人艾青，在一篇诗论中曾激情洋溢地指出："当着一个国家临到了它空前的危厄的时候，当着侵略的敌人已跨上了它的土地的时候，诗人不仅应该用情感去激起人民的仇恨与愤怒，不仅应该由仇恨与愤怒鼓舞起人民参加战斗；诗人们更应该教育给人民以生活的智慧；教育给人民以缜密的思考，增长人民的坚韧沉毅的性格，使他们能从悠久的盲目迷信的、被蒙蔽着的、反科学的神秘精神里摆脱出来，从封建文化的桎梏里摆脱出来。"② 这种注重诗人责任和启蒙者地位的论述，正从侧面生动地体现了当时的文化氛围。

三　形式的实践与大众化

延安前期诗歌产生广泛影响的形式化实践是从朗诵诗开始的，围绕朗诵诗展开的系列活动也使延安诗歌由自发走向自觉。自 1937 年 11 月，柯仲平由武汉抵达延安，带头倡导朗诵诗运动，成立延安最早的群众性诗歌组织"战歌社"，致力于朗诵诗的创作和讨论，延安地区便掀起了朗诵诗的热潮。当时，"战歌社"在延安十分活跃，几乎每周都有集会。朗诵诗的蓬勃发展曾引起文艺界对诗歌朗诵问题的关注，比如：1938 年 1 月 25 日《新中华报》的《边区文艺》第 4 期，就专门开辟了"关于诗的朗诵问题"讨论专栏，发表了林山、柯仲平、雪苇、沙可夫等人的文章。在文章中，柯仲平曾不无自责地指出："战歌社决定派我用诗歌朗诵这一节目去参加'陕公'的新年晚会。在这晚会上的我的朗诵，实在是失败的。但是，就在这失败上，我得到了许多可贵的教训……"③ 柯仲平的叙述与其新年元旦的朗诵没有取得应有的效果，就事后总结来看，是提升了诗人们对于朗诵诗的理论认识，但就当时而言，其不够成熟以及传播、接受过

---

① 《中央宣传部、中央文化工作委员会关于各抗日根据地文化人与文化人团体的指示》，《延安文艺丛书·文艺理论卷》，湖南文艺出版社 1987 年版，第 208 页。

② 艾青：《论抗战以来的中国新诗——〈朴素的歌〉序》，《文艺阵地》1942 年第 6 卷第 4 期。

③ 柯仲平：《关于诗的朗诵问题》，《新中华报》1938 年 1 月 25 日。

程中的客观限制也是显而易见的。

接续朗诵诗活动的，是街头诗运动的展开。街头诗，又称墙头诗、传单诗，是延安时期最能迅速及时反映战争生活和工农兵生活的诗歌形式。1938年8月7日，由柯仲平领导的"战歌社"与"战地社"曾联合掀起"街头诗运动"。当时有柯仲平、林山、田间等联合发表具有强烈时代性、战斗性、群众性的《街头诗运动宣言》。《宣言》指出："在今天，因为抗战的需要，同时因为大城市已失去好几个，印刷、纸张更困难了，我们展开这一大众街头诗歌（包括墙头诗）的运动，不用说，目的不但在利用诗歌作战斗的武器，同时也就是要使诗歌走到真正的大众化的道路上去；不但有知识的人参加抗战的大众诗歌运动，更要引起大众中的'无名氏'也多多起来参加这运动。"[1] 与此同时，以柯仲平、田间、林山、史轮、邵子南、刘御等为中坚的三十多位诗人涌上街头，在墙壁上、岩石上、门板上到处书写新作。也有人散发诗歌传单，登台朗诵，延安的大街上还飘荡着"街头诗运动日"的长条红布，许多人士和边区自卫军，都站在街头诗旁，有的看，有的念……街头诗的倡导与实践是解放区主客观条件制约下的产物。作为"一种最简捷最经济最便利的文艺形式"，用它来教育大众，既"切合于群众的旧经验，容易引起群众的学习兴趣"，又是"大众自己的文学作品，是自己真实生活的反映"。[2] 街头诗紧密联系延安生活实际，又采用民众喜闻乐见的语言、形式，其现实的功用意识由此可见一斑。随着抗战斗争的日趋深入，街头诗也越发兴盛与普及，并相继吸纳萧三、艾青、公木、严辰等著名诗人为其参与者和鼓吹者。"如认为，不能登大雅之堂，/那我就把它们贴在街上。/假如是这形式和这内容/读起来，听起来，比较好懂，/我宁肯被开除'诗人'之列，/将继续这样唱和这样写。"[3] 萧三在《我的宣言》中对自己创作的认识，和艾青在《开展街头诗运动》中的"把诗送到街头，使诗成为新的社会的每个构成员的日常需要。假如大众不需要诗，诗是没有前途的"。[4] 可以视为街头诗

---

[1] 《街头诗运动宣言》（1938年8月7日），《延安文艺丛书·文艺史料卷》，湖南文艺出版社1987年版，第391页。

[2] 天刑：《街头诗歌之研究》，《抗日战争时期延安及各抗日民主根据地文学运动资料》下，山西人民出版社1983年版，第130页。

[3] 萧三：《我的宣言》，《萧三诗文集》，北京图书馆出版社1996年版，第174页。

[4] 艾青：《开展街头诗运动——为〈街头诗〉创刊而写》，《解放日报》1942年9月27日。

运动中围绕诗人与诗歌而展开的辩证认识。

由街头诗运动可以延伸的，是贯穿于整个延安时期、作为"民族形式"问题讨论之重要组成部分的诗歌大众化问题。1938—1941 年出现的全国性的"民族形式"问题大讨论，首先是在延安提出并开展起来的。这场涉及文学、音乐、美术、戏剧等方面的问题讨论，在当时曾相继引起解放区、国统区等众多文化人士的关注与参与，并对未来的文艺事业产生广泛而深远的影响。发端于延安的"民族形式"问题的讨论，就其缘起而言，是与以毛泽东为代表的中共领导者的倡导、支持密不可分的。1938 年 5 月，由陕甘宁边区文化界救亡协会发表的《我们关于目前文化运动的意见》一文中，曾提出："文化的新内容和旧的民族形式结合起来，这是目前文化运动所最需要强调提出的问题……从我们过去一切文化运动的经验已证明了出来，忽视文化上旧的民族形式，则新文化的教育是很困难深入最广大的群众的。因此，新文化的民族化（中国化）和大众化，二者实是不可分开的。"[1] 这一提法可以作为毛泽东在非正式场合对文艺的指导性意见的反映。同年 10 月，毛泽东在六届六中全会上所作的报告《中国共产党在民族战争中的地位》中，曾明确提出："洋八股必须废止，空洞抽象的调头必须少唱，教条主义必须休息，而代之以新鲜活泼的、为中国老百姓所喜闻乐见的中国作风与中国气派。"[2] 此后，围绕文艺民族化、大众化、中国化以及民族形式、旧形式问题的讨论就此起彼伏地展开了。

诗歌运动的大众化、民族化正是在这一背景下进入自觉状态的。比如，在著名的《街头诗运动宣言》中，就有"写吧——抗战的、民族的、大众的！唱吧——抗战的、民族的、大众的！我们要在争取抗战胜利的这一大时代中，从全国各地展开伟大的抗战诗歌运动——而街头诗歌运动，我们认为就是使诗歌服务抗战，创造新大众诗歌的一条大道"式的倡导。而后，诗人柯仲平、萧三又相继撰写了《谈中国气派》《论文艺上的中国民族形式》《论诗歌的民族形式》等文章，其中，萧三在《论诗歌的民族形式》一文中认为诗歌的民族形式应根据历史和民间"两个泉源"，而

---

① 陕甘宁边区文化界救亡协会：《我们关于目前文化运动的意见》，《延安文艺丛书·文艺理论卷》，湖南文艺出版社 1987 年版，第 388 页。

② 毛泽东：《中国共产党在民族战争中的地位》，《毛泽东选集》第 2 卷，人民出版社 1991 年版，第 534 页。

"新形式要从历史的和民间的形式脱胎出来，而其结果和收获还得是民族的形式"① 的看法，基本代表了当时诗歌大众化实践过程中的普遍性认识。但随之而来的问题或许就是在写作过程中，或者"专门作着形式的追求"，"不能不一直保守着那不能表达新的现实的旧的风格"；或者"竟然认为把事实原封的托出来，就算反映了现实；于是流水账式的叙述，不经过剪裁的诗篇还在大量产生着"。②

诗歌大众化作为延安诗歌艺术的一种自觉追求，对于这一时期诗歌的内容、形式、语言都产生了重要影响。不仅如此，它也使五四以来的中国新诗走上一条方向相异的发展道路。虽然，在大众化、旧形式问题的探讨中，艾思奇的"旧形式的提起，绝不是要简单地恢复旧文艺，也不仅仅为着暂时应付宣传的要求，而是中国新文艺发展以来所走上的一个新阶段的标帜。这一阶段是要把'五四'以来所获得的成绩，和中国优秀的文艺传统综合起来，使它向着建立中国自己的新的民族文艺的方向发展，是为着建立适合于中国老百姓及抗战要求的进一步的发展"③ 的观点，以兼顾的方式确认当前文艺的发展方向，但显然，大众化与民族化、民族形式与民间形式，并不是处于同一层次的概念。由于为了满足大众的要求，诗人解决问题的重要途径之一就是依赖对传统民间形式的移植和借鉴。这一趋势的结果是使创作者不断通过继承传统文化的通俗一面而逐渐从民族形式的有机整体中剥离出来，并进而成为后者的中心与主体。

当然，就前期延安诗歌的整体创作来看，朗诵诗、街头诗以及大众化的追求虽声势浩大，但并未影响到诗人的自由创作，这与作为诗人之知识分子当时的身份尚未改变，可以按照自己的观念进行创作有关。以朗诵诗和街头诗著称的柯仲平同样可以用长篇叙事诗的形式创作《边区自卫军》《平汉路工人破坏大队》，何其芳、艾青等都可以循着以往的路径进行创作并保持较高的艺术水准，在很大程度上体现了 20 世纪 30 年代新诗的历史延续性以及诗艺功用与审美之间存在的"缝隙"。至于由此判断前期延安诗歌的艺术成就整体上高于后期也就成为一种客观的结论。

---

① 萧三：《论诗歌的民族形式》，《文艺战线》1939 年第 1 卷第 5 号。

② 袁勃：《诗歌的道路》（1941 年 7 月 7 日），《抗日战争时期延安及各抗日民主根据地文学运动资料》中，山西人民出版社 1983 年版，第 292 页。

③ 艾思奇：《旧形式新问题》，《文艺突击》1939 年第 1 卷第 2 期。

四 心灵的皈依与自我的改造

延安前期诗歌的发展同样还是一部知识分子心灵皈依的历史。虽然，战争的环境和理想的归属使延安诗人无一不在写作中表达了诚挚的情感。但延安诗人在来源上存在的地域、时间以及写作经历上的差异，还是决定他们在具体写作时呈现出不同的道路。如果说一部延安诗歌史本身就是不断走向诗歌大众化、消除个性的过程，那么，这种趋势或许在那些早有诗名、来自解放区以外的诗人身上表现得更为明显。

首先以卞之琳为例。1938 年 8 月 31 日与何其芳、沙汀一道奔赴延安，其创作在新生活环境下发生了很大的变化。从其创作于 1938—1939 年、以"宣传和歌颂全国上下八方齐心协力一致抗日侵略"① 为宗旨的《慰劳信集》来看，这一向来被认为是卞之琳诗风转变的产物，引用诗人的自我表述即为："我写诗道路上的转折点也就开始表现在又是一年半写诗空白以后的 1938 年秋后的日子。"② 不过，以诗人的"现代派"身份，如今竟也写作这样的政治诗，必然会在不同的评判标准中呈现出引人注目、聚讼纷纭的"态度"。即使仅从当时的反映来看，"原先闻先生在 1940 年读到我刚出版的《慰劳信集》，看来有点出乎他意外，却给了慷慨的嘉许"。③ 卞之琳在一篇关于闻一多先生文章中的回忆文字就大致反映了这一情况；而诗人穆旦在 1940 年 4 月 28 日发表于《大公报·综合》（香港版）上的《〈慰劳信集〉——从〈鱼目集〉说起》一文中，指出的"'新的抒情'成分太贫乏了。这是一个失败"。④ 更可以作为另一侧面的"佐证"，上述内容实际上是对全面审读《慰劳信集》提出了系列问题。

《慰劳信集》的现实主义风格是显而易见的。在 20 世纪 30 年代前期，以"现代派"成名的卞之琳曾自言"更少写真人真事"，"当时由于方向不明，小处敏感，大处茫然，面对历史事件、时代风云，我总不知要

---

① 卞之琳：《难忘的尘缘》，《卞之琳文集》中卷，安徽教育出版社 2002 年版，第 557 页。

② 卞之琳：《雕虫纪历·自序》，《卞之琳文集》中卷，安徽教育出版社 2002 年版，第 451 页。

③ 卞之琳：《完成与开端：纪念诗人闻一多八十生辰》，《卞之琳文集》中卷，安徽教育出版社 2002 年版，第 152 页。

④ 穆旦：《慰劳信集》，《穆旦诗文集》卷 2，人民文学出版社 2006 年版，第 55 页。

表达或如何表达自己的悲喜反应。这时期写诗，总像是身在幽谷，虽然是心在峰巅。"① 然而，这一组诗却是写"真人真事"，而且，如果联系卞之琳当时的经历，一些篇章的内容皆可以从其纪实作品中找到对应的题材。《给地方武装的新战士》《一位政治部主任》《给一位夺马的勇士》以及以"手势"著称的《给〈论持久战〉》等，都与卞之琳的真实见闻密切相关。应当说，《慰劳信集》的出现在很大程度上反映了卞之琳延安时期生活的真实状态及其创作观念的变化。"我在这另一个世界里，遇见了不少的旧识，更多的新交。我在大庭广众里见到过许多革命前辈、英雄人物，特别是在周扬的热心安排下，和沙汀、何其芳一起去见过毛主席"，"我还接触过一些高层风云人物和许多各级英勇领导和军民"。② 除了现实生活的耳濡目染，主动响应"慰劳信"的形式为个人与集体"致敬"，还表达了此时此刻卞之琳的情感状态。

从具体的角度，《慰劳信集》往往选择了一些生动的言行、细节以及日常生活琐事，以寥寥数笔简洁勾勒出栩栩如生的形象。这种从小处着眼，从具体着手的策略，在一定程度上体现了他对一般抗战诗多作空泛的抒情的不满。《慰劳信集》不少诗篇避开正面战斗事迹，而是从平凡琐事落笔，进而发掘人物的精神世界和哲理的内蕴。这一做法，挪用《卞之琳评传》中的说法，即为"《慰劳信集》是抒情诗，但被注入了思想底蕴，较之当时一般的抗战诗，就多了一点深沉感"。③ 总之，《慰劳信集》格调明快，趣味盎然，充分展现了诗人逐步形成的新世界观的一侧。这使得作品无论对于诗人，还是诗歌的历史，都具有重要的意义，一如袁可嘉的评价："有时轻松的笔法和严肃的题材结合到好处，就出现了一种新诗史上未曾有过的至今少人效法的新型政治抒情诗。"④

随着不断融入一个崭新而陌生的文艺圈，卞之琳的文艺生命也在延安获得了新生。刚到延安，卞之琳就积极地投入到文艺活动中。他在 1938年 9 月 11 日边区文艺界抗战联合会成立大会上发表讲话。1939 年 5 月 14

---

① 卞之琳：《雕虫纪历·自序》，《卞之琳文集》中卷，安徽教育出版社 2002 年版，第446 页。

② 同上书，第 451 页。

③ 陈丙莹：《卞之琳评传》，重庆出版社 1998 年版，第 170 页。

④ 袁可嘉：《略论卞之琳对新诗艺术的贡献》，《卞之琳与诗艺术》，河北教育出版社 1990年版，第 6 页。

日，中华全国文艺界抗敌协会延安分会成立，卞之琳与会并代表抗敌文艺工作团第三组作了关于前线工作情形及收获经验、教训的报告。① 后周扬主编《文艺战线》创刊（1939 年 2 月 16 日，是中华全国文艺界抗敌协会延安分会的机关刊物之一），卞之琳列为编委之一。他曾在《文艺战线》以及文协延安分会出版的《文艺突击》上刊登了《慰劳信集》的作品、速写和通讯。上述经历无疑对卞之琳产生了重要的影响。但是，值得指出的是，在延安文人的整体群落中，卞之琳无疑属于追求者的行列（这一点可以从《雕虫纪历·自序》中抵达延安的渴望中得到证明）。"虽然延安文人中追求者往往也是一种叛逆者"，但相对于"叛逆者"与"逃亡者"，"他们没有造成与原来社会政治、生活、道德、文化的直接对立和冲突；他们的心态是积极的，甚至是激进的，但一般没有那么绝对和偏激。这样，他们到延安一段时间后还可以做出自己的人生选择，如沙汀1939 年底便尚属自由地离开了延安"。② 卞之琳 1939 年离开延安回到西南大后方，后转至昆明西南联大任教也属于与沙汀类似的情况。卞之琳在延安的短暂停留和其生活经历，决定了《慰劳信集》风格殊异，别具一格：它既不同于同一时期广义的抗战诗歌，也不同于作为潮流的"延安诗歌"，因此，肯定论者才会认为，这些诗"不仅在内容上完全打破了个人熟悉的生活圈子，改变了过去的题材，而且在读者对象以及如何运用娴熟的现代主义艺术方法，来处理具体的现实生活、感情"上都取得了突出的成绩。③

与卞之琳的情况相比，何其芳的创作和心态则显得复杂许多。初到延安不久，何其芳就以令人"惊讶"的《我歌唱延安》，表达心灵皈依和告别昔日的姿态。在周扬的安排下，何其芳很快就受到了毛泽东的接见。尽管会见的场面并没有什么特别，但对何其芳而言却留下了深刻的印象。何其芳后来决定留在延安，进行自觉的精神改造以及整风运动之后文学观念的变化，都与之有关。由于来延安的初衷是"希望从延安转赴华北八路军敌后抗日根据地"，写一些报道，"借以进一步唤醒国统区广大群众，

---

① 艾克恩：《延安文艺运动纪盛》，文化艺术出版社 1987 年版，第 88、136 页。
② 朱鸿召：《延安文人》，广东人民出版社 2001 年版，第 14 页。
③ 唐祈：《卞之琳与现代主义诗歌》，《卞之琳与诗艺术》，河北教育出版社 1990 年版，第35 页。

增强抗战力量"。① 所以，何其芳很快就和沙汀领导鲁艺学生上前线，但这次前线之旅就结果上看却是给何其芳造成了相当大的心理影响。那种最初的渴望迅速融入延安的生活环境，发展自己、改变自己以及潜藏在内心深处的知识分子荣誉感，在战争的残酷现实面前遭受了巨大的挫败。前线经历使何其芳产生了一种强烈的自卑感，"这是一个可羞的退却，这是畏难而退"；"我在前方是一个没有用处的人"。② 此后，自惭形秽，忏悔意识逐渐控制了何其芳的心灵。

由此看待《夜歌》（初版）"后记"中，诗人谈及创作的成因——"这个集子的全名应该是《夜歌和白天的歌》。这除了表示有些是晚上写的，有些是白天写的而外，还可以说明其中有一个旧我与一个新我在矛盾着，争吵着，排挤着……抗战以后，我也的确有过用文艺去服务民族解放战争的决心与尝试。但由于我有些根本问题在思想上尚未得到解决，一碰到困难我就动摇了，打折扣了，以至后来变相的为个人而艺术的倾向又抬头了……《夜歌》就是在这理论的支持之下写起来的。所以里面流露出许多伤感、脆弱、空想的情感……"③

何其芳在创作时矛盾、苦闷、徘徊的心态是显而易见的。阅读整部诗集，最能唤起读者共鸣的无疑是那一首首诚实自白、风格流丽缠绵而带有伤感的七首《夜歌》。在这几首完成于 1940 年的作品中，我们深刻感受到夜晚一度是何其芳内心最为困惑、矛盾的时期——白天可以通过拼命的工作忘记内心的冲突，但夜晚那些往往是难以名状的思绪却呈现了何其芳真实的内心——"是呵，我是如此喜欢做着一点一滴的工作，/而又如此喜欢梦想，//我是如此快活地爱好我自己，/而又如此痛苦地想突破我自己，/提高我自己！"［《夜歌（二）》］这些真诚的自白究竟是通过怎样痛苦的经验才能获得？他们是如此的来之不易，又饱含无限的憧憬。"夜歌"虽然并不明亮，但却有丰富的内涵，在这条通往光明之旅的艰难历程上，我们看到了一个知识分子的心灵读本——在不断自我依恋、自我放

---

① 沙汀：《漫忆担任代主任后二三事》，艾克恩编：《延安文艺回忆录》，中国社会科学出版社 1992 年版，第 78 页。

② 何其芳：《星火集·后记一》，《何其芳全集》第 2 卷，河北人民出版社 2000 年版，第 100 页。

③ 何其芳：《夜歌（初版）·后记》，《何其芳全集》第 1 卷，河北人民出版社 2000 年版，第 517—518 页。

弃的矛盾过程中，《夜歌》以引人注目的张力细腻而真实地坦露了诗人的内心世界，而作为抒情主体，那个不断闪现于诗中的自己也比其以往创作中的同一个形象更加完整、真实。

　　几乎所有阅读《夜歌》的人都发现了诗集的主题——改造自己。经历行动上的挫败和思想上的自我否定之后，诗人以现实的目光审视生活。此刻，他已下定决心走到群众中去，他不断激励自己，提醒自己。然而，时刻困扰诗人内心的却是"我要说：'同志们，我没有参加过什么斗争，/我很惭愧。'"[《夜歌（四）》]。何其芳在《夜歌》中表现的诚实坦白和强烈的自卑心理、忏悔意识，使其成为延安前期诗人中的一个典型。与同期延安其他诗人的经历相比，比如，卞之琳的过早离开，艾青的"姗姗来迟"，柯仲平的"狂飙"气质、田间的"擂鼓"特点可以迅速在朗诵诗、街头诗上融入延安的生活，以及在解放区成长起来、较少创作焦虑的诗人相比，何其芳的"心灵皈依"和"自我改造"，既包含着现代诗风向现实主义诗风转变的痕迹，也包含着一个诚实知识分子逐步丧失自我主体意识、再现传统士人人格依附的过程。从延安文学的整体环境而言，上述转变又折射出新文学体制和评判标准建构的嬗变过程。知识分子和大众往日存有的"启蒙"与"被启蒙"的观念，将发生置换；中国新诗追求的现代意识将发生"转折"，未来写作必将呈现另一重面貌。

　　至此，通过以上四个方面的分析，我们大致可以看到延安前期诗歌的基本轮廓和构成方式。作为一度为文学史研究遮蔽的时空状态，拓清延安前期诗歌的发展道路可以使其与后期诗歌的比较中，丰富延安诗歌整体的研究视野。实际上，这一开放性的历史状态，一直包含着历史、生态、心态等阐释空间。至于其价值或称之为某种针对性的策略，正在于如何从丰厚的历史中获得并不苍白的历史想象。

作者单位：辽宁大学文学院

论 20 世纪 40 年代国统区讽刺诗的创作技巧

李文平　向　立

　　讽刺诗是诗歌园地中卓尔不群的带刺玫瑰，自《诗经》伊始，便出现了带有讽刺意味的诗篇，比如《伐檀》《硕鼠》《相鼠》等。孔子在《论语·阳货》中曰："《诗》可以兴，可以观，可以群，可以怨。"① 按照东汉郑玄的解释，"可以怨"即是可以"刺上政"。著名的文学理论家刘勰在《文心雕龙·书记》篇言及："'刺'者，'达'也。《诗》人讽刺，《周礼》'三刺'，事叙相达，若针之通结矣。"② 此话可谓是直接道出了中国讽刺诗的源头。

　　20 世纪 40 年代是一个风起云涌的时代，亦是讽刺文学诞生的黄金时段。跨越了抗日战争与解放战争的 40 年代文学，形成了以国统区、解放区、沦陷区三足鼎立的局面。陆衡在《四十年代讽刺文学论稿》一书中将 40 年代讽刺文学划分为三个阶段，即勃兴阶段（1937—1941）、发展阶段（1942—1945）、繁盛阶段（1945—1949）。相比于前两个发展时段，40 年代中后期正处于光明与黑暗交界的当口，光明的日渐光明，黑暗的日趋黑暗。此时，"只要你耳不聋，或不装聋；只要你眼不瞎，或不装瞎；只要你心不死，或不装死，总不愁这些已死的、现存的、新生的、死而复活的事件，不来碰你、刺你、鼓动你起来"。③ 黎明前的黑暗，是讽刺文学滋长的温床。时代的潮流推动文学的主流，人民需要的是愤怒的呐喊、战斗的声音、辛辣的讽刺和泼辣的讥笑。而较之于解放区的讽刺文学创作，国民党的白色恐怖统治早已将国统区打造成了黑暗与罪恶的栖息地，一时间民生凋敝、民怨沸腾。时代不幸诗家幸，诗，是最迅捷、最敏

----

① 文若愚编：《论语全解》，中国华侨出版社 2013 年版，第 446 页。
② 刘勰：《国学经典丛书·文心雕龙》，中州古籍出版社 2008 年版，第 265 页。
③ 臧克家：《刺向黑暗的"黑心"》，《臧克家文集》第二卷，山东文艺出版社 1985 年版，第 699 页。

感且最易流传的文学体裁。时代需要讽刺，文学更需要讽刺诗，需要，使讽刺诗应运而生。40 年代前期的讽刺诗主要以任钧和欧外鸥为代表，任钧的讽刺诗为时代写真，诗句"话里有话"，偶用漫画笔法，而欧外鸥诗作最大的特点则为比喻新奇有趣、新词层出不穷。至 40 年代中后期，袁水拍、臧克家、邹荻帆、郑思、黄宁婴、沙鸥等人一跃而起，打造了 20 世纪讽刺诗创作的第一个高峰。毫无疑问，此时期的讽刺诗风貌也是蔚为大观的。

一 追求喜剧性

喜剧与幽默、笑、审丑有着千丝万缕的联系。"在文学艺术中，讽刺是讽刺家机智幽默地表达自己的批判观念，使其批判具有娱乐性和战斗性的一种风格或技巧。"[1] 讽刺诗人必须具备幽默的天赋和灵敏的触角，并善于在喜剧性的场景中审丑。众所周知，袁水拍笔下的《马凡陀的山歌》和《马凡陀山歌续集》为讽刺诗的创作注入了新的活力，同时也引领了40 年代中后期的写作风尚。不同于"温柔敦厚"的说教式讽刺和学院派的严肃风格，40 年代的讽刺诗呈现出活泼却不失辛辣、嬉笑却饱含讥讽的文学面貌。

马凡陀的"山歌体"讽刺诗在内容上透露出一股强烈的政治气息和阶级意识，在形式上节奏明快、语言通俗、行文风趣，于谈笑风生间谐趣横生。不可否认，马凡陀的"山歌"是一种笑的讽刺艺术，一种诙谐的笑、讥讽的笑、含泪的笑。比如《主人要辞职》用一种颠倒的置位关系将讽刺的矛头指向国民党的虚伪民主：

> 我亲爱的公仆大人！
> 蒙你赐我主人翁的名称，
> 我感到了极大的惶恐，
> 同时也觉得你在寻开心！
>
> 明明你是高高在上的大人，

---

① 万书元：《幽默与讽刺艺术》，延边大学出版社 1991 年版，第 3 页。

明明我是低低在下的百姓。

你发命令，我来拼命。

倒说你是公仆，我是主人？

诗中的"骑师大人"明明是高高在上的"主人"，偏称被骑胯下的百姓为主人，这种主仆颠倒的荒诞逻辑不觉让人发笑。国民党政府为了混淆视听，用掩人耳目的乔装来制造假象，使人产生错觉。错位与颠倒本身就具有谐趣，在《主人要辞职》中，马凡陀运用主人与仆人的错位，通过低低在下的仆人的独白，表明"我"始终是一个被统治、受压迫的奴役者，从而传递出诗人对虚伪民主的讽刺。若隐若现的丑陋世相，在"我"的独白中逐渐显露出来，并被推至受嘲弄的尴尬境地。诗人采用第一人称独白的方式，不但增添了诗歌的真实性和感染力，也增强了诗歌的讽刺力度。此外，马凡陀"山歌"的喜剧性还表现在"自欺欺人"的人物塑造中。《大人物狂想曲》形象生动地塑造了靠发国难财而致富的人类渣滓：

分什么真与假？分什么此与彼？

让我们疯狂地乐一乐吧！

谁说我们是疯子，

谁就自己在发呆！

诗中的"大人物"可悲，在于他毫不掩饰地自供自己的可鄙行为，以至于达到发狂、发疯的程度。同时，他又十分可笑，他自欺欺人地活在虚设的荣誉中。马凡陀使"大人物"无休止地、疯狂地沉醉在自我表演中，并最终不攻自破，自我毁灭。

讽刺贵在"入木三分"，忌讳"隔靴搔痒"。而臧克家正是一位追求讽刺的尖锐与思想的深刻的诗人，尽管他的诗少了一份马凡陀"山歌"的风趣幽默，但却多了一份疾言厉色。如果说马凡陀是"寓庄于谐"的行家，那么臧克家必定是"庄谐并出"的高手。1946年和1947年是臧克家讽刺诗创作的高产年，在这两年里所写的讽刺诗主要集中在1946年5月由上海万叶书店出版的《宝贝儿》和1947年4月由上海星群出版社出版的《生命的零度》（第一辑）这两部诗集里。另外，1948年出版的《冬天》和1984年出版的《臧克家集外诗集》中也收入了少量讽刺诗。

就讽刺的技巧而言，反讽，是臧克家讽刺诗创作的一大特色，在《谢谢了，"国大代表"们!》一诗中展示得尤为突出：

> 谢谢你们，
> 两千多位
> 由二十几个省份的"民意"
> 制造出来的"国大代表"!
> 你们辛苦了，
> 冒着冷风，
> 冒着翻车和飞机失事的危险，
> 不远千里而来，
> 为了民族，
> 为了国家，
> 为了千秋万代的子孙!

诗歌的第一节用夸张的言辞表达出对"国大代表"们的感激之情，并将代表们为国事"奔波"的行为提升到民族、国家的高度，但捧得越高，摔得就越狠，反讽的意味就越深：

> 真的谢谢你们了，
> 你们为了国家的"百年大法"
> 彼此辩论得脸红耳赤，
> (又是"锅贴"，又是"汽水"。)
> 有的把性命也牺牲了，呵，竟至如此，
>   竟至如此!

国大代表们在会上争辩激烈，丑态百出。"锅贴"指"打耳光"，"汽水"指"唑唑"的嘘斥声。在这里，诗人表面上是在感谢代表们的"忘我精神"，但一个"呵"字便可见出讽刺之意。整首诗歌，诗人夸大叙述，正话反说，达到所言非所指的反讽境界。在讽刺的技法上，马凡陀泼辣，臧克家尖锐，马凡陀的手法是凡·高式的浓墨重彩，是"正面撞击"，臧克家的手法是拉斐尔的秀美文雅，是"轻轻地刺中要害的一击"，① 但却都极富有喜剧的特质和辛辣的品格。

解放战争时期是两个中国命运决战、新旧交替的历史时期，邹荻帆的讽刺诗集《恶梦备忘录》起到了及时点评时局的作用。邹荻帆的讽刺诗常常采用冷峻旁观的姿态，以置身事外的评述，用犀利的解剖刀割开丑的伪装，从多个侧面揭露"丑"的本质。如《幽默的人》将讽刺的锋芒直接指向旧中国的最高统治者，"他真是跟墨索里尼一样/是一个绝顶幽默的人"，并多方面地展开讽刺形象的勾画：

> 他的太太比他的女儿年轻，他的"同志"要革他的命；
> 他一会穿着马褂讲旧道德，一会又到礼拜堂念圣经。
> 他一只手拿指挥刀喊"杀"，又用机关写着"民主"和"宪法"；
> 脑子刚计划了公家银行和他的家庭合并，电话机又指挥把学潮压平。

诗人以冷眼旁观的姿态，凸显独裁统治者违反常规的矛盾言行，在幽默的嘲弄中揭露其逆历史潮流而动的凶残虚伪本质。在这里，"幽默的人"实为"可笑的人"，其倒行逆施的愚蠢举止引人发笑，并在笑声中窥见他的虚弱与腐朽。

正如诗人沙鸥所言："讽刺诗的深度、力度与美，应该是统一的。它不仅是从思想上，还要从美感上引起读者的喜爱。"② 40年代讽刺诗嬉笑怒骂、谐趣横生、审丑誉美、笔调辛辣的风采不但能带给读者别具一格的审美体验，而且能于笑中发人深省。

二 常用漫画式

苏轼评王维的诗为"诗中有画，画中有诗"，而40年代中后期的讽

---

① 李白凤：《臧克家的〈宝贝儿〉》，冯光廉、刘增人编：《臧克家研究资料》，甘肃人民出版社1990年版，第587页。

② 罗绍书编：《中国百家讽刺诗选（1919—1986）》，贵州人民出版社1988年版，第74页。

刺诗则可堪称为"诗的漫画,漫画的诗",诗画高度融合,讽刺力透纸背。漫画是用简单而夸张的手法来描摹生活和时事,一般运用变形、对比、象征等技巧结构和诙谐幽默的画面或画面组合,以取得讽刺或歌颂的目的。在讽刺诗的创作过程中,诗人运用言语勾勒画面,使人极易产生直观而深刻的视觉感受,从而达到力透纸背的讽刺效果。

马凡陀对绘画有着极强的兴趣,并接受过专业的美术训练。可以说,绘画的素养,在一定程度上对马凡陀创作"山歌"起到潜移默化的作用。1944 年,日本侵略军直入湘桂,经济危机严重,人民大众少衣缺食,而国民党政府却将三万万美金存入美国银行,让几千匹布和大量粮食霉烂在无人过问的仓库里。

> 霉菌在这里。
> 霉菌在那里。
>
> 衙门里霉烂了布,
> 仓库里霉烂了米。
>
> 认了洋爸爸的存款,
> 霉烂在美国银行里。
>
> 这里的士兵喝稀饭,
> 一套衣服正反替换穿。
>
> 老百姓吃苦,拼死,抗战,
> 三万万美金闲着没事干。

黔桂公路上,难民云集,他们食不果腹、衣不蔽体,而大量的布和米却在仓库里霉烂。诗歌《冻结》为我们勾勒了两幅对比鲜明的画面,一幅是四处霉烂的布和米,一幅是喝稀饭的士兵和吃苦的百姓。在对比中,诗人隐晦地道出了内心的不平与愤懑,使得讽刺的意味顿时跃然纸上,从而达到不言而喻的效果。若说《冻结》是隐射式的漫画组合,那么《张百万》则是一幅赤裸裸的夸张式人物特写。

> 张百万，张百万，
> 只吃条子不吃饭。
> 进进出出小汽车，
> 上车下车要人搀。
>
> 大小夫人不算多，
> 点起名来一二三……
> 上海有地产，
> 四川买座山。
>
> 纽约进股票，
> 金砖铺地板。
> 上天坐飞机，
> 过江小轮船。

当数万人民为着吃穿发愁的时候，以张百万为典型的高官、大亨们则过着纸醉金迷的逍遥生活。张百万"只吃条子不吃饭"，毛笔一挥，"敌产变家产"，全诗处处可见夸张的笔法，令人读罢愤怒之情油然而生。

1946年郑思在《希望》第2集第4期上发表长诗《秩序》，副标题为"向北方的诗人们写的一篇报告"。全诗由十个部分组成，每一部分有各自的主题，但整体上都围绕"秩序"展开。从写作技巧上看，诗人采用了对比、漫画、反讽等手法，并通过这些手法形象生动地描绘了"猫和老鼠"在一起生活的荒诞图景。诗歌开篇写道："同志，短行而跳跃的诗句/暂时只好让给马耶可夫斯基或者田间/那些被新鲜的血液所鼓动的嘹亮的歌者，/洋车夫赤膊上的汗粒/和女郎在车上翘起二郎腿的姿势/令我有了一些奇异的灵感……"诗的开头表明，《秩序》不是一首让人热血沸腾的短行鼓动诗，正如诗歌的副标题，它是"一篇报告"，一篇如实记录社会生活的报告。"洋车夫赤膊上的汗粒"和"女郎在车上翘起二郎腿的姿势"显然是一组对比鲜明的画面，这样的画面让诗人产生奇异的灵感，在这灵感的引领下，诗人眼中浮现出死亡、污血与饿殍。

我只看见南方的海洋在不平地起伏

只看见一群越狱不遂的囚犯

在判决之前的死寂的脸孔

只看见大厦像重叠地堆起的堡垒

我所能见的只是在一场大雨之后

伏法者底尸首被亲属抬走的时候沿途滴下的血污

骑楼底下——

那些待埋的饿殍们睁着尚未完全死去的眼睛

那两块给饥饿蚕蚀得发绿的眼白

有如两块未曾填补的人生空白

露出了冤曲和仇恨……

在"老爷们或者少爷们"看来，"我的奇异的灵感"不仅大煞风景，而且简直如同卑微的乞丐临死之前的"多余的悲切的呻吟"。在这里，"多余"一词，一针见血地指出了"老爷们或者少爷们"的麻木不仁。诗歌的第一部分以"我"奇异的眼来统摄画面，灰暗的色调衬托出一个残酷、冰冷的世界，使人不自觉地将女郎与车夫，老爷与饿殍相对比的场景交织在一起。显然，无论在语言上还是画面上，郑思的讽刺诗比马凡陀的讽刺诗表现得更加沉重。

三　巧设话语体

独白或对话，是一种独特且有效的写作方式，通过对讽刺对象自说自话的描写或者人物与人物之间的对话，可以使讽刺更加一针见血、意味深长。

袁水拍的讽刺诗，从早期带有"西洋味"的《一个"政治家"的祈祷》《城中小调》到马凡陀"山歌体"讽刺诗，经历了由模仿到成熟的发展过程。在这一发展、演变的过程中，马凡陀进行了各种创新实验。诗歌《民国三十五年的回顾和民国三十六年的展望》与《警察巡查到府上》便是其探索的特殊成果。

《民国三十五年的回顾和民国三十六年的展望》是一首相当精致的山歌体讽刺诗，全诗共八节，通篇戏拟蒋介石的说话语气，通过磕磕绊绊、支支吾吾、颠三倒四的话语模仿，把蒋介石内心的怯懦滑稽地展现出来。

> 呃——嘿！
> 今天！
> 我们！
> 兄弟！
> 为了节约！
> 诸位的！
> 宝贵光阴！
> 时间！
> 呃，
> 这个，
> 今天的讲话！
> 就算，
> 这个，
> 告一段落！
>
> 希望！
> 诸位！
> 从！
> 民国三十五，
> 呃，六年起！
> 立刻！
> 痛下！
> 决心！
> 身体！
> 力行！
> 不可！
> 阳奉！

阴违！
兄弟！
希望！
呃！
完了！
（鼓掌）

马凡陀巧妙地截取人物发言的细节，运用戏拟、独白、阻断语流等技巧结构成篇，讽刺之意不着一字但效果全出。诗人将冷峻的讽刺植入细致的戏拟中，使得诗歌与一般意义上的揭露有所区别，因而，诗的讽刺色彩浓烈且特别。

《警察巡查到府上》采用"问—答—反问"的方式，讲述了一家人早中晚各自的琐事：开窗、念经、看报、吃糖、添饭、喝汤、睡觉等，在市民事无巨细的回答中暴露出警察巡查的实质——特务式的盯梢。而诗中"朝晨"、"中午"、"半夜"的三段式叙述，又恰似流水账式的日记。在臧克家的讽刺诗创作中，人物之间的"对话"也是其惯用的技法。比如《问答》，通过"我"和一个老农之间的对话来映射国民党发动的内战及其丑陋本质。

"日本鬼子不是已经投降了吗？
为什么听说还在打？"
一个庄稼老头子
想从我这里得到回答。

"不是打日本了，
自家打自家！"

"八年还没打够吗？
这是为什么？"

"为什么？他们说，
为你们！"

121

　　"为我们！为我们？"

　　他脸上起了一片云。

　　庄稼老汉想从"我"这里得到有关打仗的消息，从他迫切而不解地询问中，可以看出以老汉为代表的中国百姓并不希望生活在战火的硝烟中。"日本鬼子不是已经投降了吗？"这一疑问表明抗战结束后，老百姓本以为可以过上舒心的日子，没想到又爆发了内战。"八年还没打够吗？"这一反问表明百姓心中已经恨透了战争，他们需要的是和平。"为什么？他们说，/为你们！"这一设问式的回答，戏剧性地暴露出国民党的倒行逆施和反动本质。老汉听到"我"的回答，首先是愤怒和惊讶："为我们！"其次是嘲讽和不解："为我们？"最后怒火中烧："脸上起了一片云。"全诗最大的亮点在于"对话体"的形式，通过人物的对话传达讽刺之意。而最大的成功在于，不着一字而情景全出，在简短的对话中，读者完全可以体会到诗中人物的复杂心境，并于脑海中浮现鲜活的人物神态。类似于曹雪芹在《红楼梦》中描写王熙凤"丹唇未启笑先闻"所达到的艺术效果，《问答》仅通过人物的声音便能知晓人物的心理和神情。

　　20世纪40年代的国统区讽刺诗坛，开满了"红玫瑰，白玫瑰，单色复色的玫瑰，哭的、笑的、淡雅的、庄严的玫瑰，呼号的、沉思的、有刺和无刺的玫瑰"。① 除了最具代表性的诗人袁水拍、臧克家、邹荻帆、郑思以外，还有黄宁婴的诗集《民主短简》，沙鸥的诗集《百丑图》，袁可嘉的诗《进城》《上海》《南京》，杭约赫的诗《噩梦》《丑角的世界》《伪善者》，苏金伞的诗《控诉太阳》《国民身份证》，等等。这些诗歌以讽刺的深入与形式的特别共同将讽刺诗推向了一座震撼人心的高峰。时代造就文学，不同于新时期弥漫着病态气息的另一座讽刺诗高峰，40年代中后期的讽刺诗穿行黑暗与光明之间。一方面，国共两党之争正如火如荼地展开，战争总离不开罪恶与黑暗；另一方面，理想之光烛越来越明晰，人民呼唤光明的欲望也显得更加迫切，因而，40年代中后期的讽刺诗背后暗藏着一条亮色的尾巴。加拿大原型批评家弗莱认

---

　　① 　罗绍书编：《中国百家讽刺诗选1919—1986》，贵州人民出版社1988年版，第254页。

为讽刺是属于冬天的文学，对应着冬的寒气沉沉和了无生气，但冬既到来，春也就不远了。①

说明：本文系重庆市抗战文史研究"两江学者"计划阶段性成果。

作者单位：重庆师范大学文学院

---

① 童庆炳：《文学理论教程》，高等教育出版社 2008 年版，第 46 页。

抗战时期成惕轩客渝的旧体书写

熊飞宇

成惕轩（1911—1989），湖北阳新龙港人，字康庐，号楚望，曾从罗田大儒王葆心游。1931 年，长江泛滥为灾，作《灾黎赋》（或云《愁霖赋》）以寄慨。时乡贤张叙忠为军需学校校长，诵而善之，邀赴金陵聘主校刊编务，兼课诸生。1939 年高考及第。其才为陈布雷所赏异，荐任军事委员会委员长侍从室和国防最高委员会秘书。抗战胜利后，改任考试院秘书参事，转任总统府参事，兼国史馆纂修。1946—1949 年初，曾主编《今代诗坛》。后赴台。其书法褚河南，诗则瓣香杜老，为文兼擅骈散。著《尚书与古代政治》《民族气节论》，风行一时，另有《劢斋时事论文集》《藏山阁骈文》《康庐诗存》等。①

抗战军兴，成惕轩挈妇将雏入川，先后居重庆江北、北碚蔡家场和李子坝。1945 年 4 月 4 日"儿童节"，成惕轩曾作诗"示英、杰二儿"："愧无智略平天下，便拟从容学仲升。负弩偏难胜剧战，挥毫只合颂中兴。屠鲸故事儿须记，射虎他年汝定能！佳节未妨开笑口，漫天云雨看腾龙。""英"即成中英（1935.11—），成惕轩长子，世界著名哲学家，第三代新儒家代表人物。"杰"即成中杰，天文学家，1938 年生于重庆。"妇"为徐文淑，徐秋农（若霖）之妹。

一　篇目初录

时寇势方张，国疆日蹙，成惕轩乃日为诗文刊列报章，"口诛奸回，

---

① 霍松林：《唐音阁随笔集》，河北教育出版社 2000 年版，第 611 页。

笔伐强寇，时论多之"。① 1940 年，饮河诗社成立，成惕轩亦为社员。②
其《还都颂》，原名《抗日胜利纪功碑》，典丽铿锵，可与杜甫《三大礼
赋》和韩愈《平淮西碑》抗节，后载 1946 年 4 月 25 日重庆《和平日报》
及《国民公报》，享誉一时。③ 这一时期成惕轩的诗文，可谓洋洋大观，
惜乎大陆学人甚少关注。笔者曾广为搜罗，得其旧体书写 166 篇。今存其
目，兼录序、记，以明事由。

《绣壁吟简（诗）》14 首，载《时代精神》1941 年第 4 卷第 4 期：
《涵初先生新画〈出峡图〉歌，次曼若韵》《渝州春望》《次和旅园先生
南泉九日并尘问叟》《书感》《除夕》《奉和景洲先生五十自寿之作》《次
与为兄重游南温泉韵，即寄哲弟石尘耒阳》《冶欧寄示欲问一章，依韵奉
答》《索居一首寄惠威成都》《奉怀曼若任吾两兄，即次其华嵯叠和韵》
《由江北至蔡家场道中作》《君默先生近示大作，中有和姚鹓老癞字雌字
两韵诗，尤极高妙，次韵奉陈，聊博一粲》（二首）《阅黄冈万君既亮书
其先伯高祖苏伯公明季殉国事略，敬题五十八字》。

《康庐近稿》14 首，"民国三十年八月写于渝州之康庐"，载《时代精
神》1941 年第 5 卷第 4 期：《春尽》《穷巷》（亦见《星期评论》1942 年第
42 期），④《渝州五日》《六月一日绣壁第二石室中纪事》《高阁》（亦见
《星期评论》1942 年第 42 期），《七七洞中避警作》《客久》《春阴》《大
风》《小园春暮，杜鹃盛开，触景增怀，赋此寄意》《橘柑（蜀中特产之
一）》《立秋后数日警讯频传，颇劳趋避，戏成二绝句》（二首）。

《康庐近稿》33 首，载《新中华》1943 年复刊第 1 卷第 9 期：《除
夕》（壬午除夕分韵，子健代拈得故字，纕蘅先生暨雨薇皆有诗，因成三
十八韵）《神鹰颂》（三十二年三月一日，中央训练团同人，在珊瑚坝举
行献机命名礼，鹏鹗盘空，鲸鲵丧胆，神威待奋，凯奏非遥，谨赋短章，
用彰盛典）《尚书与古代政治初稿撰成，因赋》（簪笔枢庭，读书中秘。
潘岳二毛之岁，陈登百尺之楼。时值炎蒸，例得休沐。桐窗一角，拭汗挥

① 张仁青：《成惕轩先生》（http://www.stacklink.cn）。
② 许伯建、唐珍璧：《饮河诗社史略》，《文史杂志》1994 年第 2 期。
③ 金绍先：《台湾骈文学者成惕轩》，《文史杂志》1989 年第 1 期。
④ 因成惕轩另有一首《楼夜》，为示区别，特录其此诗全文："莺花三月废登临，残寇江
南尚见侵。安得小山容大隐，却从春夜写秋心。十年梦里孤舟在，一卷灯前万籁沉。倚户乍惊关
塞黑，会看晓日豁重阴"。

毫，浃月之间，成《尚书与古代政治》若干卷。陈言务去，敝帚同珍。
爰赋五言，分贻同好）《过沙土坪》《岁尽日示素琼》《喜石尘书至》，
《王之钟上将挽词（代）》《渝州赠楚侨》《筱园索诗，因赠》《蜀中追念
季刚先生作》（曩岁于役金陵，曾谒蕲春黄先生于大石桥寓庐，辱承教
益。今距先生之殁，忽已八稔。令媛允中女史，以谢蕴之清才，世康成之
家学，相逢蜀郡，犹见遗风。回首程门，倍伤往事。倭患未平，楚氛尚
恶，江干斗酒，重赋招魂，未知果在何日也。感赋一律，为之惘然）《清
明》（巴渝旅食，六度清明，计自丧乱以来，未获展谒先君墓田者，盖逾
八稔矣。杜鹃如泣，村燕未归，感赋此章，用志余痛），《生日》（亦是
《藏山阁诗》4首之一。但此处无括号内的注解），《寄心纯同年新疆》
《客有询近况者，诗以答之》《感事次南簇韵》《赠靳仲云先生》《坐雨有
怀》《悼汪君益塾》（君字方舟，浙江诸暨人，与余缔交逾十稔。客岁奉
简为军需署张掖办事处长，天马葡萄，重开汉苑。玉骢冠剑，正及丁年。
比闻于役新疆，遽罹堕机之厄。鸿施未竟，鹤化无归，哭以短章，愧未能
尽其百一也），《黄鹄》《癸未元夜》（二首），《南山记游》（六首），《题
培风楼应刘树鹏大令》（二首）《岁朝春雪，次曼若韵》（二首），《达五
属题跳月图，率书一绝句》《题红梅，贺张佩兰同年新婚》。

　　《康庐近稿》12首，载《军事与政治》1944年第6卷第1期：《蜀中
喜秋农史至》（亦刊《华侨先锋》1944年第6卷第3期）《次和骥子江南
之什》《卜居次石尘韵》《题扁舟烟雨图卷》《闻常德之捷》《夜归》《秋
感》《与观仁夜话》《雪珉先生六十寿》《莲池抒怀次予昕先生韵》《挽石
蘅青先生》《蹢躅》。

　　《康庐近稿》8首，载《军事与政治》1944年第6卷第4、5期：
《村居偶作》《次韵楚侨见怀》《惠威雨薇同应县长挑选及格，分发回
湘，诗以送之》《题周庆光先生故山别母图》《题李宇龛先生无双吟》
《任园禊集得陈字》《王季芗先生挽诗（有序）》（二首）（吾师罗田王季
芗先生，博极群书，尤精考据，平生著述，不下数百万言。御倭军兴，
避寇故乡山谷中，备尝艰苦。今岁四月十五日，遽以捐弃馆舍闻。陆务
观老而爱国，王师日盼于中原；赵仁甫生不逢辰，绝学竟亡于江汉。念
玉京兮绵邈，公欲何之；叹梁木之凋零，吾将安仰。谨濡泪墨，用纪心
丧）。

　　《康庐近稿》10首，载《军事与政治》1944年第7卷第1期：《三江

村即景》《喜雨》《故宇》《赠十还》《楼夜》①《神州》《一雨》《南山》《闻寇军侵入衡阳感赋》《果庵近得楼居看山之乐，有诗见怀，次韵奉答》。

《弧矢吟》12 首，载《时代精神》1941 年第 3 卷第 6 期：作者有序，"民国三十年一月于渝州绣壁寓斋"，云："弧矢吟者，辛巳（1941）首春三十生日所作也。桑弧蓬矢，愧沙场征战之功；椒酒桃符，触荆楚岁时之感。驹光易逝，马齿徒增，已届宣尼而立之辰，更值倭寇方张之会。怅□颜丁老母，白发［春］山；望拔乱于王师，黄旗江浦。世无萱草，难消堂北之忧；我异□成，且待江南之捷。"②

《藏山阁诗》4 首，载《时代精神》1943 年第 8 卷第 3 期：《生日》《天声》《峡外》。另有《三十一年八月撰〈尚书与古代政治〉告成，诗以纪事》。此诗同《尚书与古代政治初稿撰成因赋》，但题名有异，且无序。

《南泉杂咏》10 首，载《国是》1944 年第 1 卷第 1 期。

《薇阁天声》4 首，载《陆军经理杂志》1944 年第 8 卷第 6 期：《甲申暮秋奉聘为高等考试襄试委员，小住歌乐山，分阅国文试卷，赋呈同座诸公》《城居和小鲁先生即送其赴新省秘书长任》《送王监委述曾从戎并序》，序云："余与君为己卯（高考，1939）同年，一舸花溪，曾击鲲鹏之水；三年柏府，独尊獬豸之冠。月前两过金刚坡监院，会值昏暮，未及晤言，殊深室迩人遐之感。顷悉君以急于赴难，毅然从戎，吾知其必有以赞中兴之盛业，扬大汉之天声，而使全国知识青年，闻风奋起也。书寄斯篇，用抒赠别之情，并预致凯旋之祝云尔。"亦见《时代精神》1945 年第 11 卷第 5、6 期，题名《送同年王监委述曾从军》，无序。《题入蜀集赠汤鹤逸先生》。

《长沙三捷喜赋并柬惠威两薇》2 首，载《军事杂志》1942 年第 141 期。题名中的"两"，参照后文，当系"雨"之误。

《横空一首并序》，载《辅导通讯》1944 年第 3、4 期。序云："自三十一年四月倭京被袭后，我机不莅日本本土者，盖达二年。今岁六月十六

---

① 此诗全文如下："暂抛尘累付微哦，败兴差无俗吏过。斗酒几时邀月上，层楼一角受风多。此心自有清凉散，何处不为安乐窝？愿借秋涛洗兵甲，笃帘斜卷看银河。"

② 原文模糊难辨，故缺字存疑。

日，盟邦美利坚以超级空中堡垒数十具，飞袭八幡工业区，嗣复分炸佐世保军港，战果辉煌，声成赫弈。从此一击千里，当见助于神风；行看四国九州，更难逃其厄运！长鲸起陆，已非披猖莫制之时；大鸟摩空，正是胜利将临之日。率成短咏，用励同仇"。

《送李学灯兄赴贵州首席检察任》1首，亦载《辅导通讯》1944年第3、4期。

《柬伯鹰先生》，载《华侨先锋》1944年第6卷第8期。

《渝青道中纪事》4首，载《华侨先锋》1944年第6卷第11、12期。

《秋笛八首并序》，载《古今谈》1945年第1卷第1期："曩在汉上赋有秋笛八章，藏之箧衍久矣。友人秋圃见而好之，亟以剞劂为请，因勉徇其意，录付《古今谈》杂志云"。

《从军乐》3首，载《军事与政治》1945年第7卷第3期：一、《从军歌勉智识青年》；二、《东征行（并序）》："前作从军歌，以勉智识青年，意有未尽，因更为此章，勗我多士，闻风兴起，□□［弃］ 需投笔之雄乎？"三、《驱胡一首并序》："自中枢号召智识青年从军，仆曾于文字上略尽宣传之役。顷闻朋旧中有效请缨故事者，特书此什，以壮其行"。

《楚乘一首并序》，载《国是》1945年第9、10期。序云："天门周运恭（字幼门）先生，艺林鸿硕，江汉耆英。民国二十八年春，倭陷天门，迫任伪职，先生死之。谨播声诗，用扬忠烈"。

《薇阁天声（一）》2首：《此身》《代人题某君诗集》）。

《薇阁天声（二）》2首：《闻腾冲之捷》，《九日观运动会作》。均载《新使命月刊》1945年第2卷第3期。

《薇阁天声》4首：《寿张予昕先生六十，用梅川院长韵》《感事次翼父韵》《儿童节示英、杰二儿》《重有》，载《新使命月刊》1945年第2卷第5期。

五言长古5篇。《双十篇》，见《大汉歌声》，载《新使命》1944年第1卷第5期。"三十二年国庆日，实为总裁蒋公就任国府主席之期。政通人和，佳节欣逢于双十；衢歌巷舞，欢声洋溢于六千。爰献俚词，恭纪盛典"。

《建国篇》，载《三民主义半月刊》1944年第4卷第8期。该篇亦载《复兴关月刊》1945年第1卷第4期，以《建国建人与建军》为题，其中"建国篇第一，建人篇第二，建军篇第三"。又见《大汉歌声》，载《新使命》1944 年第 1 卷第 5 期。"青年团中央团部，征用诗歌体裁阐明'专业以建国为第一'之精义，谨献芜辞，藉当芹曝"。

《建人篇》，见《大汉歌声》，载《新使命》1944 年第 1 卷第 5 期。"前撰《建国篇》，专论开物，意殊未尽，因念建人为建国之本，复成新什，以谂国人，题曰建人者，盖犹树人之义也"。

《建军篇》，载《中央周刊》1945 年第 7 卷第 23、24 期。"古者国之大事，在祀与戎。足食足兵，宣尼所重；况值兹新战国时代，积弱无以自存，经武尤不可缓。爰本总裁'建国必先建军'之训，作《建军篇》"。

《民主篇有序》，载《民主政治》1945 年第 4 期。序云："自昔诗人讽咏，每多风云月露之辞；吟料铺陈，罕及制度典章之属。顷秋原兄主编民主政治月刊，索为韵语，因成此作，题曰民主篇云尔。三十四年三月十九日灯下"。

五篇曾入《华国新声》。全书共十篇，一曰《建国篇》，二曰《建人篇》，三曰《建军篇》，四曰《七七篇》，五曰《双十篇》，六曰《武昌篇》，七曰《飞虎篇》，八曰《受降篇》，九曰《民主篇》，十曰《大同篇》，"以次相属，皆有深意"。此书出版于乙酉（1945）仲秋，方当抗战胜利之后。作者"挟其扛鼎凌云之笔，发为黄钟大吕之音"，"敷陈时事，陶铸新词，洵大国之雄风，亦当代之史诗"（《序》）。①

《雾盦骈屑》10 则，载《文化建设半月刊》1943 年第 1 卷第 4 期：《中国考政学会筹集基金启》《南岸旅渝鄂人募捐筑路启》《醵金凿井启》《谢诸生启（代作）》《会计补习学校同学录序（代作）》《考政学会第四届年会电蒋总裁致敬文》《又电林主席致敬文》《又电戴院长致敬文》《又电前方将士慰劳文》《恭祭林故主席文（代作）》。"三十二年九月惕轩记"，云："十年前所作骈体文字，播迁以来，散失殆尽。比岁校书秘阁，间受朋侪之托，或为酬应所需，率尔操觚，居然成帙，同年长沙刘君石麈，见而好之，属付剞劂，藉广流传，而仆未之能信也。秋窗散值，默坐无聊，因录其中小品十则，揭诸《文化建设》杂志。题曰'骈屑'者，盖以义取颂扬，事涉琐碎，且皆篇章简短，寥寥仅及百言，殆犹窥管豹于一班，印雪鸿之半爪云尔。"

《记三游洞》，载《文化建设半月刊》1943 年第 1 卷第 1 期，亦刊

---

① 霍松林：《唐音阁随笔集》，河北教育出版社 2000 年版，第 611 页。

《新使命月刊》1944 年第 1 卷第 3 期。有序，"民国三十二年八月成惕轩识于渝州"，云："此记二十七年春间作，置之行箧中，忽忽六易寒暑矣。胡雏待翦，尚稽东下楼船；蜀道初经，曾志西来洞壑。天回地转，物换星移，回首楚云峡树之间，未审山灵犹得无恙否？读斯记者，幸毋视为明日黄花，而触景生情，益坚同仇敌忾之念，以期了此残寇，还我名区，是则不佞深所翘企者也。"

二 主要内容

自 1938 年秋入蜀至 1946 年 6 月出川，成惕轩客居渝州八年，即其所谓"十年蜀道寄飘蓬"（《十年》）。其间，屡有诗记其行迹。1941 年，诗人"由江北至蔡家场"，"道中"有诗，云："踽踽独行人似鹤，迢迢九曲路犹龙"，对仗精工。纪实之外，兼以自嘲。1943 年，又"独过大沙坪"，所见"丛竹森秋气，幽花丽晚晴"。"沙土坪"即今之沙坪坝。1944 年，因"中国老政学会同人与杜主乡长老，议设孝园中学"，乃"不辞百里庄山到"，然"上山难此下山多，况有金刚九折坡"。"夜至歌乐山"，"同行者：庆光参事、孟阳委员、曼若司长"。至则"荒鸡唱罢听潇潇，破晓车声黯不骄"，不禁叹曰："蜀道难行今更甚，斜风细雨过新桥。"（《渝青道中纪事》）成惕轩仆仆道上，既有生计的奔波，也有国事的操劳。

作为异乡客，成惕轩也以新奇的目光，对重庆的风物胜景加以描绘。如橘柑，乃蜀中特产，故有诗云："灵均橘颂吾能熟，斯品由来盛楚中。一样累累千里外，嘉名忍说洞庭红。"作者从"橘柑"到"橘颂"，从"楚中"到"蜀中"，无论时空，均可寻绎出其精神关联。但更多的还是通过记游诗来表现。如《南山记游》，初到"南山公园"，但见："曲径穿林长碧莎，绿阴深处露檐牙。春风一角无人管，落尽辛夷十丈花。"旋去"凉庄"："千仞冈头露乍晞，晓寒天与送春晖。平生不解因人热，独上凉庄一振衣。"再登"梅岭"："娟娟疏影谢芳姿，桃李于今正满枝。漫向人间吹玉笛，我来刚值落梅时。"又入"松林"："千章如盖倚云高，风急苍龙听怒号。谁谓壑藏舟最固，万山深处有惊涛。"转拜"文风塔"：[1] "弦

---

① 文风塔，当作"文峰塔"，位于重庆南岸区黄桷垭南山。建于清道光年间（1850 年），相传为镇洪水驱邪保平安之塔，塔有 7 级，高 20 米，砖石垒砌，铁铸宝顶。

歌声入翠微巅，黉舍春光乐少年。漫道文风真坠地，峰头塔影尚摩天。"
复参"老君洞"："荒邱遗庙委蒿莱，一洞犹龙颇费猜。千里函关阻商坂，
如何紫气忽西来。"甚至是再三歌咏，寄慨明志，如《南山》："层楼箫管
入秋繁，夹巷车尘与日昏。世味只如大槐国，吾心自有小桃源。底须耿耿
论孤洁，直任纷纷逐众喧。依旧隔江青未了，南山坐对欲忘言。"南泉亦
是其落墨颇多之处。如："兵火江南郁正哀，中兴天府赖群才。五丁已逝
蚕丛杳，蜀道于今要再开！""陌头杨柳晓烟开，细雨春郊净点埃。应睹
潜龙新起蛰，南山昨夜有轻雷。""当关有虎尚眈眈，豪客朱门性自酣。
千古巴渝妙歌舞，新词谁唱望江南？""隔江灯影射霓虹，一苇嘉陵便可
通。闻说中山林畔树，青青无恙又东风！"

　　重大的历史事件，在成惕轩的诗歌中也有所反映，如重庆大轰炸。
1941 年 7 月 7 日，日机 41 架分两次共 6 批空袭重庆，[①] 成惕轩有《七七
洞中避警作》："轧轧机声响澈空，一轮月似镜当中。漫夸胡马飞能渡，
早识黔驴技已穷。黄雀骄人穿屋漏，赤乌流火堕江红。洞天小坐浑闲事，
射日无端忆楚弓。"据"一轮月似镜当中"，此诗所记，当是日机的第二
次空袭。重庆市区于 18 时 5 分悬红球 1 个，18 时 48 分发布空袭警报，19
时 38 分发布紧急警报，23 时 27 分解除警报。日机在神仙洞街、枣子岚
垭、巴中校、中三路、荒市街、南岸天星桥、上河街等地，投炸弹 20 枚、
燃烧弹 24 枚，造成 9 人死亡、16 人受伤，损毁房屋 154 栋又 34 间。[②] 又
《立秋后数日警讯频传，颇劳趋避，戏成二绝句》："恼人鹰隼故盘空，日
日惊趋石洞中。乍喜偷闲安午枕，奚奴又报一球红。（空袭前悬一红球）"
"荒鸡声里坐如年，逐对归来欲曙天。竿上一灯青有味，也和残月到窗
前。（缘灯为解警时标志）"8 月 8 日，为 1941 年立秋日。自此日始，日
机对重庆展开野蛮残酷的"疲劳轰炸"，为期一周。但另一方面，则是我
军战机的极度匮乏。诗人作《神鹰颂》，认为"残寇尚未除，制胜在知
彼。不有飞将军，奚以速其死"，而"众志可成城，御侮资多士"。此次
"万金购飞机"，"会当扬汉声，一击东海水。扶桑咫尺间，三岛弹丸耳。
看屠跋浪鲸，永雪神州耻"。

　　成惕轩诗中，处处充满着对胜利的渴望。如《天声》："已报官军收

---

① 潘洵、周勇主编：《抗战时期重庆大轰炸日志》，重庆出版社 2011 年版，第 317 页。
② 同上书，第 318 页。

泽潞，更闻庭议辟伊凉"。"薄海连营辉义帜，喜看万里接梯航"。长沙三捷，更是令成惕轩喜不自胜："一月闻三捷，千人敌万夫；将军拟姓霍，天意欲亡胡；赫赫黑当道，纷纷豕负涂；怜他新鬼哭，血污洞庭湖。""千古长沙郡，兵家势所争；寇来卑湿地，我筑受降城；南岳高无恙，君山不平划；万方瞻义战，凯歌快屠鲸。"1944 年 5 月，中国远征军取得腾冲战役的胜利，成惕轩闻之，激情难抑："前军已入密支那，又报腾冲奏凯歌。边徼及今留碧血，梯航从此接朱波。鸣笳似激秋江怒，败寇犹惊落叶多！翘首天西期再捷，朝来消息问如何？"1944 年 8 月，衡阳失守。成惕轩感而赋诗："孤城经月陷重围，想见登陴射落晖。南望宾鸿惊信断，东来胡马及秋肥。千寻云岳支天柱，百战湖湘振国威。往事睢阳那可拟，累累碧血有余辉。"

战争期间，师长故旧凋零，成惕轩多有挽词，既纪心丧，兼扬忠烈。如追念黄季刚先生："重拟涉江展刍奠，楼船何日下黄州。"又悼王季芗先生："蕲春已痛经师死，又报罗田陨德星。""胡骑极天知悯乱，楚骚无地赋招魂。侯芭问字嗟难再，准拟他年哭墓门。"挽石蘅青先生则曰："兰芷嗟零落，枌榆失护持。我为邦国痛，匪独哭其私。""阅黄冈万君既亮书其先伯高祖苏伯公明季殉国事略"，题曰："我欲补编畸士传，长留正气护江乡。"闻天门周运恭先生"白头沦虎穴，碧血照鲸波"，赞曰："艰贞光楚乘，百代足观摩"。挽王之钟上将："射日惊神勇，登陴见壮怀。大名齐卫霍，独力障河淮"。悼汪君益塈："玉〔关〕纵负生还愿，合与班侯一例看"。

"我本楚狂人，平居思故国"（《弧矢吟》之八），"挈室更西行，何处卜安宅"（《弧矢吟》之七）。成惕轩羁旅重庆，难免有"浮云"之感，"倦客"之愁（《弧矢吟》之八）。传统的节日，更容易触动诗人蕴积的思绪，发兴为诗。1941 年端午，有诗云："江流无语阅兴亡，谁解当年楚客狂。呵壁怀沙空往事，新蒲细柳又端阳。似闻鹤渚归潮急，不见龙舟竞渡忙。三户何时恢故宇，乱山如梦郁苍苍。"是年除夕，作诗寄意："倚闾有泪隔云端，方寸年时总未安。梦里每疑闻竹报，客中何意醉椒盘。沉沉腊鼓催春晓，落落银灯照夜寒。搔首南天问归计，江山无限怕凭栏。"次年除夕，因"迟迟客未归，忽忽岁云暮。除旧又今宵，羁愁莽奔越。入蜀逾五年，崎岖感行路。揽镜惊二毛，三十突已度"，遂感叹："飘泊向西南，敢怜身世误。老母伏寒庐，楚氛萦寐寤。树草岂忘忧，瞻乌犹反哺。且暮劳倚闾，几时共欢晤。更怀泉下人，松楸冷霜露。"1943年元夜："银花照眼感蹉跎，佳节频年抵梦过。谁分家山今已破，试灯风里尚关河。"同年生日，诗人也感慨万端："江南兵火阻归船，苦累慈亲望眼穿。客舍春添三尺雪（岁朝立春大雪三日），宦游人及二毛年（用潘黄门事）。桑弧蓬矢成何用，驿柳官梅只自妍。坐听诸雏喧笑语，几时携拜北堂前。""每逢佳节倍思亲"。诗中洋溢着对亲人的思念，对故乡的想望。流贯其间的，还有诗人因韶华逝去而壮志未酬的怅惘。

三　艺术特色

对成惕轩的抗战诗文，门人张仁青尝作总论："自中原鼎沸，枢府南迁，吟咏之士，项背相望，击节唱酬之风，盖视前此为加盛焉。然求其笙簧六艺，驰骤百家，拳拳忠爱，每饭不忘，乔木故国之思，时时流露于笔墨间者，则非李渔叔先生与成楚望先生莫属。"其"今古诸体，不下千首，大率缉裁巧密，风调清新，其旨温以厚，其音和以雅，其辞丽以则，格律本乎四杰，而情韵为深；叙述类乎香山，而风华为胜"。① 具体而言，当有如下大端。

首先，现实主义色彩鲜明。如《渝州春望》："断墙红映夕阳斜，不数恒河劫后沙。民困几时苏莱色，春晴二月见桃花。竟无啸咏酬佳节，可有勋名答岁华？薄海只今闻战伐，东风隐隐度悲笳。"其诗"感时念乱，意犹少陵"，② 有如一部大事记，表达了作者对时代的感兴与省思。事以文传，文以事重。寓史、寓道、寓意、寓情，是其诗文特色的一个重要方面。③

其次，各体咸工，尤擅五言。这一时期，成惕轩的旧体书写，诗、赋、骈、散，无不美备，然以五古最为精工。成惕轩曾将"康庐近作"二首，寄如皋冒鹤亭先生。一为《九州》："歌舞南都旧，艰虞北虏存。春灯怜燕子，塞月念乌孙。窃国群相斫，瞻天帝亦昏。杀机知未厌，谁吊九州魂。"二为《不寐》："寸草三春泪，飘蓬四海身。拼将无尽夜，付与不眠人。急难谁相恤，兵戈倘未真。归帆何日是，我欲问江神"。"三十

---

① 张仁青：《成惕轩先生》（http://www.stacklink.cn）。
② 霍松林：《唐音阁随笔集》，河北教育出版社2000年版，第611页。
③ cch村：《台湾著名骈文大师成惕轩》，2011年9月29日，新浪博客（blog.sina.com）。

七年三月十八日",冒鹤亭在回书中,对此品评云:"承示两诗,无懈可击,真五言长城。谓为当代吴明卿,无愧也。洪北江以乌孙对黄祖,当时盛传。大作以燕子对之,同工异曲矣。"① 吴明卿,明"后七子"之一,与李攀龙、王世贞齐名,名国伦,明卿其字,湖北兴国州人。以明卿相方,盖因二人有同里之雅。

再次,其诗典赡高华。成惕轩善用典实,几如弹丸脱手,随心所欲。如五言古诗《弧矢吟》,其篇名立意即颇耐人寻味。"弧矢"一词,本义弓箭,后引申为武功、兵事及战乱。古代国君的世子降生,要以桑弧蓬矢高射天地四方,冀其长大后有远大志向。后世又以"弧矢"喻生男孩,或指男儿当从小立大志,如陆游诗:"士生始堕地,弧矢志四方"(《鹅湖夜坐书怀》)。成惕轩所要表达者,兼有数重含义。而诗中主旨,全在乎倾露因"桑弧蓬矢"而萌动的"沙场征战"之志,匠心独运,绝妙无比。② 诗人深明"匹夫系安危,天下共忧乐"(《弧矢吟》之十)的大义,虽觉"执殳愧无力",仍愿"摛文"以"报国"(《弧矢吟》之一一)。咏馨楼主有《当代诗坛点将录》,以"天威星双鞭呼延灼"喻成惕轩。批曰:"堂堂之阵,正正之旗",认为:"其诗属对精工、用事精切,的是骈文家之诗。大抵不用僻典,不求险怪,不屑为生涩纤秾、枯瘦寒俭之诗,自然舂容大雅,如百战老将,不必掀髯叱咤,自有凛然不可犯之威仪在焉。《楚望楼诗》大都关系世运生灵,不泛泛而作。"③

总之,抗战时期的成惕轩,拓管操觚,伏案春秋,其旧体书写,形式上虽是对传统体裁的继承,内容上则气象全新,体现出对人的命运、生存环境和历史事件的强烈关注和深刻思考,富有浓郁的时代精神,同时也是其沉挚悲壮的爱国情怀的艺术表达。

说明:"本文系重庆市抗战文史研究,'两江学者'计划阶段性成果。"

作者单位:重庆师范大学文学院

---

① 成惕轩:《康庐近作》,《辅导通讯》1948 年第 17 期。
② cch 村:《台湾著名骈文大师成惕轩》,2011 年 9 月 29 日,新浪博客(blog. sina. com)。
③ 冯永军:《当代诗坛点将录》,华东师范大学出版社 2011 年版,第 25 页。

近代沈阳诗坛论略

赵旭　刘磊

　　道光二十年（1840），第一次鸦片战争爆发，此后，清帝国逐渐陷入内忧外患的处境，辽沈政局也随之受到了冲击，作为陪都的沈阳更是首当其冲。在这样的一个大背景下，近代沈阳的诗坛，也表现出与以往不同的特点。本文试对此加以探究，以就正于方家。

一　沈阳本土诗人的创作

　　有"辽东三才子"①之誉的房毓琛（1845—1900）、荣文达（1848—1903）和刘春烺（1850—1905），是近代辽沈诗坛的代表人物。三人去世后，荣文达的弟弟荣文祚将荣文达《鹿萃斋集》、刘春烺《看云听涛馆诗》、房毓琛《隅梦草堂诗草》合刻为《辽东三家集》。其中刘春烺是沈阳本土诗人。

　　刘春烺，字东阁，又字冬葛，号丹崖，奉天府承德县新民厅人。光绪八年（1882）中举。《北镇县志》小传中说他"读书独观大义，覃心于经世之学，凡舆地、兵事、农田、水利，以迄器艺之微，无不精究其蕴"②。他曾由左宝贵推荐，治理新民柳河水患，"独任其事，堤堰至今尚完固"。③可见，刘春烺是一个重视实学的人。此后，他还在光绪二十七年（1901）主讲萃升书院，并在光绪二十九年（1903）任盛京省学堂的总教习，为沈阳的文化教育事业做出了贡献。刘春烺诗歌多写景咏怀，其中也有单纯吟咏风光的诗句，如《沈阳杂咏》二首。

---

　　① 王树楠、吴廷燮、金毓黻等纂：《奉天通志》卷二百十二《荣文达小传》："同时与辽阳房毓琛，新民刘春烺称辽东三才子。"东北文史丛书编辑委员会1983年点校本，第4604页。

　　② 王文璞修，吕中清撰：《北镇县志》，民国二十二年石印本。

　　③ 同上书。

万泉河畔引清流，白舫蓝舆作冶游。六月莲花三月柳，醉人风月似杭州。（其一）

浅草平原广甸开，天风吹簌晓烟堆。银袍白马吹霜角，知是将军阅武来。（其二）①

第一首清丽明媚，第二首苍茫健举，均清朗可诵。但其作品更多则是即景抒情，感物言志之作。如《重九日沈阳城楼》，以"搔首不可问，重阳始何年。登城望东北，漠漠山川连"起句，登高远眺，见远天寒鸦，烟霭孤塔，怆然之感顿生。"世界万封蚁，强者为鸟鸢。蠢灵同吾族，欲拯愁无缘。又无羡门术，白日飞金仙。仰天百感集，落木正苍然。"②列强环伺，时局堪忧；欲济苍生，又无处着力，感时伤志之意充溢其间。

《听角行》则是一首更为直接的纪实之作：

沈阳城头角呜呜，老鸦飞上城头呼。大街小儿拍手笑，儿勿上城官人驱。

官人狰狞面貌粗，长鞭打人壮且都。问其姓名姓则无，但道将府兵与夫。

春风二月草木苏，鸣角朝夕摧封租。老农封租已向毕，银铛枷锁尤盈途。

身有百口辩不得，谁钦梦见流民图。图亦不得见，罪亦不得除。

孤儿寡妻走边隅，路逢猛吏神仙如。锦衣大马出民庐，欢归酒肆听笙竽。③

晚清吏治废弛，官府横征暴敛，屡增赋税；官兵亦为虎作伥，凶残粗暴。这首诗所述就是诗人在沈阳街头亲眼目睹之景象，"老农封租已向毕，银铛枷锁尤盈途"，陪都尚且如此，余者可想而知。而朝廷大员们"锦衣大马出民庐，欢归酒肆听笙竽"的生活，则与之形成鲜明对比，令人气愤

---

① （清）刘春烺：《看云听涛馆诗》，（清）荣文祚辑《辽东三家集》，民国十七年荣文祚刻朱印本，中国书店 1986 年重印。

② 同上。

③ 同上。

填膺。

缪润绂则是与"三才子"同时的一位沈阳本土诗人。缪润绂（1851—1939），字麟甫，号东霖，别署吟溪钓叟、钓寒渔人、太素生、含光堂主人等，汉军正白旗人。光绪十八年（1892）进士，授翰林院编修。缪润绂出身于书香门第，其曾祖父缪公恩是沈阳著名文士，其祖父缪图箕、父亲缪景文及其叔辈缪景其也是有文才的人。缪润绂年轻时就表现出极高的才华，与韩小窗等人共同创建了著名的"荟兰诗社"，并与韩小窗和喜晓峰并称为"沈阳三才子"。而《沈阳百咏》是其代表作。

《沈阳百咏》刊行于光绪四年，民国十一年（1922）又经作者加以修订出版，诗作和按语都做了一定的修改。从内容上看，《沈阳百咏》以"亲见确闻"[1]为标准，"撦拾旧闻，涉笔拈毫。窃以生居丰镐之乡，忝附缘饰沅湘之例，随时凑集，爰成百章"，[2]采用七言四句的竹枝词形式来记录沈阳的民俗风物，共计 100 首，"是一部有关沈城掌故、风俗、起居、饮食、服务、婚丧、信仰等方方面面内容的诗集"。[3]作品表现出很高的文采，尤其注重形象的塑造。如光绪本第五首：

> 头道沟前唱竹枝，沈河一雨涨横陂。人心哪似秋河水，纵起风波会有时。[4]

在描述小河沿一带市井风情的同时，以河水定时起风波作比，指出人心之不可揣测。而光绪本第七首：

> 一纸鸦涂报姓名，经文诗赋注纵横。笑他心苦分明写，似恐旁人认不清。[5]

描述贫穷的教书先生在街上四处张贴广告以招生糊口的场面，在嘲笑一些教书匠不学无术的同时，也为斯文扫地而感伤，形象非常鲜明。而光绪本

---

[1] （清）缪润绂：《陪京杂述·例言》，沈阳出版社 2009 年版，第 5 页。

[2] 同上书，第 1 页。

[3] 徐光荣：《辽宁文学史》，辽宁人民出版社 2013 年版，第 368 页。

[4] （清）缪润绂：《沈阳百咏·自序》，沈阳出版社 2009 年版，第 9 页。

[5] 同上书，第 13 页。

第二十首：

> 识字仍须学挽弓，教场昨夜换春风。诸童嬉戏将军怒，都在弯弧一笑中。①

这首诗通过形象的对比，在表面的嬉闹中，蕴含着对旗人武备松弛的感伤，很有些"含泪微笑"的味道。

这100首竹枝词皆表现沈阳风土人情，许多风俗现已不传，却因此书得以保存。如第五十二首："案上瓷盆放早梅，适从残腊报春回。泥牛却管春何事，鼓吹喧喧竞送来。"诗后按语云："俗于立春前一日，鼓吹班头预办小小泥牛一头，挨门相送，名为送春牛，实借以索酒资耳。"② 民间"送春牛"之俗，如今早已消失。当然，也有很多习俗至今仍盛行于辽沈大地。譬如第十五首"新春又说唱秧歌，姐妮争夸江老婆"③ 的秧歌之俗，第四十一首"秋田菜属秋菘好，满趁西风著几缸"④ 的腌渍酸菜之俗，始终未衰。

此外，与缪润绂并称为"沈阳三才子"的韩小窗和喜晓峰也是当时的诗人，其中，沈阳本土诗人喜麟有诗集《捋扯集诗稿》四卷。不过他们的成就更多地体现在子弟书创作上，而诗歌创作就显得逊色了。

此外还有张之汉（1866—1931），字仙舫，署辽海老渔，辽宁沈阳人，宣统元年（1909）优贡。历任自治局顾问、咨议局议员、官银号总办、实业厅厅长等职，卒于东三省盐运使任上。《奉天通志》中载有张之汉为王永江《铁龛诗草》所作序文。王永江（1872—1927），字岷源，号铁龛，为东北大学首位校长，曾任奉天省代省长。序中写到他和王永江深夜对酌，"酒酣耳热，纵谈时局"，王永江"愤然碎杯起，目光电闪，吐气如长虹"；而两卷《铁龛诗草》，亦"大都感时愤世，托物见志之作"。⑤ 张、王二人为至交好友，性情文章庶几近之。甲午战争时，金州

---

① （清）缪润绂：《沈阳百咏》，沈阳出版社2009年版，第40页。
② 同上书，第108页。
③ 同上书，第30页。
④ 同上书，第83页。
⑤ 张之汉：《铁龛诗草序》，王树楠、吴廷燮、金毓黻等纂：《奉天通志》，东北文史丛书编辑委员会1983年点校本，第4994页。

厅南关岭塾师阎世开不屈于日寇，慷慨殉国，王永江把这件事情告诉了张之汉，张闻听后悲愤不已，提笔作《阎生笔歌》。诗前有小序："生名士开（按，系世开之讹），字梅一，籍金州，振奇士也。甲午中东之役，州陷敌，民咸避兵去，生独落落戎马间，怀奇蓄愤，欲有所伸。敌军方窥旅顺，阻山险，募向导，谓生可赂以金，不从，胁以刃，益怒骂。敌不解华语而文同。辄抽笔伸纸，所书皆忠愤之词。剑槊齐鸣，笔走不辍。敌怒，遽拥出山麓，剖心肝以死。噫！阎生此笔，可以撑天地，泣鬼神矣！因为作歌。"其诗云：

> 在秦张良椎，在汉苏武节。奋椎难击博浪沙，抗节直比胡天雪。非椎非节三寸毫，竟凭兔颖探虎穴。千军直扫风雨惊，披肝沥血凝成铁。饮刃宁惜将军头，振笔直代常山舌。头可断，舌可抉，刃可蹈，笔可折，凛凛生气终不灭，吁嗟阎生古义烈！阎生著籍辽海东，系心家国身蒿蓬。策卫喜读剑侠传，斩蛇恨无隆准公。海国无端腾战雾，天堑鸭江竟飞渡。席卷已下金州城，毡绁更觅阴平路。识途马老用阎生，冲冠义愤岂能平。直将易水悲歌气，激作渔阳挝鼓声。阎生发冲敌目笑，不解华言舌空掉。抽笔愤书忠义词，飞雪刀光迸出鞘。刀边骂敌怒裂眦，掷笔甘就刀头死。心肝攫出泣鬼神，淋漓血染山凹紫。呜呼！皇朝圣武开神皋，鼓鼙将帅思贤劳。九连城头将星落，颓军断后谁盘稍？东南铜柱沉江涛，太阿倒柄凭人操。十万横磨岂不利，一割无用同铅刀。胡为乎！刀围大帐笋锋密，挺然独立阎生笔！①

这首诗慷慨悲愤，感人至深。其后流传极广，令阎世开的悲壮事迹广为人知，极大地鼓舞了国人的爱国热忱。张之汉此诗，为飘摇动荡的晚清沈阳诗坛，留下了一个挺立不屈的身影。

二　在沈阳游历求学者的诗作

有清一代，沈阳作为"陪都"重镇，成为东北的政治、经济、文化

---

① 参见张本义《三首甲午诗歌本事考证及其他》，《白云论坛》第一卷，北京图书馆出版社 2004 年版，第 197—201 页。

中心。而且，随着文化教育事业的发展，沈阳与关内的差距大大缩小。因此，到沈阳游历求学者也多了起来。而魏燮均则是近代最有代表性的一个诗人。

魏燮均生于嘉庆十六年（1812），"卒年尚未考证清楚，当在 1890 年左右"。① 初名昌泰，字子亨，号芷亭。因慕郑板桥之为人，遂更名燮均，字伯柔，又字公隐，别号铁民，又自号九梅居士，著有《九梅村诗集》。《奉天通志》小传中说他："工书法，善古文诗词，负笈远游，多览名山大川。"②

沈阳是东北通衢要道，魏燮均常于此经停。因为他一生大部分时间在游幕生活中度过，其诗作中也多了些漂泊清寒的色彩。如《沈阳道中早发》："荒鸡历乱唱，曙色正苍然。残月堕于地，明星高在天。官途多积雪，旅舍有炊烟。不避冲寒苦，劳生逐客鞭。"③《题永安桥》："驱车此日旧曾过，轮铁常青苦未磨。桥上行人桥下水，年年一样共奔波。"④《出省城道中作》："秋风正萧索，驱马向徒河。积雨官桥断，荒田野径多。辞乡人北望，出塞雁南过。远道同离别，劳生奈老何。"⑤ 描写自己奔波无止，鞍马劳顿的生活，苍凉沉郁，深得老杜三昧。

同治末年，盛京刑部侍郎铭安礼聘魏燮均入幕，并担任其儿女的教师，魏燮均遂得以在沈阳居住了较长一段时间。《九梅村诗集》也是在铭安的大力支持并资助之下，才得以付梓刊行的。期间他参加了李大鹏等人召集的"藕乡诗社"，有诗《九日小南招饮初开诗社即呈同社诸君子》记之，诗句旁有小注记诗社成员事，一并录出：

> 幸喜重阳风雨无，登高复扰乱藕乡厨（藕乡，诗社名也，小南因卜居小河堰称为藕乡主人）。社中又得新诗友（谓王梦琴副车、宝会卿孝廉、王上之秀才、高馨竹太学、李湘浦处士），座上难招旧酒徒（是日招王雪樵不至）。此会明年应共健，大家今日且相娱。狂吟

---

① 毕宝魁：《东北古代文学概览》，春风文艺出版社 2000 年版，第 373 页。

② 王树楠、吴廷燮、金毓黻等纂：《奉天通志》，东北文史丛书编辑委员会 1983 年点校本，第 4602 页。

③ 毕宝魁：《九梅村诗集校注》，辽海出版社 2004 年版，第 82 页。

④ 同上书，第 136 页。

⑤ 同上书，第 288 页。

半是青年辈，惭愧袁安与魏扶（社中惟余与甘泉年最长）。①

可惜诗社中人的生平，以及之后诗社的活动均难以找到更多资料，但无论如何，藕乡诗社之结仍是晚清沈阳诗坛一件盛事。而当年对缪公恩钦慕不已的青年魏燮均，如今已经是诗社中最为年长之人了。

魏燮均大半生漂泊，风尘困顿，和社会底层较为接近，其诗歌中经常能看到当时社会民生的真实情状。如《李小南明经迁居小河堰》诗后小注中说"小南本乡居，因盗贼警迁居省城"，② 可见清末盗匪之患，已成常见景象。他在《沈阳客馆夜坐感怀》一诗中写道："天街无月明，漏下禁宵行。人语远过巷，钟声高出城。岁寒犹在客，世乱每谈兵。自顾头垂白，愁吟对短檠。"③ 次句有小注："时城中戒严，禁止夜行。"魏燮均有生之年至少经历了两次鸦片战争和太平天国运动。虽然战火尚未波及东北内陆地区，但连年的兵乱，以及吏治废弛，盗贼蜂起的内政，已经令诗人感到了乱局将至的风雨飘摇。

此外，"辽东三才子"中的另两位荣文达和房毓琛，虽然不是沈阳人，但时常经过此地，与沈阳也有着千丝万缕的因缘。荣文达有《沈垣旅寓养病》诗二首，其一云：

洋笳洋鼓沸城阴，郭笛溪砧寂不音。病客听鸡憎夜永，衰翁如鹤警秋侵。

乾坤怀古悠悠泪，欧亚伤时耿耿心。闻说翠华西返跸，荒原风露可胜禁。④

以"洋笳洋鼓"喻指虎视眈眈的列国诸强，寂寥无声的"郭笛溪砧"则好比日暮斜阳的清帝国。当时荣文达正在病中，但直至深夜还忧心忡忡，思虑国事，真可称"欧亚伤时耿耿心"。

值得一提的是，周恩来曾经在沈阳读书，也留下了诗作。1910 年春

---

① 毕宝魁：《九梅村诗集校注》，辽海出版社 2004 年版，第 782 页。
② 同上书，第 781 页。
③ 同上书，第 445 页。
④ 王树楠、吴廷燮、金毓黻等纂：《奉天通志》，东北文史丛书编辑委员会 1983 年点校本，第 5036 页。

天，他随伯父周贻庚来到沈阳，就读于奉天省官立东关模范两等小学校，度过了三年读书生活。就是在这里，他发出了"为中华之崛起而读书"的豪言。1911 年暑期，他和同班好友何天章与何履祯到位于沈阳沙河一带的魏家楼子度假，这里曾是日俄战争的战场，日本在此建塔，俄国则在此建碑。在何履祯家居住期间，与何履祯的祖父何殿甲写诗应和，为沈阳文坛留下了重要的一笔。何殿甲是村中的私塾先生，经常和周恩来谈起日俄战争，并带他去附近的战场遗迹察看。年仅 13 岁的周恩来通过实地考察，并亲耳听到乡邻谈到日俄军队在此犯下的罪行，极其悲愤，同时也认识到政府无能必然会给人民带来的苦难，对自己和当时青年的责任也有了思考。这充分体现在他的《村望》一诗中。当时，在烟龙山，面对战场遗迹，何殿甲老人含泪吟诵杜甫的《春望》，周恩来心有所感，依原韵改写《村望》一诗：

> 国破山河在，村残草木深。感时勿落泪，誓叫寇惊心！
> 烽火连岁月，捷书抵万金。白头休志短，患除贺更新。①

此诗一反杜甫原作的深沉痛楚，表达了激荡的少年豪情。面对眼前残破的战场痕迹，少年周恩来不是沉溺于悲愤，而是想到国家若不受欺凌，必须自强，改变颓势，"誓叫寇惊心"，去取得胜利，"捷书"报喜。尾联更是对未来充满信心，即使是白发者亦有作为，国家除患兴盛日，就是青春再来时，当为新的时代继续做出贡献。这不仅是对杜甫诗歌的升华，而且也是对何殿甲老人乃至自己的激励。表现出少年周恩来宽广的胸怀和不凡的见识。对此，何殿甲老人深受感动，在《登东山歌》中写道："登彼龙山兮山巅，望彼河水兮潺潺。忆甲辰年兮神往，想日俄战兮心酸。""吾已生于斯兮长于斯，恨不能翔翔兮五湖烟。今我老兮有何志愿，图自强兮在尔少年。"② 到周恩来毕业离沈时，何殿甲老人写有《赠周恩来文》并《赠周恩来南归诗》五首，对少年周恩来寄予厚望。一老一小因国势所激而产生的诗歌交流，成了沈阳诗坛的一段佳话。

---

① 转引自《周恩来在魏家楼子》，政协沈阳市委员会文史资料研究委员会编《沈阳文史资料》第 20 辑，1993 年 12 月，第 59 页。

② 转引自姜玉军《周恩来在东北的求学岁月》，《沈阳文史》2011 年总第 14 期。

三 仕宦客居沈阳者的诗作

作为陪都，沈阳仿照北京建立起一套较为完整的官制。在仕宦沈阳的官员中，不少人都擅长写诗，并留下了作品。如曾在同治三年（1864）任盛京户部侍郎署盛京将军的宝珣（1813—1875）。他的父亲在嘉庆二十一年（1816）授盛京礼部侍郎，署盛京将军。宝珣少年时随父亲在沈阳居住数年，道光二十一年（1841）考中进士。同治三年，他来到沈阳任职，期间完成了诗集《陪京集》，代表作有《新民屯道中作》等。他的许多诗作都表达了忧国忧民之感，为沈阳诗坛留下了深沉的一笔。此外，曾担任奉天府尹的恩赐（1817—1878）在沈阳居住的五年时间里，也曾结诗社，与友人唱和，有《沈阳初春十咏》等代表作。

此外还有不少客居于沈阳的诗人，以刘文麟最为著名。

刘文麟（1815—1867），字仁甫，号仙樵、衍阳山人。他是近代极有影响的诗人。《清史稿·刘文麟传》称他："论诗以婉至为宗，语必有寄托，英光伟气，一发之于诗。论者谓足继辽东三老。"[1] 清嘉庆二十年（1815），刘文麟出生在辽阳东沙浒屯。9岁便能作诗。11岁随父亲入川。辽东文化和巴蜀文化共同濡养了这位少年才俊。道光十八年（1838）春，刘文麟进京应进士正科考试，中进士，授官广东任知县。历史给了这位年轻的诗人一个表现的机会。刘文麟亲历了禁烟运动和鸦片战争，并于道光二十一年（1841）秋冬之际，根据所见所闻所感写成八首七律组诗，题为《感事·辛丑八首》。当时战争尚未结束，作者在诗中已表现出自己的远见卓识，指出了禁烟的意义。这组诗歌，充分表现了作者准确的艺术洞察力和表现力，堪称中国近代文学史上的佳作。而刘文麟也可以称得上是"近代史上第一位亲历并参与鸦片战争，及时以诗歌反映这场战争，真实记录下这场战争实况的诗人"。[2]

咸丰六年（1856），刘文麟受王晓坪之邀主讲沈阳萃升书院，至同治元年（1862），执教近六年。在沈阳期间，刘文麟悉心讲授儒家经典，热心教授学子，同时也坚持写作诗歌。经刘文麟教导的学子中，有不少

---

① 赵尔巽等撰：《清史稿》卷四百八十五，中华书局1977年版，第13380页。

② 徐光荣：《辽宁文学史》，辽宁人民出版社2013年版，第342页。

人成为名士，如《清史稿》所载："其门人王乃新，字雪樵，承德人。亦能诗，有《雪樵诗剩》。"①咸丰六年（1856），第二次鸦片战争爆发，英法联军火烧圆明园；咸丰皇帝仓皇逃往热河。身在陪都沈阳，正主讲于萃升书院的刘文麟当然会受到触动，难以抑制心中的愤懑，写下《感成》三首。"漏卮枉用民膏塞"以"漏卮"来形容当时的国势，很形象。而一个"枉"字则表达了内心对当权者无能的极大痛恨。在抨击当权者无能的同时，又冷静地想到"全局终思国手收"，热情呼唤救国人才的出现，这也为其在萃升书院的教学增加了动力。而对咸丰帝的出逃，也予以了痛斥："海氛急扫孤衷切，天步足回万颈延。圣祖神宗疆域在，是谁陈策议东迁。"②表面上是批判怂恿动迁的臣子，实际上矛头直指最高统治者。

值得一提的是，陈独秀也在沈阳完成了他的《述哀》诗。陈独秀在少年时被过继给叔父陈衍庶作嗣子。而陈衍庶曾长期在沈阳任职，并在1905年出任新民知府，陈独秀被他带在身边，也在沈阳生活过一段时间。1900年，陈独秀离开东北赴日本留学。1909年10月，其兄陈庆元（字孟吉）在沈阳因肺病去世，时年37岁。当时正在杭州陆军小学堂教书的陈独秀再次来到沈阳，为一向敬重的哥哥办理后事，并在此留下了这首《述哀》诗。其诗云：

死丧人之戚，况为骨肉亲。所丧在远道，孤苦益酸辛。秋风衰劲草，天地何不仁。

驾言陟阴岭，川原低暮曛。临空奋远响，寒飙逐雁群。一月照两地，两地不相闻。

秉烛入房中，孔怀托幽梦。相见不暂留，苦虑晨鸡弄。寄裙频致辞，毋使薄寒中。

言笑若生平，奚以怀忧恸。起坐弄朱弦，弦乱难为理。凉风叩庭扉，开扉疾审视。

月落霜天冥，路远空延企。掩户就衾枕，犹忆梦见之。辗转不能

---

① 赵尔巽等撰：《清史稿》卷四百八十五，中华书局1977年版，第13380页。

② 刘文麟：《仙樵诗钞》，《南开大学图书馆藏稀见清人别集丛刊》第二十四册，广西师范大学出版社2010年版。

寐，泪落如垂丝。

扁舟浮沧海，去住随风波。浩淼不可测，起伏惊蛟鼍。仙人御离合，聒耳如哀歌。

海立天俯仰，安危在刹那。一朝落玄渚，尧桀无殊科。救死恐不及，岂复悲坎坷。

坎坷复踽踽，慷慨怀汨罗。孤篷岂足惜，狂澜满江河。区区百年内，力命相剜磨。

蓬莱徂弱水，南屏落叶多。所违不在远，隔目成关河。生别已恻恻，死别当如何。

感此百念结，巨浪如嵯峨。嘈嘈鹕鸰鸟，双飞掠舷过。与君为兄弟，匆匆三十年。

十年余少小，固知忧苦煎。十年各南北，一百无良缘。其间十年内，孤苦各相怜。

青灯课我读，文彩励先鞭。慈母虑孤弱，一夕魂九迁。弱冠弄文史，寸草心拳拳。

关东遭凶乱，飞鸿惊寒弦。南奔历艰险，意图骨肉全。辛苦归间里，母已长弃捐。

无言执兄手，泪泪雍门弦。相携出门去，顾影各涓涓。弟就辽东道，兄航燕海边。

海上各为别，一别已终天。回思十载上，泣语如眼前。见兄不见母，今兄亦亡焉。

兄亡归母侧，孑身苦迍邅。地下语老母，儿命青丝悬。老母喜兄至，泪落如流泉。

同根复相爱，怎不双来还？朔风吹急雪，萧萧彻骨寒。冰砾裹蹄足，蹇骡行蹒跚。

寸进复回却，蜷曲以盘桓。盘桓不能进，人心似弹丸。汽车就中道，人畜各喜欢。

一日骋千里，无异策虬鸾。余心复急切，长夜路曼曼。路长亦不恶，心怯且自宽。

吉凶非目睹，疑信持两端。驱车入城郭，行近心内酸。入门觅兄语，尚怀握手欢。

孤棺委尘土，一瞥摧心肝。千呼无一应，掩面不忍观。仆夫语疾语，一一无遗残。

依依僮仆辈，今作骨肉看。故旧默无语，相视各汍澜。中夜不成寐，披衣扶孤棺。

孤棺万古闭，悲梦无疑团。侧身览天地，抚胸一永叹。①

这首诗前十二句直陈失兄之痛，以"秋风衰劲草"，"寒飙逐雁群"作比，将无形无尽的痛苦化为具体可感的形象；然后以一连串的动作，"秉烛"、"起坐"、"开扉"、"掩户"，以外写内，用具体的动作来传达内心之痛苦；之后再用一连串的形象，"扁舟"、"孤篷"、"落叶"、"巨浪"来想象哥哥死后的惨景；然后用"与君为兄弟，匆匆三十年"提起与兄长生活的点点滴滴，兄长对自己的督促与关怀都化入笔墨之中，挚情言语，读来令人心动神伤。最后一部分则仔细描绘自己奔丧的过程，"驱车入城郭，行近心内酸。入门觅兄语，尚怀握手欢。孤棺委尘土，一瞥摧心肝。"一路奔波到了目的地，明知哥哥已死，还心存侥幸，一眼看到棺木，肝胆俱摧。痛苦之情由此达到高潮。诗前有小序曰：

> 亡兄孟吉，与仲隔别，于今十载。季秋之初，迭获凶电，兄以肺疾客死关东，仓卒北渡，载骨南还。悲怀郁结，发为咏歌，情促辞拙，不畅所怀。聊写衷曲，敢告友生。宣统元年秋九月，陈仲志于沈阳寓宅。②

"悲怀郁结，发为咏歌，情促辞拙，不畅所怀"，陈独秀自己评价得非常到位，可以说，这首诗叙述、描写、抒情完全围绕一个"痛字"展开的。读这首诗，无暇顾及其语言的运用技巧，只觉悲情贯注其中，气势不可阻挡。

---

① 陈独秀：《陈独秀诗存》，安徽教育出版社 2006 年版，第 74 页。
② 同上。

四 《盛京时报》刊载的诗作

《盛京时报》① 是近代沈阳的主流媒体，由日本人中岛真雄创办于沈阳大东门里，1906 年 10 月 18 日（光绪三十二年九月初一日）出刊第一号，1944 年 9 月 14 日曾改名为《康德新闻》，至 1945 年日本投降后停刊，历时近 40 年。"据中岛真雄自述，《盛京时报》这个报名，'是袭用俄国占领奉天时发行的俄文《盛京报》而定的'，并请清末进士张元奇（后任奉天民政使）题写报名。"②

从文学史角度看，作为一份综合性的报纸，《盛京时报》的"白话"、"文苑"和"小说"栏目刊登了许多文学作品。尤其是主要发表在"文苑"栏目中的诗歌，题材多样，数量众多，而且作者身份各异，既有守旧官吏，也有维新革命者；既有中国文人，也有外国作者；既有本土写手，也有外地投稿者。其复杂的写作状况，构成了当时沈阳丰富的文学生态，也是当时中国诗坛上重要的一环。同时，这份由日本人创办的报纸所刊载的诗歌又具有与当时社会时局紧密结合的特点，体现着当时社会的审美取向，具有重要的文化史意义。

光绪三十三年六月十七日，"选论"栏有《圣人与诗人》一文，可以视为一篇关于诗歌社会功能的论文。此文极力鼓吹诗人之力量，首先将诗人与圣人并称，辨别其异同：

> 一言以蔽之曰：悲世之恶而知所以救之者，圣人也；悲世之恶而不知所以救之而惟思逃之者，诗人也。其操心也危，其虑患也滋，则一而已矣。

指出诗人与圣人虽然对世人的具体态度不同，但其内心的忧患则是一致的。然后进一步指出世人对诗人的不理解："世之奉圣人如天神，其视诗人雕琢薄技而已。余乃以之与圣人并称，谁不以为狂惑？"然后表明自己

---

① 本文所引用《盛京时报》作品皆见《盛京时报》辑印组 1985 年沈阳《盛京时报》影印本。

② 黑龙江日报社新闻志编辑室：《东北新闻史 1899—1949》，黑龙江人民出版社 1994 年版，第 25 页。

的态度："然吾忧圣人，吾爱诗人。"作者认为，圣人和诗人的共同点在于，面对严酷的现实社会：

> 其吐辞立义，或非世俗所能知。虽取相非笑骇怪，然能不以利害祸福动其心，道广大而尽精微，誉之不以为喜，毁之不以为忧；放之则弥六合，卷之则退藏于密。洋洋乎，渊渊乎。故曰圣人参天地者也，诗人邀天地者也。世俗恶足以几之哉……谈要之，推其识，性则圣人与诗人蔑不同耳……见世之溷恶，人之沦堕，以为非吾徒也。乃冥想无际，上薄九天下彻九渊，不知所以寄其情者，而发为怪丽之辞，如屈原之《离骚》，和谟之古诗，李白、李贺之歌行，唐德之《神曲》，米尔敦之《失乐园》，格泰之优师剧。其他不可患述，大率用意相类也。

诗人和圣人的本性是一致的，但诗人更愿意追求个性的自由和情感的解放，古今中外都是一样。作者也清醒认识到，推崇圣人之道者，却有许多人"委曲阿世，则其志异于圣人。而所行或詹詹需需，竞利持禄，立身本末，每有不强人意者"。这样的生存状态，"何如诗人之洒然不可羁，为高洁之至者哉"。作者不是厚此薄彼，而是针对所处时代特点，主张人们多一点诗人的精神，远离污浊，远离庸俗，多一些独立精神。进而谈到文学领域中更需要诗人：

> 吾国夙尚文学，千百年来，其能完然无愧于诗人者，何其少也。圣人吾不得而见之矣，得见诗人斯可矣。诗人乎，岂寻常吟弄风月铺续景物者足以当之乎！

本文作者大声呼唤诗人的出现，而且明确指出，真正的诗人绝不是吟弄风月者，而应该是具有独立精神者。此言掷地有声，可以视为《盛京时报》刊发诗文的一个纲领性的文献。可惜这篇文章并没有对《盛京时报》所刊发的诗歌真正起到指导性作用，因为所刊发的诗歌大部分还是吟风赏景，书写个人情绪的作品，缺少时代精神。

光绪三十二年九月初一日（1906 年 10 月 18 日），第一号"文苑"栏目，刊登署名为"宫琦来城"的诗歌四首，其中七言绝句《对酒遣怀》

一首，杂言诗《鸣琴曲借朱竹坨韵应峨洋山人嘱》一首，七言律诗《送郭岫云西归》一首，还有一首题为《东驿》，因报纸印刷问题，全诗不够清晰，但可以判定是一首七言绝句。现将前三首摘录如下。

对酒遣怀

沫泗文章欲费时，纷纷理学竞新奇。读书万卷果何用？茶后酒前资做诗。

鸣琴曲借朱竹坨韵应峨洋山人嘱

君性嗜鸣琴，抱琴夜共宿。巍巍汤汤人不知，琴楼构在池西曲。炉烟袅窕弦初更，春水流滩漱玉声。少时变幻调重转，万壑松涛俄顷生。水仙海上移情遍，蔽鲁龟山伤不见。扬扬挥洒出自如，神闲目送长空雁。雁断衡阳声已悲，胡笳一曲倍凄其。君有名琴含太古，断纹斑剥光陆离。落指按弦吟注撞，天风鹤唳来遥巷。逸韵悠悠夜未央，幽音袅袅霜初降。跌宕中间伏寂然，万籁无声月在天。渊明嗜好叔夜癖，趣味深尝十六年。峨阳山上托根始，焦尾有缘到堂里，众山皆响水乍波，引出池中双锦鲤。

送郭岫云西归

楼笛易愁魂易惊，秋风乍起短帆行。十年鸿爪三千里，一夕骊歌五六声。

海上别时犹旅雁，山中归日定啼莺。知君傲马河阳路，得意看花入岫城。

作者是一位日本学者，从其诗歌内容看，他对中国古典文学比较熟悉，而且在文字的锤炼、典故的运用和意境的营造上都有一定的造诣。可以看出《盛京时报》"文苑"栏的诗歌作品起点是很高的。

光绪三十三年二月二十五日的报纸出现了"附张"，此后诗歌多发表在"附张"上。从光绪三十二年九月初一日（1906年10月18日）到光绪三十四年十二月三十日（1909年1月21日），目前所见"文苑"栏共发表诗歌577首，这个时期"文苑"栏发表的诗歌都是旧体诗，而且以七言为主，突出文学性，但所发表的文章内容则比较芜杂。

宣统元年一月初一日（1909 年 1 月 22 日）到宣统三年十二月二十五日（1912 年 2 月 12 日），目前所见"文苑"栏目共发表了 383 首诗，具体来看，宣统元年发表 99 首，宣统二年发表了 154 首，宣统三年发表了 130 首，数量较之前大大减少了。但这个时期，出现了许多组诗，如宣统元年十一月十四日发表栾阳王维丰（翰生）《孤愤三十首》中的 4 首。十一月十六日，又连载其《拟古十九首》。宣统二年二月二十七日，开始刊登张元奇的《辽东集》，多记辽东风光和人事情况，一直到五月初九日，共发表 63 首。此外，宣统二年三月十七日，汪洋、谢演苍、程学恂等人乘坐天草丸号船赴日本观光，将旅途见闻写成组诗《鸿雪因缘》，先后于三月十七日、十八日、二十一日和二十五日在《辽东集》的间隙发表，共 16 首。这些"集束性出现的旧体纪游诗，作为成形的定稿付诸报端，因此远不同于此前的即作即出的旧体诗"，① 宣统年间的《盛京时报》这样做，显然有利用这些人的名气，吸引读者，挽回旧体诗颓势的目的。

宣统之前的《盛京时报》所刊发的诗歌，多为描述交游之作，其中还有表现中日两国人士的交往的；也有一些表现日常生活内容的，如光绪三十三年二月二十九日，"文苑"栏发表的《为程比部母太夫人寿》是一篇寿诗；也有一些表现沈阳文坛的情况，包括文人唱和与文学社团的建设，如梦石瘦人在光绪三十三年六月二十八日所作的《录旧》中，自叙"同门友人少卿复建梅花诗社，余附焉。主人不我疵，屡拔冠军"。可见沈阳在光绪年间曾经有过"梅花诗社"这个文学团体，而且曾经复建，其成员有梦石瘦人及其友人少卿等；还有一些民俗性的东西，如对于"沈阳八景"的辨析：光绪三十三年五月二十七日和二十九日，梦石瘦人先后以"天柱排青""浑河晚渡""万泉垂钓""塔湾夕照""辉山晴雪""花泊观莲""皇寺鸣钟""柳塘帆影"为题发表《沈阳八景诗》，其"八景"之名除将"柳塘避暑"改为"柳塘帆影"外，其余的都与缪润绂完成于光绪四年的《陪京杂述》一致。另外，心籁在光绪三十四年八月初八写下了《名伶妙妓总多情四章》，八月十五日，又开始连载以妓院生活为题材的《花丛录事艳体四十首》，全方位描写了妓院生活，在客观上表

---

① 薛勤：《1910 年代东北的文学生态——以〈盛京时报〉报载文学为中心》，《社会科学战线》2012 年第 12 期。

现了当时沈阳社会生活真实的部分。在《盛京时报》刊载的诗歌中，还有一些针砭社会时弊的作品，如光绪三十三年三月初六日发表的一篇杂言古诗《抽局厘》，抨击苛捐杂税给百姓带来的苦难，很有现实意义，但这样的作品数量很少。

《盛京时报》诗歌作者队伍成分是很丰富的。其中有职业的写作机构，如竹素堂、传忠堂和如是楼；有当时著名的文人编辑，如在创刊号上作祝词并发表许多诗文的陶大均和《东省日报》社长汪洋；其中有许多人还是外地作者，如宣统元年十一月连续发表《孤愤三十首》中四首和《拟古十九首》的王翰生是"直隶名下士"；有学生，如光绪三十四年三月初五作《欢送张使司歌词二首》的海城学堂学生康明宝；有政府官员，如宣统年间发表组诗《辽东集》的作者张元奇是"亲赴各属考察吏治"的官员；还有很多日本作者，如光绪三十二年九月初一日（1906 年 10 月 18 日）在"文苑"栏目发表四首诗歌的宫琦来城。其中，最引人注意的是梦石瘦人。仅从光绪三十二年九月初一日到光绪三十四年十二月，他就发表了诗歌 210 首。其中，七律最多，其次是七绝。目前关于梦石瘦人的相关资料很少，但从其诗作来看，梦石瘦人对中国古典文学、历史、地理等都相当精通，在诗歌创作上造诣尤为高深。他的创作不仅在近代沈阳诗坛具有重要的地位，对于整个东北诗坛也具有重要的意义。

总的来看，近代沈阳是一座重镇，许多重大的历史事件都在此发生，诸多有识之士在关注着沈阳的政治、文化大形势，同样，沈阳的文人也在关注着国家的政治、文化大形势。在这样的背景下，大量文人包括近代的一些著名人士或来求学、或来仕宦、或来客居，与沈阳发生了密切联系，并因为各种机缘在沈阳留下诗作，他们与沈阳本土文人共同构建了近代沈阳诗坛，为沈阳近代文学增加了亮色。

说明：本文为 2013 年度辽宁省社会科学规划基金项目：辽宁地域文学与文学史现象研究（编号 L13BZW008），2014 年"辽宁省高等学校优秀人才支持计划"资助项目（WJQ2014053）的阶段性成果。

作者单位：沈阳大学　辽宁大学

文学地理与中国人文

主持：王少良

主持人语：

区域文化和文学研究与其所归属的自然地理和历史人文条件，有着不可分割的联系。本辑"文学地理与中国人文"栏目，关注到这样几篇文稿：陈才智先生《白乐天流寓江州的流响》一文，围绕白居易被贬江州后所作《琵琶行》，以及后世作者的琵琶亭歌咏，把研究的目光落实到作家行事的历史轨迹上，对作家创作的彼此影响作出了深入的考证。王志清先生《安史乱后诗歌中心南移与质变及其吴地诗歌生态》一文，以"安史之乱"为历史转折点，探讨了诗歌中心南移和发展格局转换的多重原因，论证了以吴地为中心的江南文化中心的地位。冯肖华先生《关陇神话传说与华夏文明渊源的文化认知》一文，主要以关陇经典神话传说为研究对象，勾勒出其民生智慧和创世精神对后世华夏文明的形成史迹，抽绎出华夏文明传承的渊源规律，从而提出打造和转化中国西部丝路文化带软实力的构想。范松义博士的《清代广东词人对岭南风情的书写》，探讨了岭南文人创作的文化生态环境，依地域文化与文学的关系，探求岭南文学独特的地域色彩及其形成的原因。风物关情，历史的瞬间会延展成为文学的永恒书写。梁晓颖博士《从〈唐〉〈魏〉之风看晋地诗歌的多维价值》，依《诗经·唐风》十二首和《诗经·魏风》七首，来探讨晋诗与城邑文明的关系，以及在语言形式上反映新体文言的特点。所收文稿既有作家作品的微观研究，也有文学史研究的宏观视阈，角度新颖、考证翔实，在各自的领域作出很好的探索。欢迎继续深入探讨。

白乐天流寓江州的流响
——以琵琶亭诗为中心

陈才智

流寓江州是白居易的人生拐点。从此，他由"志在兼济"，迅速而全面地转为"独善其身"，决心做到"宦途自此心长别，世事从今口不言"（《重题》），"面上灭除忧喜色，胸中消尽是非心"（《咏怀》）。但他并未辞官归隐，而是选择了一条"吏隐"的道路，一边挂着闲职，一边在庐山盖起草堂，与僧朋道侣交游，以求知足保和，与世无忤。与之相适应，描写闲静恬淡境界、抒发个人情感的闲适诗和感伤诗，便开始多起来。其中，最知名的自然是《琵琶行》。

《琵琶行》和《长恨歌》是白居易诗中的双璧。诚如前贤所云，即使没有其他作品，只凭这两首诗，白居易就足以不朽。[①] 与 35 岁所撰《长恨歌》写历史题材有所不同，45 岁所撰《琵琶行》转到了现实题材。诗人通过亲身见闻，叙写了一位琵琶女的命运沦落，并由此关合到自己的流寓现状，发出"同是天涯沦落人"的深沉感慨。因为有切身体验，所以感情特别真诚深挚；因为是在流寓之地，深秋月夜的江面巧遇琵琶女，所以诗情特别哀婉苍凉。《琵琶行》一出，不仅当即风靡宫廷里巷，而且千百年来一直传颂不衰，显示了强大的艺术生命力。据拙编《白居易研究文献目录》，1910—2000 年就有 232 篇评论和研究《琵琶行》的文章，可谓白诗乃至唐诗的热点。近有所谓《唐诗排行榜》（中华书局 2011 年 11 月），根据历代选本入选的数据、历代评点的数据、20 世纪研究论文的数

---

① 赵翼（1727—1814）《瓯北诗话》卷四："盖其得名，在《长恨歌》一篇。其事本易传，以易传之事，为绝妙之词，有声有情，可歌可泣，文人学士既叹为不可及，妇人女子亦喜闻而乐诵之。是以不胫而走，传遍天下。又有《琵琶行》一首助之。此即全无集，而二诗已自不朽，况又有三千八百四十首之工且多哉！"

据、文学史著作选介的数据，同时搜集网络链接的数据，整理出一份一百首的唐诗排行榜，《琵琶行》位居第23，《长恨歌》位居第27。尽管数据的准确性还有待完善，[1] 但不无借镜之资。

《琵琶行》为什么能够成为经典呢？让我们沿着它的流播历史，来勾勒其走向经典的轨迹。距今1196年前的816年，在一个深秋的傍晚，一帆客船，停泊在浔阳江岸，船篷里透出灯光，微弱而惨淡。寒蝉凄切，渔舟唱晚，岸边的枫树上红叶绚烂，与水中芦荻一起，点缀着秋色，映衬着离帆。这时，流寓江州的白乐天，送客来到江边。主客登船饮酒，酒过三巡，珍重的话，恰好已经说完；但离别的悲叹，似乎还压在心间。推窗望去，水波微澜，寒江茫茫，一轮明月浸在江间。忽然，从水上传来动人的琵琶声，诗人和他的朋友都听得入迷了。顺着声音找去，原来是一位独守空船的妇人，在用琵琶排遣自己的寂寞和哀愁。于是，诗人移船相近，邀请她过来相见，并且拨亮灯火，重新安排了酒宴。这妇人带几分羞怯，推辞着，迁延着，"千呼万唤始出来，犹抱琵琶半遮面"……后面，便有了"一曲琵琶说到今"[2] 的《琵琶行》。琵琶亭也由此应运而生，引发出后代骚人墨客的追怀与遐思。

曾有人认为，琵琶亭始建于唐代。恐怕未必，因为目前还没有证据。实际上，最迟在北宋初年，就有了纪念性的琵琶亭。有诗为证，北宋仁宗朝宰相、江西人夏竦（985—1051）《江州琵琶亭》云：

> 年光过眼如车毂，职事羁人似马衔。若遇琵琶应大笑，何须涕泣满青衫！[3]

刘攽（1023—1089）《中山诗话》记载说："江州琵琶亭，前临江，左枕湓浦，地尤胜绝。"[4] 舆地书志中，南宋祝穆《方舆胜览》则云："（琵琶

---

① 如谓20世纪以来以《琵琶行》为研究对象的论文"更多达62篇"等。详见陈才智《〈唐诗排行榜〉平议与勘斟》。

② 张维屏（1780—1859）《琵琶亭》："枫叶荻花何处寻，江州城外柳阴阴。开元法曲无人记，一曲琵琶说到今。"（嘉庆二十五年广东刻本《松心诗集》戊集《黄梅集》）

③ 《文渊阁四库全书》本《文庄集》卷三十六。原编者注："此诗原本缺，今从《中山诗话》采入。"《文渊阁四库全书》本《两宋名贤小集》卷二十二题为《题江州琵琶亭》，诗句略异："流光过眼如车毂，薄宦拘人似马衔。若遇琵琶应大笑，何须掩泪湿青衫！"

④ 《历代诗话》，中华书局1997年版，第297页。

亭）在西门之外，其下临大江。"① 据记载，江州琵琶亭诗板甚多，但当时只有夏竦的这首诗被留了下来。② 尽管其诗并不认同白乐天的涕泣多情，但夏竦地位高，自然影响大。与之同时的四川人梅挚（995—1059）就似乎此唱彼于地认可了这一基调——"陶令归来为逸赋，乐天谪宦起悲歌。有弦应被无弦笑，何况临弦泣更多！"③ 从那时起，直到清代，琵琶亭就没有享受过一丝寂寞。历代文人墨客，凡过此地者，鲜有不留下诗文的。

据拙纂《白居易资料新编》，以琵琶亭为诗题者的古诗大约有 70 多首，加上涉及琵琶亭者，大概有百余首。从这些诗作对白乐天《琵琶行》的情感接受取向来看，不妨比附佛教中十二缘起的第七支——受（vedanā）的三种情形，即苦受、乐受、不苦不乐舍受，约略分为以下三类：④

第一类，超然物外，寄托今昔之慨。这是福建人吴处厚（1053 年进士）定下的调儿，其《题九江琵琶亭》云："夜泊浔阳宿酒楼，琵琶亭畔荻花秋。云沉鸟没事已往，月白风清江自流。"⑤ 江西建昌人李彭《小憩琵琶亭呈环中养正》云："香山居士骨已冷，文采风流今未遥。捍拨何劳作胡语，寒江璧月想前朝。"⑥ 晚年定居九江的安徽宣城人周紫芝（1082—1155）《琵琶亭二绝》云："旧事无人作短行，溢江空自绕溢城。黄芦苦竹依然在，犹替琵琶作怨声。""捍拨难传不尽情，琵声裁尽继琶声。风流扫地无人说，只有空江旧月明。"⑦ 义乌人喻良能（1119—1190 稍后）亦云：

---

① 《文渊阁四库全书》本《方舆胜览》卷二十二"江州·亭轩·琵琶亭"条；施和金点校本，第 394 页。

② 江休复（1005—1060）《嘉祐杂志》："江州琵琶亭诗板甚多，李卿孙惟留一篇夏英公诗：'流光过眼如车毂，薄宦拘人似马衔。若遇琵琶应大笑，何须收泪湿青衫。'"（《文渊阁四库全书》本《嘉祐杂志》；《醴泉笔录》卷下）李卿孙，当即李庆孙，泉州惠安（今属福建）人。真宗咸平元年（998）进士。"有文名，所谓洛阳才子安鸿渐，天下文章李庆孙。"（元盛如梓《庶斋老学丛谈》卷下）官江州推官、水部郎。清乾隆《泉州府志》卷五十四《文苑传》有传。

③ 《琵琶亭》，《文渊阁四库全书》本《御选宋诗》卷六十四；《宋诗纪事》卷十二，上海古籍出版社 1983 年版，第 307 页。始见于宋刘攽《中山诗话》（《历代诗话》，中华书局 1997 年版，第 297 页）。

④ 参见泰国法身寺法胜大学依据泰国巴利藏写本校订的巴利语《长部》之《大念住经》。

⑤ 《青箱杂记》卷八。此诗作者或作宋敏求，又作王安国，恐非。详见陈才智编《白居易资料新编》此条按语。

⑥ 《文渊阁四库全书》本《日涉园集》卷六；《全宋诗》第二十四册，第 15908 页。李彭，字商老，建昌（今江西永修西北）人。因家有日涉园，自号日涉翁。生平与韩驹、洪刍、徐俯等人交善，名列吕本中《江西宗派图》。《两宋名贤小集》卷一一五存《玉涧小集》一卷。

⑦ 《文渊阁四库全书》本《太仓稊米集》卷三十五。

"琵琶人去几经秋，司马青衫亦故丘。唯有当时亭下水，无情依旧更东流。"① 山东汶阳人周弼（1194—？）《琵琶亭》见景生情："萧萧枫林青，要出间椅榔。尚思送行舟，系此木叶下。云开星垂山，水荡月在野。江空夜枨枨，泪复谁满把。汀洲泥沙换，蒇苇颜色假。变迁斐然殊，感慨益以寡。黄烟飞高桅，绛雪当道洒。余春去不尽，并放溢浦泻。岂无夜深弹，寂寞少听者。尚有沙滩人，时时说司马。"② 无锡人钱子义（1375年前后）寓情于景："舣棹空江万感生，荻花枫叶起秋声。琵琶亭上娟娟月，曾照孤舟此夜明。"③ 崇祯七年（1634）进士朱芾煌《浔阳江过琵琶亭》情因景发："小泊江干夜已秋，空亭月冷水悠悠。应知司马青衫在，莫遣哀弦动客愁。"④ 江西奉新人宋鸣珂（？—1791）则借景抒情："布帆无恙且迟迟，送客聊吟白傅诗。月夜有人曾问渡，风流恨我不同时。江心铺练平无迹，柳岸藏星悄未知。一领青衫共沦落，后之来者又伊谁？"⑤

第二类，继承始作俑者夏竦的基调，微讽乐天未能忘情仕宦。如南宋江湖诗人戴复古（1168—1250）的《琵琶行》云："浔阳江头秋月明，黄芦叶底秋风声。银龙行酒送归客，丈夫不为儿女情。隔船琵琶自愁思，何预江州司马事。为渠感激作歌行，一写六百六十字。白乐天，白乐天，平生多为达者语，到此胡为不释然。弗堪谪宦便归去，庐山政接柴桑路。不寻黄菊伴渊明，忍泣青衫对商妇。"⑥ 同样可以归入此类的，还有宋景祐进士史沆《题琵琶亭》，诗中很替乐天担忧，他说："坐上骚人虽有泪，江边寡妇不难欺。若使王涯闻此曲，织罗应过赏花诗。"⑦ 四川人魏了翁（1178—1237）还调侃说："乐天未信果知天，枉为琵琶弦系舡。须识屈信常事耳，暑寒代序月移躔。"⑧ 河南汤阴人岳珂（1182—？）《将发琵琶亭》先是抒发今昔之慨："同一琵琶亭，行客各异涂。当时白傅恨，陈迹久榛

<hr/>

① 《琵琶亭》，《文渊阁四库全书》本《香山集》卷十三。

② 《文渊阁四库全书》本《端平诗隽》卷一；《文渊阁四库全书》本《江湖后集》卷一；《文渊阁四库全书》本《两宋名贤小集》卷二百七十七。

③ 《咏史诗·浔阳江》，《文渊阁四库全书》本《三华集》卷九。

④ 《文嬉堂诗集》卷下七言绝句，《四库全书存目丛书》影印清康熙三十七年紫阳书院刻本，集部第一九四册，第65页。

⑤ 《月夜泛舟琵琶亭次王梦楼太史壁间韵》，《晚晴簃诗汇》卷一〇五。

⑥ 《文渊阁四库全书》本《石屏诗集》卷一。

⑦ 赵与峕《宾退录》卷三引《倦游杂录》；《宋诗纪事》卷三十一。

⑧ 《舣舟琵琶亭次福士张元龙以诗代柬韵二首》（其二），《文渊阁四库全书》本《鹤山集》卷十。

芜。岂特无遗音，榛芜今亦无。"接着，笔锋一转，做置身事外之"齐出处"的冷静反思，说什么"世自分荣枯"，"而况天地间，万变同须臾"，讽刺乐天"不应奇谤后，无复思廉隅"，"长吏湿青衫，礼法毋乃疏"……① 相比之下，开禧间，安徽休宁人詹初《书白乐天〈琵琶行〉后》的火药味要淡很多："浔阳夜泊送客船，船上谁人白乐天。坐闻一曲琵琶奏，青衫何用涕泗涟。岂知通穷良有命，君子当之无怨焉，虚使歌行世上传。"② 浙江金华人叶颙（1300—1374 以后）《题浔阳商妇琵琶图》暗讽乐天太儿女情长："江州司马昔年游，泪湿青衫有甚由。男子平生心似铁，未因商妇起闲愁。"③ 而江西宁都人萧立之（1203—?）的《琵琶亭》就更加深婉了："鲁男子事无人记，此地琵琶更结亭。独倚阑干成一笑，晚风低雁着寒汀。"④ 明洪武四年（1371）乡举第一的郑真《用韵王理问琵琶亭夜宿》则明刺曰："水流呜咽夜传更，梦里如闻弦上声。却笑当年白司马，青衫泪湿也多情。"⑤ 同样发出笑声的还有唐英（1682—1756）《春游琵琶新亭唱和草》（二首其二）："却笑当年白太傅，琵琶声里泣深秋。"⑥ 浙江人宋濂（1310—1381）《题李易安所书琵琶行后》开篇基调与夏竦差不多："佳人薄命纷无数，岂独浔阳老商妇。青衫司马太多情，一曲琵琶泪如雨。"而结尾则已经比较辛辣了："生男当如鲁男子，生女当如夏侯女。千年秽迹吾欲洗，安得浔阳半江水。"⑦ 更有甚者，谓白香山"谪居江州，礼宜避嫌勤职，以图开复，乃敢贪夜送客，要茶商之妻弹琵琶，俛觞谈情，相对流涕。庸人曰：挟妓饮酒，律有明条，知法玩法，白某之杖罪，的决不贷。乃香山悍然不顾，复敢作为《琵琶辞》，越礼惊众，有玷官箴。今

---

① 《文渊阁四库全书》本《玉楮集》卷七；《全宋诗》第五十六册，第 35383 页。

② 《文渊阁四库全书》本《寒松阁集》卷三；《全宋诗》第六十册，第 37844 页。

③ 《续金华丛书》本《樵云独唱诗集》。

④ 韦居安《梅涧诗话》，《历代诗话续编》第 552 页。鲁男子，《诗·小雅·巷伯》"哆兮侈兮，成是南箕"，毛传："鲁人有男子独处于室，邻之厘妇又独处于室。夜，暴风雨至而室坏，妇人趋而托之，男子闭户而不纳。妇人自牖与之言曰：'子何为不纳我乎？'男子曰：'吾闻之也，男子不六十不闲居。今子幼，吾亦幼，不可以纳子！'妇人曰：'子何不若柳下惠然？姝不逮门之女，国人不称其乱。'男子曰：'柳下惠固可，吾固不可。吾将以吾不可，学柳下惠之可。'"所谓"善学柳下惠，莫如鲁男子"。

⑤ 《文渊阁四库全书》本《荥阳外史集》卷九十。

⑥ 《陶人心语》卷三，《四库未收书辑刊》影印清乾隆唐寅保刻本。

⑦ 《四部丛刊》影印明正德刊本《宋学士集·芝园续集》卷十；《文渊阁四库全书》本《文宪集》卷三十二。

时士大夫绝不为也，即使偶一为之，亦必深讳，盖曾未宣之于口，又何敢笔之于书。人之庸者，则且义形于色，诟詈香山，犯教而败俗。其琵琶之辞，必当毁板，琵琶之亭，及庐山草堂胥拆毁而灭其迹，庶几乎风流种绝，比户可庸矣。"① 确实是庸人之见，一哂可也。

第三类，对乐天报以同情之理解。这一基调是另一位江西人欧阳修（1007—1072）奠定的。宋仁宗景祐二年（1036），欧阳修以"越职言事"，被贬为夷陵（今湖北宜昌）县令，途经长江，登琵琶亭，写下两首诗，"乐天曾谪此江边，已叹天涯涕泫然。今日始知予罪大，夷陵此去更三千。"② "九江烟水一登临，风月清含古恨深。湿尽青衫司马泪，琵琶还似雍门琴。"③ "雍门琴"用雍门子周以善琴见孟尝君的典故，借指哀伤的曲调。④ 昔雍门子以琴见孟尝君，陈辞通意，抚心发声，孟尝君为之增欷鸣唈，流涕交横，韩娥曼声，哀哭十里，老幼悲愁，垂涕相对，三日不食。还为曼声，长歌十里，长幼喜跃抃舞，难以自禁。若非真情流露，何以如此感人？大概是因为同病相怜吧，所以倍感凄凉。女诗人叶桂女也有相似的感慨——"乐天当日最多情，泪滴青衫酒重倾。明月满船无处问，不闻商女琵琶声。"⑤ 江西人刘敞（1019—1068）云："江头明月琵琶亭，一曲悲歌万古情。欲识当时断肠处，只应江水是遗声。"⑥ 苏门四学士之一张耒（1054—1114）诗学白乐天，更有切身体会，其《题江州琵琶亭》云："危亭古榜名琵琶，尚有枫叶连荻花。鸣呼司马则已矣，行人往来皆叹嗟。司马风流映千古，当日琵琶传乐府。江山寂寞三百年，浔阳风月知谁主。我今单舸泛江潭，往来略已遍东南。可怜千里伤心目，不待琵琶泪满衫。"⑦ 乌江人张孝祥（1132—1170）亦云："江州司马旧知音，流落江

①　舒梦兰（1757—1835）：《天香随笔》，载《游山日记》，宇宙风社 1936 年重印本。

②　《琵琶亭》，《四部丛刊》本《文忠集》卷五十六"外集六"；《全宋诗》第六册，第 3784 页。

③　《琵琶亭上作》，《四部丛刊》本《文忠集》卷五十五。

④　雍门子周，古之善琴者，亦称雍门子。《汉书·中山靖王刘胜传》："雍门子壹微吟，孟尝君为之于邑。"颜师古注引张晏曰："齐之贤者，居雍门，因以为号。"

⑤　刘攽《中山诗话》引，载《历代诗话》，中华书局 1997 年版，第 297 页。《宋诗纪事》卷八十七题为《琵琶亭》，《御选宋诗》卷七十五题为《题琵琶亭》。《中山诗话》于"叶氏女"注云："名桂女，字月流。"不闻，《诗话总龟前集》卷十五"留题门"上引《古今诗话》作"更闻"。

⑥　《琵琶亭》，《文渊阁四库全书》本《公是集》卷二十八。

⑦　《文渊阁四库全书》本《柯山集》卷十一。

湖感更深。万里故人明月夜，琵琶不作亦沾襟。"① 宋元之际博陵人崔吉父《题琵琶亭》则云："移船商妇颜空老，送客监州鬓已华。命薄才高共流落，沾衣应不为琵琶。"② 高邮人陈造（1133—1203）还称赞说："一诗说尽两心事，遗音翻入歌舞筵。此翁诗名自千古，诵诗亦叹琵琶女。"③ 南宋四川进士郭明复，更进而赞许乐天左迁司马却恬然自安、放怀适意的情怀，其《琵琶亭》诗云："香山居士头欲白，秋风吹作溢城客。眼看世事等虚空，云梦胸中无一物。举觞独醉天为家，诗成万象遭梳爬。不管时人皆欲杀，夜深江上听琵琶。贾胡老妇儿女语，泪湿青衫如着雨。此公岂作少狂梦？与世浮沉聊尔汝。我来后公三百年，浔阳至今无管弦。④ 长安不见遗音寂，依旧康庐翠扫天。"⑤ 元释道惠《琵琶亭》云："送客月江边，琵琶响别舡。移舟就商妇，转轴发哀弦。泪湿青衫雨，情伤白乐天。当时迁客恨，合奏圣君前。"⑥ 乐山人杨基（1326—1378 后）《过琵琶亭（在彭泽）》云："枫叶芦花两鬓霜，樱桃杨柳久相忘。当时莫怪青衫湿，不是琵琶也断肠。"⑦ 明代歙人程诰《琵琶亭》云："残照皋亭夕，秋风旅雁飞。琵琶千载恨，泪满逐臣衣。"⑧ 公安人袁中道（1570—1623）《浔阳琵琶亭赋》："寒江欲雪先无色，起视庐阜如聚墨。九迭楼前九点山，令人可望不可即。白马素车惨不张，麻姑书信断浔阳。飘飘一苇复何适，

① 《琵琶亭二首》其一，《文渊阁四库全书》本《于湖集》卷十一。

② 宋王象之《舆地纪胜》卷三十"江南西路·江州"。

③ 《琵琶亭》，《文渊阁四库全书》本《江湖长翁集》卷八。

④ 自注：公诗有"浔阳小处无音乐"之句。

⑤ 《宋诗纪事》卷五十三，上海古籍出版社 1983 年版，第 1346 页；《全宋诗》第四十五册，第 28279 页。明复，成都人。郭印子。隆兴癸未登科，仕为宗丞。参见宋洪迈《容斋随笔·三笔》卷六；宋赵与峕《宾退录》卷三；明李蓘编《宋艺圃集》卷十八。《全宋诗》第三十八册第 24007 页误作洪迈诗。

⑥ 元刻本《庐山外集》卷四。释道惠，字性空。主要活动于元代中期。出家于庐山东林寺，是元代最主要的诗僧之一。与文坛名士如冯子振、程巨夫、滕玉霄、贯云石、吴澄、卢挚等都有唱和往还，其诗较少蔬笋气，颇为关注社会生活，诗句清新朴实，真切自然。有诗集《庐山外集》四卷行于世，初刻于延祐三年（1316）。

⑦ 《四部丛刊》三编影印明成化刊本；《文渊阁四库全书》本《眉庵集》卷十一。

⑧ 《文渊阁四库全书》本《明诗综》卷四十三；《列朝诗集》卷五十九丙集第十一；《御选明诗》卷九十八；《江西通志》卷一百五十六。《渊鉴类函》卷二百六十五题为《琵琶亭诗》，谓黄省曾（1490—1540）作。程诰，字自邑，歙人，有《霞城集》。李献吉云："程生诗神境融敏，足以散置名家。"王仲房云："自邑足迹半天下，其诗得山川之助为多。体裁既全，篇章过富。珠以沙迷反滋，识者之憾。"《静志居诗话》云："自邑好为汗漫之游，山川郡邑，凡所经历，必纪以诗，气格专学空同，第才情稍钝，色泽未鲜，五言庶称具体。"

踟蹰且向江头立。江头忽见破亭子，西风渐渐愁崩圮。古瓦鳞次乱水衣，白日狐兔同栖止。石碑剥落衰草地，遗迹不知何年记。题名半已蚀尘埃，依稀认得琵琶字。铁拨鹍弦随泪泻，三载飘零老司马。岂云昵昵儿女怀，多才固是多情者。龙尾道中行路难，虎溪桥上看巉岏。一片雄心销不尽，流泉声里坐烧丹。冶情苦向觉前送，陈根忽遇春风动。笑去颦来总是真，强作男儿亦何用。传说龙门有故坟，游人浇酒气成云。物换星移风雅尽，亭上何人更酹君。江上风生撼古树，日暮客子自来去。浔阳渡口那得留，乃是愁人今古断魂处。不独司马泣江水，当年李白亦如此。古往今来如转毂，豪士递来此地哭。我亦飘零困远游，忍贫忍病到江州。江州无主走碌碌，囊无一钱余病骨。伶仃楚痛写不得，独向庐山看山碧。不及虾蟆陵下女，江头犹有新相识。"① 闽县人叶观国（1719—?）《琵琶亭二首》云："楼上庾公动高兴，江头司马赋愁歌。荣枯事异悲欢别，莫笑青衫染泪多。""兜律长归那可求（香山诗：'海山不是吾归处，归即应归兜律天。'），荻花犹见古时秋。布帆席帽经年客，不听琵琶也泪流。"② 常州人赵翼（1727—1814）《泊舟琵琶亭作》："香山四十六七岁，正是左迁江州日。我今亦以镌秩过，计年亦是四十七。后先相距一千载，浪迹偶然同一律。公之风流在天壤，不但诗传《长庆集》。笑我区区腐儒陋，敢以鸿泥诩相匹。独疑公也本恬退，蝉蜕尘埃慕兜率。龙门寺诗见雅尚，曳尾泥中得要术。匡庐在念贬九江，奇福已偿塞马失。是宜快和庐山谣，讵屑苦续屈《骚》笔？胡为仍抱沦落恨，商女歌前自陈述。飘零身世感红粉，老大年华伤锦瑟。至今一片沧江清，犹带哀丝韵凄栗。絮余罢官返故园，棹来经吟抱膝。身比虚舟傍岸归，心如古井不波洳。绝无侘傺半点留，此意迢迢默可质。琵琶亭子谁所立，似写当年座中泣。诗成自觉太无情，虽有青衫不会湿。"③ 杭州人陈文述（1771—1843）《琵琶亭题壁》："从古才人多涕泪，青衫何止白香山。"④ 灵石人何熙绩（1784—1828）《拟琵琶亭怀古》："一叶浔阳送客舟，荻花瑟瑟水悠悠。江州自有青衫恨，不听琵

---

① 《珂雪斋集》前集卷一诗，明万历四十六年刻本。

② 《绿筠书屋诗钞》卷一台江集，《续修四库全书》影印清乾隆五十七年刻本，第一四四四册，第302页。

③ （清）赵翼：《瓯北集》卷二十，李学颖、曹光甫校点，上海古籍出版社1997年版，第418页。

④ 《续修四库全书》影印清嘉庆二十二年刻道光增修本《颐道堂诗选》卷二十四。

琶亦流泪。"①

有趣的是，几百年后，海宁人查慎行（1650—1728）又唱起郭明复的对台戏，其《琵琶亭次宋郭明复旧韵》云："春江带城沙嘴白，弓势弯环抱新月。我来纵棹半日游，败意眼前无一物。吟诗直入老僧家，小技忽痒难搔爬。分明有句和不得，古调岂叶筝琵琶。先生不作谁与语，白日茫茫变风雨。男儿失路虽可怜，何至红颜相尔汝！与公相去又千年，依旧荒城无管弦。扫空题壁孤亭在，笑指门前浪拍天。"② 查慎行有《白香山诗评》，可见他对香山诗是下过揣摩之功的。赵翼（1727—1814）《瓯北诗话》评价查慎行说："要其功力之深，则香山、放翁后一人而已。或谓古来作诗之多，莫有如香山、放翁者。初白诗之多，亦略相等。"③ 其"平生所作，不下万首"，④ 后经他删定为4600余篇。看来，香山不仅是他的学习榜样，也是他内心想要超越的对象。

岂止查慎行，仅仅是欲以同题或同体来超越香山《琵琶行》者，就有陈谦（1144—1216）、白玉蟾（1194—？）、方回（1227—1307）、吴伟业（1609—1672）、屈大均（1630—1696）、李兰（1692—1736）、桑调元（1695—1771）、曹秀先（1708—1784）、陆费琼（1784—1857）。⑤ 这里单表曹秀先。曹秀先，字冰持，新建（今江西南昌）人。他路过浔阳，寻访琵琶亭，看到有亭岿然，但不闻琵琶之声，想起白司马歌咏，彼时情景，宛然在目。于是引其词而长之，命曰《衍琵琶行》，将香山《琵琶行》的每一句衍为四句，依次而下，逐句扩写，把88句616言的《琵琶行》，衍化成352句2464言的巨篇。诗云：

> 浔阳江头夜送客，吴楚中间开水驿。儿童报道司马来，名曰居易姓曰白。枫叶荻花秋瑟瑟，一派秋声吹麇麇。江上凄清总可哀，况是相逢骊唱日。主人下马客在船，纷纷别绪若为牵。冀得石尤风一起，明朝系缆此江边。举酒欲饮无管弦，寂然对酌当离筵。多少渔灯散江

---

① 《晚晴簃诗汇》卷一百三十。
② 《文渊阁四库全书》本《敬业堂诗集》卷十四。
③ （清）赵翼：《瓯北诗话》卷十，霍松林、胡主佑校点，人民文学出版社1998年版，第146页。
④ 许汝霖：《敬业堂诗集序》。
⑤ 详见陈才智编《"琵琶亭"诗词及相关文献》。

面，照成李郭两神仙。醉不成欢惨将别，天涯分袂情难说。浔阳作郡送迎难，只愁柳条尽攀折。别时茫茫江浸月，异地风烟寄舟筏。故人心事诉分明，彼此书空还咄咄。忽闻江上琵琶声，此声端不似无情。可能弹出明妃曲，教人怨恨一时生。主人忘归客不发，岂是离惊未休歇。但觅知音古亦稀，谁操绝调蛟龙窟。寻声暗问弹者谁，商陵牧子不同时。又疑滞迹江湖外，关山月向笛中吹。琵琶声停欲语时，知他何喜更何悲？底事四弦声紧慢，恼人情绪一丝丝。移船相近邀相见，渺渺予怀生眷恋。自哂文人癖未除，涸迹通荣与优贱。添酒回灯重开宴，江头主客不知倦。醉吟居士久牢骚，藉浇块磊咸称善。千呼万唤始出来，故故姗姗步却回。不是多情钟我辈，那能觌面弗相猜。犹抱琵琶半遮面，主客凝神银海眩。纤纤谅不似从前，遮莫秋来旧纨扇。转轴拨弦两三声，调音操缦手将迎。欲待琵琶不振响，莫慰主客意纵横。未成曲调先有情，有情二字误平生。而今试把鹍弦弄，泾水赢于渭水清。弦弦掩抑声声思，性自沉吟百工媚。悠然想见汉宫人，按曲征歌成金翠。似诉平生不得意，弦中句语声中字。何必须眉好丈夫，哭途泣路心如醉。低眉信手续续弹，历历落落兴未阑。远客一尊消不得，幽忧苦调摧心肝。说尽心中无限事，心中暗洒弦中泪。巾帼羁愁江上舟，命之穷也时不利。轻拢慢捻抹复挑，徐徐尽态费招邀。淡泊形容声细细，管渠雨骤与风飘。初为霓裳后六么，隶事翻新谱亦调。转疑不是文君操，司马奚缘解渴消。大弦嘈嘈如急雨，曾无点滴到尘土。怕与江上风水遭，雪浪直撼江边树。小弦切切如私语，儿女妮妮相尔汝。不知琵琶是何声，忘却曲弹到几许。嘈嘈切切错杂弹，闲暇神情活指端。除是精能成妙技，得心应手岂非难。大珠小珠落玉盘，但问清声横阑干。声将透及珠微碎，听来还未觉摧残。间关莺语花底滑，好音弦上时相轧。历历偷转红袖中，一路清声鸣远夏。幽咽泉流水下滩，清音互答向回湍。竟是冰桐齐一例，钟期聆得惬余欢。水泉冷涩弦凝绝，冻风吹成涧边雪。弦上莫问瀺瀺声，感到人间岁寒节。凝绝不通声暂歇，依旧风情生倏忽。当筵怅望耳无闻，举首青天问明月。别有幽愁暗恨生，妇人心事果难明。谁无愁恨还输汝，转恐舟中载不轻。此时无声胜有声，萧萧惨惨各峥嵘。万事刺怀眉上现，未须拨弄客心惊。银瓶乍破水浆进，纷洒井干心不竞。讵道铁琶经手弹，隐隐清商带风劲。铁骑突出刀枪鸣，铠甲光寒大将行。潜师间道制奇胜，妇人幻作琵琶声。曲终收拨当心画，转拨权奇中间隔。那闻五音竞响臻，比视千金轻一掷。四弦一声如裂帛，清商暗动齿牙擘。弹者熟练局初完，多少豪人尽回席。东舟西舫悄无言，一洗耳畔祛劳喧。似解琵琶曲真妙，迁客离人何处村。唯见江心秋月白，委波一片净圆璧。依稀直上广寒宫，霓裳羽衣仙子夕。沉吟放拨插弦中，黯淡风姿若个同？玉人老去娇如旧，江上秋风任转蓬。整顿衣裳起敛容，一枝霜月蘸芙蓉。多年未睹车旗色，此夜尊前抵折冲。自言本是京城女，长安甲第连禁藥。区区弱质此间生，誓不牵丝到吴越。家在虾蟆陵下住，下马陵成踵讹误。我家住此几何年，尚有田园有坟墓。十三学得琵琶成，才把琵琶玉手轻。自是因缘关爱好，娇姿宛转可怜生。名属教坊第一部，居然女子持门户。岂真他可压簪绅，能向人前歌且舞。曲罢曾教善才伏，歌喉跌荡还回复。品题今古善歌人，不丝如竹竹如肉。妆成每被秋娘妒，不分眉蛾兼齿瓠。世途两美倾轧多，同业同时不同路。五陵年少争缠头，裘马翩翩指翠楼。却慕虚名谒门下，外间谬自诩风流。一曲红绡不知数，物力艰难那省顾。惨欷泣泪尽鲛人，欢尽朝朝还暮暮。钿头云篦击节碎，少年不禁颠狂态。桃李春风烂漫花，蜂蝶纷纷舞成队。血色罗裙翻酒污，石榴花泻金盘露。狭邪恶少结同心，回望西陵松柏树。今年欢笑复明年，缩得光阴买笑钱。爱色人多爱才少，春蚕丝尽懒成眠。秋月春风等闲度，别家管领情回互。描却远山频蹙眉，学走金莲尚翘步。弟走从军阿姨死，单形只影苦莲子。亦复门庭气象衰，日日催人迅弹指。暮去朝来颜色故，驹隙奔驰曾弗驻。儿时忆得绘桃花，肌容羞却织缣素。门前冷落车马稀，待欲题门燕子飞。燕子自遗来往影，肯随旧雨款柴扉。老大嫁作商人妇，也赋鸾凤亲井臼。昔年掌上弄明珠，青青化作章台柳。商人重利轻离别，自渠本色不相欺。我曾绮席承官长，低唱阳关却为谁。前日浮梁卖茶去，计较锱铢向羁旅。候火应烹苦味浓，未识梦回何处所。去来江口守空船，今日船中侬可怜。水鸟双双掠舟过，野鸭无因飞上天。绕船月明江水寒，江中穆穆跳金丸。薄命自惭无月样，一年圆得几回团。夜深忽忆少年事，九枝灯下海棠睡。一刻千金不领春，痴人要堕伤心泪。梦啼妆泪红阑干，博得抛家髻一看。浔阳郭外人初醒，那识江城有达官。我闻琵琶已叹息，风土操音来自北。往时王粲赋登楼，直是欲归归不得。又闻此语重唧唧，譬如贵人初谢职。莫夸曩昔住京城，点缀风华来泽国。同是天涯沦落人，谩言物色尚风尘。
汝嫁茶商元寂寞，我官司马剩清贫。相逢何必曾相识，萍水孤踪亦暂
即。如此灯前一识君，锦字回文认谁织。我从去年辞帝京，萧条仆马
指南征。算是玉皇香案吏，讵真物外住蓬瀛。谪居卧病浔阳城，游宦
无聊心曳旌。五架三间草堂在，谩劳五老笑相迎。浔阳地僻无音乐，
人诵诗书守淳朴。但知山水有清音，水官亭背山庐岳。终岁不闻丝竹
声，东山冷处负平生。只学兰亭修禊会，一觞一咏畅幽情。住近溢江
地低湿，九派风涛铺溁潘。均传此地是长沙，若遇贾生哀欲泣。黄芦
苦竹绕宅生，裒裒娟娟竞野荣。信此官曹荒凉甚，不堪风雨下深更。
其闻旦暮问何物，深树菁苍远山屹。因风讶得怪声来，讵能久居不郁
郁。杜鹃啼血猿哀鸣，物类何当心不平。三更月上催归急，十二时中
浴泪盈。春江花朝秋月夜，贵游行乐居亭榭。谪宦心情怯景光，萧索
独愁无税驾。往往取酒还独倾，俨觉渊明风骨清。束带无心萦五斗，
漉巾乞食有谁争。岂无山歌与村笛，粗有声音破虚寂。或骑牛背棹渔
舟，拟若梨园非劲敌。呕呕哑哑（唶）难为听，敢从海上叩秦青。
吏散官闲空索句，杯中物尽板扉扃。今夜闻君琵琶语，惆怅何因理愁
绪。西蜀琵琶即有峰，陇山鹦鹉弗如汝。如听仙乐耳暂明，钧天仿佛
奏瑶京。浔阳城外少此调，迩日江山韵亦清。莫辞更坐弹一曲，妙曲
泥人心不足。竞教北海再开樽，无碍楚庭方灭烛。为君翻作琵琶行，
胡笳十八拍还成。浔阳后有游人过，商妇能歌或著名。感我此言良久
立，由来知己下车揖。粉黛看看末路难，不独伤心背乡邑。却坐促弦
弦更急，一弹再鼓难收拾。未是弦催手腕疲，新知旧好怀忧悒。凄凄
不似向前声，木落风寒水一泓。惹恨难回肠九折，歌喉顺处逆人情。
满座重闻皆掩泣，欣慨胡然遽交集。怜渠不早立身名，中流壶系判呼
吸。座中泣下谁最多，乐极悲来泣当歌。怀土思乡全不耐，镜中发白
影婆娑。江州司马青衫湿，半世豪雄付歌什。酒阑归散客亦行，商妇
回向客船泣。①

此诗虽若蜜中掺水，倒也颇为壮观。其门人杨复吉《衍琵琶行跋》
云："浔阳江头，商妇琵琶。自有白傅一诗，遂成双绝；今更得地山夫子

---

① 《昭代丛书》戊集续编；《香艳丛书》第二集；《中国香艳全书》，第158—161页。

引而申之，千秋韵事，鼎足而三矣。"不吝回护其师，情有可原，但在诗史上，《衍琵琶行》实在是默默无闻。历史无言，却述说一切；流水不语，但淘尽尘沙。

宋人洪迈（1123—1202）认为《琵琶行》的一个重要主题是"摅写天涯沦落之恨"，[①] 这是对此前一些琵琶亭诗主题的总结与认可。例如前揭欧阳修（1007—1072）《琵琶亭》就曾说："乐天曾谪此江边，已叹天涯涕泫然。"王洋（1087？—1154？）《琵琶洲》更直接点出"天涯沦落"的关键词："塞外烽烟能记否，天涯沦落自心知。眼中风物参差是，只欠江州司马诗。"[②] 后世的许多琵琶亭诗对此多有认可和承传。如艾性夫《书琵琶行后》："独疑迁客方沦落，犹着朝衣夜入船。"[③] 郑汝美（1461—1517）《过江州琵琶亭》："香山居士贩商妻，人物何劳细品题。一曲青衫双泪湿，乾坤飘泊共东西。"[④] 董其昌（1555—1636）《容台集题跋·杂纪》（题拟）云："白香山《琵琶行》以自写羁臣怨士之绪，以彼旷怀深悟惮悦，岂为沦落摩登伽女湿清衫之泪也。"[⑤] 吴绮（1619—1694）《琵琶亭》即秉承此意："芦花枫叶雨萧森，寂寞空亭遂至今。自是逐臣双泪尽，不关商妇少知音。"[⑥] 陆世楷（1626—1790）《偕前玉弟访琵琶亭》："……秋来风景自萧瑟，荻花枫叶能愁人。愁人到处生伤感，况复苍茫对葭葭。怨妇孤臣抱恨同，琵琶诉出多凄惨。……古来文士常迁谪，

① 《容斋随笔·五笔》卷七，上海古籍出版社1978年版，第887页。

② 《容斋随笔·三笔》卷六"琵琶亭诗"引（上海古籍出版社1978年版，第488页），诗题据《宋诗纪事》卷四十（上海古籍出版社2008年版，第1041页）。此诗又见汪应辰（1118—1176）《文定集》卷二十四，诗句前两句略异：烽烟，作"风烟"；沦落，作"落日"。汪应辰，字圣锡，初名洋，登第时高宗为改今名。信州玉山（今属江西）人。高宗绍兴五年（1135）进士。王洋，字符渤，原籍东牟（今山东蓬莱），侨居山阳（今江苏淮安）。徽宗宣和六年（1124）进士。此诗"《永乐大典》内已佚不收"（四库提要），然《容斋随笔》属之王洋（元渤）之作，证据时代较早，当可据信。大概因汪应辰初名洋，明彭大翼《山堂肆考》卷二十四乃将此诗作者误属汪洋（《江西通志》卷四十一更直道"汪洋元渤一绝句"云云），《文定集》编者未暇详考，乃王冠汪戴，将《琵琶洲》一诗混入《文定集》。然只是推断，故仍旧两存之。

③ 《文渊阁四库全书》本《剩语》卷下。

④ 《文渊阁四库全书》本《石仓历代诗选》卷四百六十六。郑汝美，字希大，号白湖居士，闽县人，与郑岳（1468—1539）同为弘治六年进士。有《白湖存稿》八卷，明嘉靖七年三山郑氏家刻本。

⑤ 《容台集》别集卷二"题跋·书品"，《四库全书存目丛书》影印明崇祯三年董庭刻本；郑元勋《媚幽阁文娱二集》卷九，《四库禁毁书丛刊》影印明崇祯刻本。

⑥ 《文渊阁四库全书》本《林蕙堂全集》卷二十二。

此地风流良可适。何事青衫泪不收，胸中〔块〕垒应难释。"李兰
（1692—1736）《题琵琶亭即用香山原韵》："娥眉无复五陵欢，沦落一同
尊前白。"① 桑调元（1695—1771）《琵琶亭叠白韵》："天涯沦落含客思，
我独涤荡舒情志。"② 曹秀先（1708—1784）《衍琵琶行》："醉不成欢惨
将别，天涯分袂情难说。"宋鸣珂（？—1791）《月夜泛舟琵琶亭次王梦
楼太史壁间韵》："一领青衫共沦落，后之来者又伊谁？"③ 赵翼（1727—
1814）《泊舟琵琶亭作》："胡为仍抱沦落恨，商女歌前自陈述。"④ 王文
治（1730—1802）《琵琶亭》："未必江州堪下泪，江州终未惯天涯。"⑤
洪亮吉（1746—1809）《题琵琶亭二绝》其二："同是才人成沦落，樊川
亦赋杜秋娘。"⑥

　　人世沧桑，琵琶亭屡经兴废，多次移址。但"江州自古成佳话，亭
上于今美大观"，⑦ 琵琶亭已经成为江州的标志性建筑物。明万历年间，
兵巡道葛寅亮曾建琵琶亭于浔阳城东老鹳塘，不久即废毁。清雍正七年，
兵巡道副使刘均又复建于溢浦口故址，后亦毁。⑧ 康熙间，安徽舒城人许
登逢有《重建琵琶亭记》："太史公曰：高山仰止，景行行止。虽不能至，
心窃乡往之。况于知其人，读其诗，身游其地，而获睹其遗踪旧址。雍正
二年甲辰，予奉命观察饶南诸郡，越明年，巡抚大中丞以九江榷务属予往
摄，予忽忽念曰：此唐司马白公秋宵送客，闻商妇琵琶，流连感怆而为作
长歌处也。既而考之郡志，乃得所谓琵琶亭者，去榷署数里，而近屡经修
举，洊至圮废，云烟葭苇之间，犹有遗基在焉。夫自有此郡以来，缨冕之
盛，非一人矣，而羁旅寂寞者，反得以一篇一咏，擅其地于千古之下。甚

---

① 二诗皆见《文渊阁四库全书》本《江西通志》卷一五一。
② 《韬甫集》韬甫五岳集恒山集卷一，《四库全书存目丛书》影印清乾隆间刻本。
③ 《晚晴簃诗汇》卷一〇五。
④ （清）赵翼：《瓯北集》卷二十，李学颖、曹光甫校点，上海古籍出版社1997年版，第418页。
⑤ 《梦楼诗集》卷十《归人集》，《续修四库全书》影印清乾隆刻道光补修本。
⑥ （清）洪亮吉：《北江诗话》卷六，陈迩冬校点，人民文学出版社1983年版，第103页。
⑦ 赵公豫（1135—1212）：《琵琶亭》，《文渊阁四库全书》本《燕堂诗稿》；《全宋诗》第四十六册，第28942页。
⑧ 《文渊阁四库全书》本《江西通志》卷四十二古迹："琵琶亭，林志在府城西江滨。唐司马白居易送客溢浦口，夜闻邻舟琵琶声，问之，乃长安娼女，嫁于商人，乃为作《琵琶行》，后人因以名亭。苏辙有《琵琶亭诗》。明万历间兵道葛寅亮别创浔阳驿西，寻毁。国朝雍正七年，副使刘均重建，自为记。布政使李兰有和琵琶行原韵诗，载艺文。"

矣，文词之为用久远也。顾予之乡往乎，公则有不独以其诗者。公早膺拔擢，职在拾遗，其巉绝之行，忠说之论，既足以动当宁而趋贤者矣，中间辞荣处约，优游物表，不一见其傲睨逼仄之气，而托于名山胜水，以自娱用之而不逃，舍之而无所恋，处身至洁，而亦不为湔濯，以自□于世。不知者以为石隐，即与公厚善者，或亦知之未尽焉。公尝为诗云：'麒麟作脯龙为醢，何似涂中曳尾龟。'早退先知，非徒言之，实允蹈之。终唐之世，惟公以贤达见称。今去公抑远矣，而尚论之余，其精神犹莘莘有存焉者。予生也晚，不获与公同时，而犹幸承乏，此邦浐流风而深慨慕，岂复以今古为遥哉！亭深广，各如千尺，悉仍其旧制而新之，镌《琵琶行》于石，置亭中，会得废祠余木，作堂三楹，以奉公缭，以周垣树，以佳木凡鸠工，几阅月而乃渍于成。匪曰举赢，庶几高山景行之一念焉耳。若夫远岫参差，惊涛汗漫，舳舻衔尾，烟火鳞次，禽鱼之翔跃，风日之吹暄，复渚□汀之映带，以云临观，亦岂有不备乎？后之人登斯亭也，悠然而四顾，缅然而遐思，嗣而葺之，无使复废，予盖有厚望云。"[1]

乾隆四年（1739），九江关督唐英新修琵琶亭。这位唐英（1682—1756）是沈阳人，字俊公，自号蜗寄老人、陶成居士，生于清康熙二十一年五月初五，卒于乾隆二十一年七月二十九日，适与白乐天同寿。素仰白乐天，称其"文章风儒是吾师"，"寓私淑于瓣香"。此番司榷江州，驻节亭侧，多次游览其地，不忍古迹荒落，掏自己的腰包，做文化建设，于琵琶亭更创小楼三楹，以供登眺，"留先贤之遗韵，供后贤之游观"。乾隆八年（1743）主楼修成，唐英撰《春游琵琶新亭唱和序》云："琵琶亭，唐白香山遗迹也。在九江榷署之左，相距不里许。历久倾圮，间有古今题咏碑碣，半沦没于寒烟蔓草中，孤亭敧仄，且晚莫支。予司榷江州，数至其地，不忍古迹荒落，因捐俸，新其亭，更创小楼三楹以供登眺。以冬春雨雪，未遽竣工。癸亥二月九日，始得明霁，而楼宇适成，爰偕同事诸君子，泛舟一游，凭栏远瞩，兴会勃然，率成俚语二章，诸君属和。"情绪显然已经超然于前代琵琶亭诗的悲欢，色调显得轻松明朗，其诗曰："新年旧腊雪交加，二月郊原未放花。行潦近山惊暴涨，客星浮水驻枯槎。东风白发吹迟暮，春树乡心望远家。试问浔阳江上路，几人清夜访琵琶。""欲开尘眼每登楼，此日登临兴更幽。远水浮来舟似屐，孤亭闲立

---

① 《青笠山房诗文钞》文钞卷五，《四库未收书辑刊》影印清乾隆十三年绿玉轩刻本。

客如鸥。偶捐匕箸留风雅，喜附人文作胜游。却笑当年白太傅，琵琶声里泣深秋。"① 乾隆十一年（1746），经过"量节匕箸，经营修葺"的琵琶亭建筑全部完工，亭台楼阁，一应俱全。"数年来，始得新其亭，培其台，筑以堤，构以楼、槛、廊、庑"，唐英又撰《重建琵琶亭自记》，并手书《琵琶行》，勒诸石，左建楼，手书"到此忘机"、"江天遗韵"、"忘机阁"及"残月晓风"、"大江东去"，榜于亭。陆以湉（1801—1865）《冷庐杂识》卷三记载，壁刊白傅遗像，是南熏殿本。嘉庆中，歙人方体所摹。登楼四望，前临大江，后对庐山，左则古木千重，右则人烟万井。楼下回廊旋绕，境极幽旷。② 唐英题琵琶亭院白太傅祠联云："枫叶四弦秋，枨触天涯迁谪恨；浔阳千尺水，勾留江上别离情。"③ 题琵琶亭旁的听雨轩联云："青衫湿尽非因泪，红豆抛残别有情。"诗句云："今古商船多少妇，更谁重此听琵琶？"皆颇寓感慨。

　　这位风雅的九江关督还在琵琶亭壁间悬置诗板，上格横书"风雅长留"四字，下画朱丝作格，备置纸墨笔砚，以待骚客题咏，清袁枚（1716—1798）《随园诗话》卷三载："客过有题诗者，命关吏开列姓名以进。公读其诗，分高下，以酬赠之。建白太傅祠，肖己像于旁。甲辰冬［智按：乾隆四十九年（1784）］，余过九江，则太傅祠改作戏台，唐公像亦不见。"袁枚《琵琶亭吊唐蜗寄榷使》诗感慨说："一曲琵琶白傅赏，千秋过者犹闻响。远望孤亭枕大江，诗人来去都停桨。蜗寄先生抱古欢，来持英蘦守江关。洒淅祿台留古迹，多增朵殿对庐山。老去风情尤娓娓，

---

① 《陶人心语》卷三，《四库未收书辑刊》影印清乾隆唐寅保刻本。

② 《冷庐杂识》卷三"琵琶亭"："琵琶亭在九江府城外江边。乾隆癸亥，观察沈阳唐公英重修，增建高楼，题额曰'江天遗韵'。壁刊白傅遗像，是南熏殿本。嘉庆中，歙人方体所摹。登楼四望，前临大江，后对庐山，左则古木千重，右则人烟万井。楼下回廊旋绕，境极幽旷，游人题咏甚多。观察有句云：'今古商船多少妇，更谁重此听琵琶。'殊寓感慨。"（《续修四库全书》影印清咸丰六年刻本，崔凡芝点校本，第144页）清徐珂《清稗类钞·名胜类》"琵琶亭"条亦云："琵琶亭在九江城外之江岸，乾隆癸亥，沈阳唐观察英重修。增建高楼，题额曰'江天遗韵'。壁刊南熏殿本白太傅遗像，嘉庆中，歙人方体所摹也。登楼四望，前临大江，后对庐山，左则古木千重，右则人烟万井。楼下回廊旋绕，境极幽旷，游人题咏甚多。"（第一册，中华书局1984年版，第144页）

③ 枨触，这里是感触的意思。李商隐《戏题枢言草阁三十二韵》曾云："君时卧枨触，劝客白玉杯。"孙光宪《虞美人》亦云："不堪枨触别离愁，泪还流。"赵翼《青山庄歌》亦云："我闻此语心枨触，信有兴衰如转毂。""触"，还是佛教十二缘起的一支，即"六触"，具体指六根、六境、六识的分别和合。

八墨三儒来者喜。懒征商税爱征诗，满亭铺遍砑光纸。一纸诗投两手迎，敲残铜钵几多声。姓名分向牙牌记，宾主重申缟纻情。酒赋琴歌听不足，风警晨乌夜秉烛，才子高擎鹦鹉杯，侍儿争进防风粥。贱子当年系短桡，也曾援笔赋鹪鹩。东方兽锦筵前夺，平一宫花鬓上标。身世悠悠五十载，黄垆白社人谁在。侍史屏风草尽生，碧纱笼壁风吹坏。非关台榭有凋荒，可奈骚坛少主张。岘首碑移羊叔子，鹿门亭毁孟襄阳（原注：前供香山遗像，拆去，改立戏台）。落日凭栏一白头，荻花风里再来游。关心别有山阳恨，不听琵琶泪亦流。"① 唐英将所征集之诗编辑为《辑刻琵琶亭诗》一卷四册，内含自己所绘《琵琶亭图》及所撰《重建琵琶亭自记》。

此后，榷使姜开阳也曾在芒黄荻白、竹绿枫红的浔阳江畔建有琵琶亭。乾隆五十四年（1789）四月十四日，钱泳（1759—1844）停桡这座琵琶亭下。"时江波漾月，柳影翻风，南望庐山，青苍不断。江上时有小舟载妇人弹琵琶，真江行绝景也。友人周竹珊诗云：'琵琶一样听来惯，听到浔阳便有情。'"② 琵琶一样听来惯，听到浔阳便有情。说得真好。钱泳有幸。逮至咸丰三年（1853），一场兵火，琵琶亭荡然无存。清末有人曾在遗址上别建"宣化宫"，将"古琵琶亭"石匾嵌在宫门上，"文化大革命"间又遭捣毁。现在的琵琶亭建于1987年，1989年7月正式对外开放。占地面积3300多平方米，位于九江长江大桥东侧，坐北朝南，面临长江，背倚琵琶湖，是一座仿唐建筑风格的园林，整个庭院采取中轴线对称布局，亭台廊楼，依地势而建，有平地，有高坡，分主亭、左碑廊、右碑廊三部分。站在朱门翘檐的琵琶亭门口仰望，上方是萧娴女士88岁时所题"琵琶亭"金字匾额，两旁挂着的启功先生撰写的楹联："红袖夜船孤，虾蟆陵边，往事悲欢商妇泪；青衫秋浦别，琵琶筵上，一时怅触谪臣心。""怅触"二字，不知是否受沈阳人唐英"怅触天涯迁谪恨"的启发。

步入琵琶亭，迎面映入眼帘的照壁上是毛泽东墨迹《琵琶行》巨幅贴金大理石碑刻。其手书原作现藏庐山。1959年7月，毛泽东在庐山会见前妻贺子珍，江青听说也要前来，毛便匆忙送贺子珍下山。深夜，毛泽东想起白乐天当年送客湓浦口，而他送贺子珍下庐山，其情其景其境，使

---

① 《小仓山房诗集》卷三十，《小仓山房诗文集》第二册，周本淳标校，上海古籍出版社1988年版，第842—843页；《袁枚全集》第一册《小仓山房诗集》，第728页。

② 《履园丛话》卷十八古迹，《续修四库全书》影印清道光十八年述德堂刻本，子部第一一三九册。

他颇有感触，夜不能寐，乃默诵《琵琶行》，挥毫题写在印着"中国人民革命军事委员会"字头的十六开红色竖格信纸上。所以有些句子与白诗原句略有不同，所以本无题识和落款。大概又有所顾虑，于是扔进纸篓。多亏爱好毛主席书法的秘书田家英发现，立即收起，这才如今这面琵琶亭诗壁。毛主席读《注释唐诗三百首》时，还曾在《琵琶行》天头批道："江州司马，青衫泪湿，同在天涯。作者与琵琶演奏者有平等心情。白诗高处在此不在他处，其然岂其然乎？"① 无锡人周镐（1755—1823）曾说："天涯自古多沦落，几辈相逢得细论。"② 这和宋人洪迈《容斋随笔》"乐天之意，直欲摅写天涯沦落之恨尔"③ 的意见一脉相承，而《容斋随笔》正是毛主席晚年喜读的古籍之一。

　　绕过照壁，是一条稍宽的石板路，路不长。路中央，庭院正中，竖立着高三米左右的白居易汉白玉立像。只见乐天头戴峨冠，身着长衫，倒背双手，面朝东南，俊雅飘逸，清新不凡。颔下长须似乎被江风轻轻吹起，眼中神情好像还沉浸在琵琶声里。庭院内小径蜿蜒，花木扶疏。回望照壁背面，乃"白居易《琵琶行》诗意图"大型瓷砖壁画。与之对应，琵琶亭台基正面镶嵌有大型"浔阳宴别"瓷壁画。白居易雕像后建有一小池，池内有石。雕像两旁辟有小园，种有翠竹和松柏等常青树，为亭园增添了几许秀色。登石阶，拾级而上，就是高十余米的主建筑琵琶亭，它坐落在临界江七米高的花岗岩石基上，四周环以白石栏杆；八角重檐，攒尖顶，朱柱碧瓦，古朴庄重，造型简洁，分上下两层。二层金字匾额"琵琶亭"是刘海粟所书。底层楹柱则悬挂有沙孟海书联："一弹流水一弹月，半入江天半入云。"此联原为清代董云岩集唐代卢仝《风中琴》和杜甫《赠花卿》诗句而成，下联原句为"半入江风半入云"。④ 琵琶亭联较著者，除前揭之外，还有清道光湖北督粮道金安清（1816—1878）："灯影憧憧，凄绝暗风吹雨夜；荻花瑟瑟，魂销明月绕船时。"⑤ 民国初江湘岚："松菊荒矣，游子不归，片帆过彭泽故居，只如画云山，猿鸟岗头呼负负；枫荻

---

　　① 萧延中编：《晚年毛泽东》，春秋出版社1989年版，第369页。

　　② 《仪征夜泊闻琵琶》，《晚晴簃诗汇》卷一〇一。

　　③ 《容斋五笔》卷七，上海古籍出版社1996年版，第887页。

　　④ 见（清）梁章钜等撰《楹联三话》卷上，《琵琶亭联》，白化文、李如鸾点校，《楹联丛话》，中华书局1987年版，第287页。

　　⑤ 《水窗春呓》卷下，谢兴尧点校，中华书局1984年版，第38页。

萧然，美人何在，落日访江亭遗迹，听清秋弦索，虾蟆（一作"蛤蟆"）陵下唤卿卿。"民国初九江人万象周："聚散总前缘，最相宜明月一船，清风两岸；古今几名士，共合唱大江东去，秋雁南来。"民国初景德镇人汪龙光："忽忆故乡，为问买茶人去否；只余风月，依然司马客归时。"罗元贞："司马不来，相逢何必曾相识；佳人何在，此时无声胜有声。"

　　亭的两边建有碑廊，与亭楼相接。下得亭来，浏览东西两侧的碑廊。东碑廊则是历代诗人题咏琵琶亭的诗词及捐款功德碑，西碑廊打头的是壁嵌浅刻白居易曳筇行吟图，题款是"九江博物馆陈尚秋绘"，实际上是摹弘安元年（1284）无学翁（即无学祖元）题赞的白居易曳筇行吟图（传赵子昂笔），其余是当代书法家题写的白乐天江州诗作。有篆有隶有楷有行有草，或洒脱或凝重或飘逸或朴拙，东西碑廊，大小不等的碑刻一共62块。那些曾经飘落在石碑上的雨滴，早已追着历史的风烟消逝无痕了，而历代白乐天的追慕者在浔阳江畔有过的失落与同感，却依然在琵琶亭的秋风中轻轻呜咽着。

作者单位：中国社会科学院文学研究所

安史乱后诗歌中心南移与质变及其吴地诗歌生态

王志清

安史之乱，使以自然生态极佳的吴地，有机会敞开包容博大的情怀而接纳南移之北人。"盖文章根于性灵，其受四周社会影响特甚焉。"[1] 北人避乱江南，包括游学江南、游宦江南，深受江南山水与文化的浸润，迅速出现了追步齐梁的诗歌创作倾向，改变了诗歌南轻北重的格局，也使诗歌发生了"气骨顿衰"的质变。

一　安史之乱前后的吴地生态

吴地，历来自然生态极佳，物产丰富，民生富庶，山清水秀，气爽景明，且文化特别发达。安史之乱人口大量南移，保全了当时的文化精英，改变了文学北重南轻的格局，造成了经济重心与文化中心南移的大趋势，形成了以吴地文化为中心的江南文化中心地位。

安史之乱前的一次人口大量南移发生在永嘉，本来生态非常优越的吴地，经济迅速发展，特别是以城市为中心的商品经济也得到长足发展，成为全国最富庶的地方。《宋书·何尚之传》称："荆、扬二州，户口半天下。"南朝庄园经济的大发展，南下士族，广占山林美田，如陈郡谢氏的始宁庄园，会稽孔氏的永兴庄园。王士祯曰："吴自江左以来号文献渊薮，其人文秀异甲天下。"（《嘉定四先生集序》）六朝时期，吴文化获得迅速发展的机会，形成了独特的以吴地为中心的"江左文化"。而这种学者所说的"江左文化"，与北方的关陇文化、山东文化鼎足而三。西北边陲的汉人政权始终奉东晋及南朝为正宗，一直非常向往和崇拜南方的汉文

---

① 梁启超：《中国地理大势论》，刘梦溪主编：《中国现代学术经典·梁启超卷》，河北教育出版社1996年版，第707页。

化。而南方的汉族政权和汉文化都是以当时的国都建康（南京）为中心的，于是南京便成了这些流落边疆的汉人们心中的圣域。

纯从战争因素看，一是战争将人才赶至江南吴地；一是战争对江南吴地的破坏性不大。李璘"以为今天下大乱，惟南方完富，璘握四道兵，封疆数千里，宜据金陵，保有江表，如东晋故事"。① 李白也有这样的考虑。李白对金陵推崇备至，他说："天下衣冠士庶，避地东吴。永嘉南迁，未盛于此。"而且"中州士女避乱江左者十六七"（《为宋中丞请都金陵表》）。据史学家的研究，"安禄山起兵后，控制运河，南下江淮，切断唐王朝的生命线，这个意图是非常明确的。在汴渠沿岸的睢阳（即宋州，治今河南商丘市南），唐将许远、张巡率军奋战，坚苦卓绝，最终挡住了安史乱兵占领汴渠，南下江淮的企图，保住了唐王朝的财赋之地。安史乱兵的兵锋虽然没有直接触及今江苏地区，但在安史之乱这个大事件的框架下，今江苏省域核心地区江淮还是遭受了两场灾难，即永王李璘和刘展之乱。"② 《资治通鉴》唐肃宗上元二年（761）正月条云："安史之乱，乱兵不及江淮，至是，其民始罹荼毒矣。"③ 此条中的"至是"，指的就是刘展之乱。而田神功平乱，放纵士兵烧杀抢掠，又加剧了江南吴地的乱祸。"田神功部队大掠扬州，杀胡商以千数，城中穿掘殆遍，扬州遭受一次前所未有的浩劫。后双方又大战于江南，平静的江南也惨遭荼毒。"④

作为诗史的杜诗，也有这样的记录。杜甫《后出塞五首》（其四）：

> 献凯日继踵，两蕃静无虞。渔阳豪侠地，击鼓吹笙竽。云帆转辽海，粳稻来东吴。越罗与楚练，照耀舆台躯。主将位益崇，气骄凌上都。边人不敢议，议者死路衢。

这一首是写乱后的边地情况，暴露与鞭挞将帅骄气凌人而滥杀无辜的丑行。而我们于诗中则可见，"东吴"乃当时大唐帝国的主要经济源地。

① 《资治通鉴》，卷二一九唐肃宗至德元载（756）十二月条，中华书局 1955 年版，第7007 页。

② 张学锋、王亮功主编：《江苏通史·隋唐五代卷》，凤凰出版社 2010 年版，第 107 页。

③ 《资治通鉴》卷二二二唐肃宗上元二年（761）正月条，中华书局 1955 年版，第7104 页。

④ 张学锋、王亮功主编：《江苏通史·隋唐五代卷》，凤凰出版社 2010 年版，第 111 页。

唐王朝定都长安之后，幽燕成为边防重地，唐统治者在河北、东北一带多次用兵。当时，蓟州为军事要地，驻有重兵。军队的给养大部来自江淮，为顺应南粮北调的漕运需要，处于南北水运枢纽的天津地区出现了第一个港口城市——军粮城。当时由于军运任务繁重，仅依靠隋代南北大运河的河漕运输已很难满足需要，特别是北方内河冬季结冰，不得不借助于海漕运输。江淮地区的漕粮由海道北运，到达海河下游入海口附近的军粮城，再转输到渔阳等地。唐时李适之、裴宽、安禄山等节度使都曾兼任过海运使之职，可见当时对海运的重视。史载：幽燕地区的"范阳节度使，理幽州，管兵九万一千四百人，马六千五百匹，衣赐八十万匹段，军粮五十万石"。这一点又说明了作为海港的军粮城仓储粮食数量之大。追溯历史，州河漕运始于曹魏、兴于唐。《唐会要》载："神龙二年（706），沧州刺史姜师度，于蓟州之北，涨水为沟，以备契丹、奚之入侵。又约旧渠，傍海穿漕，号为平虏渠，以避海难运粮。"《新唐书·地理志》载："蓟州渔阳郡（今蓟县）有平虏渠，傍海穿漕，以避海难。又其北涨水为沟，以杜契丹。皆神龙中沧州刺史姜师度开。"筑渠为"备奚、契丹之寇"，故名"平虏渠"。漕船由军粮城过平虏渠，入鲍丘水（蓟运河），溯流而上，可直抵蓟州州治渔阳。即在天津东部的宁河与军粮城间，向东北方向开凿了一条与海岸大体平行的运河，沟通了海河与蓟运河的航道，使漕船不必再取海道进入蓟运河，避免了海上的风险。从武则天时期起，江南粮食物资源源不断地通过漕运去洛阳和长安，而且作为军粮，通过运河和海路，运往幽州（今北京西南）等军事基地。杜诗"云帆转辽海，粳稻来东吴"句，辽海（今渤海湾），描写了当时江南粮粟丝帛经过海运到达北方再转运到渔阳郡时的情景。边靖国安后，这里漕运十分繁忙，成为当时屯兵屯粮之地。在陆路交通不发达的年代，州河承担着军需物资运输的重要任务。这种漕运，成为豪侠之地的渔阳（今津辖区）"击鼓吹笙竽"的可靠的物质保证。

杜甫写于夔州的《昔游》也有这方面的记载：

　　昔者与高李，晚登单父台。寒芜际碣石，万里风云来。桑柘叶如雨，飞藿共徘徊。清霜大泽冻，禽兽有余哀。是时仓廪实，洞达寰区开。猛士思灭胡，将帅望三台。君王无所惜，驾驭英雄材。幽燕盛用武，供给亦劳哉！吴门转粟帛，泛海陵蓬莱。肉食三十万，猎射起黄埃。隔河忆长眺，青岁已摧颓。不及少年日，无复故人杯。赋诗独流涕，乱世想贤才。有能市骏骨，莫恨少龙媒。商山议得失，蜀主脱嫌猜。吕尚封国邑，傅说已盐梅。景晏楚山深，水鹤去低回。庞公任本性，携子卧苍苔。

这是一首自传性回忆诗，写于唐代宗大历元年（766），可作其《壮游》内容的补充。《昔游》诗回忆与高适、李白游宋、齐事，也可看到安史之乱前后对比的社会情况。开头前八句，写登台所见所闻，写自己由壮而老，时代由治而乱。"是时仓廪实，洞达寰区开。猛士思灭胡，将帅望三台。君王无所惜，驾驭英雄材。幽燕盛用武，供给亦劳哉！吴门转粟帛，泛海陵蓬莱。"中间十二句，纯从经济角度来比较。其中"幽燕盛用武，供给亦劳哉！吴门转粟帛，泛海陵蓬莱"，明示当时供应部队的军粮主要是由吴地来。为预防北方奚和契丹的骚扰而在此幽蓟地区驻守重兵，军队给养从江浙沿海绕过胶东半岛再经过沧州（现黄骅，盐山）即到达渤海西岸，这条交通大动脉，成为举足轻重的漕运枢纽，自唐初开海运后发挥着巨大的作用。

杜诗写于安史之乱后，乱后的吴地依然是大唐帝国的经济后盾，源源不断地供应着唐的军需物资。"安史之乱以后至晚唐，在这百余年的时间里，藩镇体制下的江苏地区，除徐州为多事之地外，今江苏省域大体上保持着长期安定的局面，社会稳定繁荣，经济文化蓬勃发展。今江苏境内的两大藩镇——淮南节度使和浙江西道观察使，作为中央政府'财源'型的方镇，是东南诸道赋税收入的最重要来源，因而也是朝廷赖以生存的经济命脉……"因此，"浙西、淮南二镇的藩帅很少有武人出镇，多为'儒帅'。淮南镇作为地位较高的大镇，节度使更是多为宰相出任，'来罢宰相，去登宰相'，人称'宰相回翔之地'。"① 因此，李白在遭遇安史之乱时，首先考虑的便是东奔向吴国。即便是在他获罪出狱后，也还是向肃宗力谏迁都金陵。

概言之，安史乱后，吴地虽然也遭李璘和刘展之乱，但总的说来经济上遭受破坏有限，仍然富庶安定，仍然山温水软。而又因为大量文化精英

---

① 张学锋、王亮功主编：《江苏通史·隋唐五代卷·导论》，凤凰出版社2010年版，第7页。

的涌入，吴地经济得到更加长足的发展，文化也盛极一时，成为唐代诗歌的特殊温床。故王夫之说："唐立国于西北而置根本于东南"，虽然唐帝国屡遭大乱，"而唐终不倾者，东南为之根本也"。①

二 乱后"东奔向吴国"的首选

吴地因为环境的特别优越，因此，当北方战乱时，便成为避乱的首选地了。中晚唐，南方地区的诗人增长率远远高于北方，这其中或许有诸多的原因，而安史之乱造成了诗人避乱江南，则是一个重要原因。

中国历史上，往往是中原大乱，人口就大规模地向南方迁移。历史上曾出现了北方人口南下的三次高潮：一为永嘉之乱造成的中原人口南迁；二是安史之乱引起的北方人口南迁；三是北宋之靖康，因宋金对峙而出现的北方人口南迁。据史书记载，安史之乱前754年人口5288万，而10年过后，人口锐减，仅剩1699万。唐代的安史之乱，促成了北方人口的大量南移。从地理上考察，大约分三类：一是东南沿海，达到岭南、闽南，如广州、泉州等地；二是长江中下游平原，以苏南、浙北为多，延及赣北、鄂南、湘西一带；三是汉江中下游地区，包括淮南、鄂北等。三类中，第二类集中了数量最多的移民。②

安史之乱使中原的河南、河北、关中等富庶之地陷入旷日持久的战乱之中，生灵涂炭，经济遭到极大的破坏。《旧唐书·郭子仪传》记载："宫室焚烧，十不存一，百曹荒废，曾无尺椽。中间畿内，不满千户，井邑榛荆，豺狼所嗥。既乏军储，又鲜人力。东至郑、汴，达于徐方，北自覃、怀经于相土，为人烟断绝，千里萧条。"几乎包括整个黄河中下游，一片荒凉。杜甫《无家别》诗曰："寂寞天宝后，园庐但蒿藜，我里百余家，世乱各东西。"叛军所过之处，人烟断绝，殍尸遍野，整个黄河中下游，一片荒凉。李白诗中屡屡将安史之乱中的中原人避难江南与晋永嘉之乱比，以表明其范围之广，规模之大。李白的《扶风豪士歌》曰：

---

① 王夫之：《读通鉴论》卷二十六《宣宗九》，中华书局1975年版，第952页。
② 参阅黄盛璋《唐代户口的分布于变迁》，《历史研究》1980年第6期；周振鹤《唐代安史之乱和北方人口的南迁》，《中华文史论丛》1987年第2、3期合刊。

洛阳三月飞胡沙，洛阳城中人怨嗟。天津流水波赤血，白骨相撑如乱麻。我亦东奔向吴国，浮云四塞道路赊。东方日出啼早鸦，城门人开扫落花。梧桐杨柳拂金井，来醉扶风豪士家。扶风豪士天下奇，意气相倾山可移。作人不倚将军势，饮酒岂顾尚书期。雕盘绮食会众客，吴歌赵舞香风吹。原尝春陵六国时，开心写意君所知。堂中各有三千士，明日报恩知是谁？抚长剑，一扬眉，清水白石何离离。脱吾帽，向君笑；饮君酒，为君吟。张良未逐赤松去，桥边黄石知我心。

《扶风豪士歌》以系念时事发端，安史之乱爆发后第二年的春天，诗人就奔往吴地，在一位被称作"扶风豪士"的人家里做客时即席写成此诗。"洛阳三月飞胡沙，洛阳城中人怨嗟。天津流水波赤血，白骨相撑如乱麻。"以诗直写时事，这在李白诗中是不多见的。是年正月，安禄山在洛阳称"大燕皇帝"，洛阳成了叛军的政治中心，洛城西南的天津桥下血流成河，白骨如山。安史乱时，安禄山的军队渡过黄河，李白南奔，他将去吴地的原因直接归结为安史之乱。"东方日出啼早鸦"以下十句，描写在豪士家饮宴的场景，以跳跃之笔赞美环境，又赞美主人，复赞美盛筵。这不仅可见乱时吴地依然和平稳定，同时也突出了江南士家的富裕殷实。

初唐与盛唐间，大唐帝国如日中天，北方又是政治、经济和文化的中心，社会繁荣安定，生活平静有序，成为造就诗人的好土壤，所以这个时期的诗歌格局是北重南轻。"东奔吴国避胡尘"，为避胡尘北方移民涌向江南、淮南、山南道、江南西道等地区，主要是江南与淮南，多分布在钱塘江以北诸州与钱塘江以南的越州等江南地区。而以吴地为主，集中在金陵、扬州、苏州、润州、常州等地。北人的南迁，加之南方自身的诗人产出，则形成了南盛北衰的态势。纵观唐代诗人，据陈尚君先生考证，京畿道有诗人226人，关内道有诗人6人，都畿道200人，河南道157人，河东道149人，河北道245人，山南东道77人，山南西道4人，关陇道27人，淮南道60人，江南东道404人，江南西道159人，剑南道66人，岭南道27人。① 就诗人总体数量来说，初唐时期，北方的诗人要比南方的多得多；到了盛唐，诗人依然以北方为主，而南方诗人逐渐发展成熟起

---

① 陈尚君：《唐代文学丛考》，中国社会科学出版社1997年版，第138—170页。

来。到了中唐的时期，南方诗人群则达到了一个高潮，出现了刘长卿、李嘉佑等人，同时还出现了一个很特别的创作群体——吴会诗僧群，涌现了许多的诗僧，据统计，盛唐诗僧有43人，中唐诗僧达686人，其中灵一、灵澈、皎然等人比较有名。①

从中唐活跃的诗人看，他们或者生于江南，或者有过避乱江南的经历，或者有过在吴地游学游宦的经历。文人诗客避难南迁，不仅带来了北方的许多文化思想观念，同时也使他们从南方思想文化之中吸取营养，自觉或不自觉地认同江南文化，接受江南审美趣尚，将南北两种美学杂糅并济，发生了南北地缘美学互融的美学景观。因此，促进了这个时期诗歌中心的南移，诗歌主流发生了质的变化。诗歌的态势，也由北盛南衰，而转为南盛北衰，或者是南北同此盛衰的局面。

三　诗歌南移的走向与中唐诗歌的嬗变

因为安史之乱，因为诗人"东奔向吴国"，中唐诗歌呈现出来的总体态势与走向是："气骨顿衰"的气象与"南重北轻"的转型。

胡应麟有一句批评名言叫"气骨顿衰"，一直被视为对大历诗风的评价。此论是在讨论"唐七言歌行"时所言，他认为李杜之后，"能事毕矣"，"降而钱、刘，神情未远，气骨顿衰"。② 其实，"气骨顿衰"可视为对中唐诗歌的评价。胡应麟论诗重视时代，"固时代之盛衰，亦人事之工拙"。③ 笔者曾经撰文认为，大历时期是"后王维时代"。④ 而此时期诗歌的最重要特征就是以王维的诗美理想为理想，或者说出现了追步齐梁而复兴南朝诗风的倾向。而认为这"是在要求超越盛唐的理念的支配下，在创新探索之中进一步加强艺术表现力的一种自觉追求"，⑤ 应该说也是一种新解。但是，因为安史之乱摧垮了整个一代人的精神，而加之南风日渐北移，使他们的诗歌无形中放大了王维诗美中的静默精神，凸显了王维诗美中的幽寂清怨的底色，诗多凄清寒冷、萧瑟暗淡的色彩，多秋风落

---

① 张弓：《汉唐佛寺文化史》下，中国社会科学出版社1997年版，第799页。
② 胡应麟：《诗薮》，上海古籍出版社1979年版，第50页。
③ 同上书，第55页。
④ 王志清：《"后王维"时期的王维接受》，《唐都学刊》2007年第6期。
⑤ 孟二冬：《论齐梁诗风在中唐时的复兴》，《文学遗产》1995年第2期。

叶、夕阳孤雁的意象，多惆怅徘徊甚至悲观消沉的情绪。可谓"气骨顿衰"，是钱、刘为代表的大历诗歌特点，也是整个中唐的特点；是终日以温山软水为伴的南方诗人的诗风，也是有过或没有过江南生活经历的北方诗人的诗风。概言之，中唐诗风整个地偏于阴柔，而显著地弱化了阳刚的成分。

我们可以具体到某个诗人来看，大历时期，诗歌成就最大的是刘长卿。文学史上"钱、刘"并提，而刘之成就高于钱，有"大历诗人之冠"的美誉。刘长卿祖籍安徽宣城，其一生主要的活动范围，以吴地居多，其乱时在苏州或苏州的周边，与当时居处江南的诗人如皇甫冉、秦系、严维、章八元等均有诗酬答。刘长卿有《自江西归至旧任官舍赠袁赞府》："却见同官喜复悲，此生何幸有归期。空庭客至逢摇落，旧邑人稀经乱离。湘路来过回雁处，江城卧听捣衣时。南方风土劳君问，贾谊长沙岂不知。"诗中记录江南刘展之乱其事，本来繁华富庶的吴郡一带变得破败萧条。刘长卿虽然走的是盛唐诸家的路子，文辞清绮，声律工致，然其境界狭窄，多灰寒苍白的意象，而气度的安详与意象的浑融则于盛唐大有不及。其诗哀叹嗟伤之情多于济世救时之志，风骨不举，表现出盛唐向中唐转变的迹象。其诗句"幽州白日寒"（《穆陵关北逢人归渔阳》）、"天寒白屋贫"（《逢雪宿芙蓉山主人》）则是对其诗风的精确而形象的概括。再举例韦应物，他是唐代山水诗的翘楚，朱熹甚至认为他超过了王维。韦应物的诗风与大历十才子相近。韦应物出身贵族，宦游于江南。山水明瑟的自然风光，成就了诗人丰富细腻的审美触觉和清远意境，其视角多集中在日常可见的江南景物上，且大抵从明秀清新这一角度入手，着重表现了江南水乡特有的烟水朦胧和清润活泼。他的诗《滁州西涧》："独怜幽草涧边生，上有黄鹂深树鸣；春潮带雨晚来急，野渡无人舟自横。"极富象征性，象征着整个社会的转型，也象征着唐诗的转型。他的语言朴质如陶潜，却亲切自然不够；其诗境清丽如王维，却清澄亲和不及。其诗深深烙有时代的印记，多无可奈何的成分。而地处北方中原的以钱起为首的"大历十才子"，更是历来遭受研究者们"气骨顿衰"的斥责。钱起的诗闲适有余，热情不足，诗少恬淡韵味，而多斧凿痕迹。郎士元有避乱江南的经历，他与钱起齐名，高仲武有"前有沈宋，后有钱郎"（《中兴间气集》）之说。李嘉佑也一度活跃于吴地，其诗绮靡婉丽可敌吴均、何逊，"于钱郎别为一体，往往涉于齐梁"（《中兴间气集》）。又譬如卢纶，堪称十才子之冠冕，安史之乱时也避难江南。他的军旅边塞诗，写得极有生气，如《塞下曲》："月黑雁飞高，单于夜遁逃。欲将轻骑逐，大雪满弓刀。"七绝圣手的李益，甘肃武威市人，是中唐时期最有成就的边塞诗人。而其边塞诗与盛唐比，少了一些激昂慷慨，多了一些哀怨低沉，如其名作《夜上受降城闻笛》："回乐峰前沙似雪，受降城下月如霜。不知何处吹芦管，一夜征人尽望乡。"

中唐后期（791—836）属于诗歌中兴期，是唐诗的第二个高潮期。这一时期的主要诗人，或者生于江南的如孟郊与柳宗元，或者青少年时期避乱江南的如韩愈与白居易，或者游宦江南的如白居易与刘禹锡。他们从小目睹了安史之乱及乱后的破败萧条，心灵创伤即便愈合而内心也苍老衰顿。他们深受以明媚为特征的吴地山水浸润，为南方文化所深刻地同化。尤其是江南吴地的城市山林，满足了这些诗人物质与精神的需求，而诗人们反过来也促进了江南园林的勃兴。白居易就自放到苏州，美其名曰"中隐"，提倡一种清净高雅、淡泊雍容的生活情趣，形成了远离尘世、颐养天年的生活态度。"我们看到这段经历对韩愈的潜在影响，尤其是韩愈一生之中与江南籍或与之有相同江南经历的文士的密切关系值得注意，实际上存在一个以韩愈为中心的江南文友圈。他们交往频繁，互相诗文唱和赠答，在中唐文坛产生了巨大的影响。追根溯源，韩愈年轻时期的江南生活经历起着不小的作用。"① 而这些南方文友中如孟郊为湖州人，张籍为苏州人。也以韩愈的诗歌为例，其语言一反盛唐诗脱口而出的自然率性，而多人工斧凿的痕迹，而在表现上，擅长铺张叙事写情，山水则多静态描述，缺乏灵动与飞扬之气，这在深层观念上仍与大历诗人相通而与盛唐不同。日本学者川合康三在《终南山的变容——由盛唐到中唐》中，将王维的《终南山》与韩愈的《南山诗》比较，以突出时代的意义。王维南山诗仅四韵，四十字，韩愈南山诗一百零二韵，一千零二十字。日本学者认为：王维是用有限语言而做整体把握，而韩愈则纤毫无遗地记录和描绘。他指出：王维笔下的终南山，"那种伟大与其说是忠实地写景，不如说是在由盛唐诗人的世界观所支撑的形而上的概念中创作出来的"。他认为："无论如何，贯穿全诗的是位居世界中心的终南山的宏大的存在感，那是由观念上的存在和实际上感受到的景观相一致而产生的。从这里

---

① 景遐东：《江南文化与唐代文学研究》，人民文学出版社 2005 年版，第 326 页。

我们能够读出盛唐诗人对世界的存在所具有的不可动摇的信赖。"于是，川合康三深刻地指出："盛唐时人们的视野扩展到了不可企及的地方，瞬间就把握了世界的全体。他们之所以能够这样，恐怕是因为那种超越个人的文化结构保证了人和世界间稳定的和谐关系。到中唐时期，这种认知世界的结构似乎已经解体，中唐文人只能在个人的经验、知觉的基础上去领会对象了。"因此，"盛唐诗中风景的特征之一是景观广大无边无际，到中唐这点已经不再显著，这与我们在盛唐和中唐有关终南山的诗歌中看到的差别大概是相关的。盛唐诗人用精练的语言把握无边际的世界整体，这与其说是实景，不如说是他们在观念层次上领会到的风景，在其背后有着盛唐人共有的安定的世界观。他们凭借着这样的世界观，使认知对象扩展到了眼睛无法看到的世界尽头，天地全界都是可以认知的对象"。① 大历之后，诗人崇尚雕琢，喜擅堆砌，也正反映了中唐诗人自信力的丧失。信心丧失，气骨自然顿衰，不仅仅是大历，而是整个的中唐。盛唐走向中唐的最本质的变化，是人的精神面貌，是人的气质境界。因为"气骨顿衰"，中唐诗歌由阳刚大气转向了阴柔温润，由瞻望展望转为回顾凭吊，由浪漫华彩转为现实平淡。

安史之乱后的新兴题材是怀古凭吊。怀古，成为诗歌的主题，成为中唐诗歌主要特点与走向。怀古诗的兴盛是跟时代有关的，是时代在走下坡路时诗人对于时代走向的一种敏感。李白是金陵怀古的始作俑者。② 李白的《金陵三首》：

晋家南渡日，此地旧长安。地即帝王宅，山为龙虎盘。金陵空壮观，天堑净波澜。醉客回桡去，吴歌且自欢。

地拥金陵势，城回江水流。当时百万户，夹道起朱楼。亡国生春草，王宫没古丘。空余后湖月，波上对瀛洲。

六代兴亡国，三杯为尔歌。苑方秦地少，山似洛阳多。古殿吴花

---

① ［日］川合康三：《终南山的变容：中唐文学论集》，刘维治、张剑、蒋寅译，上海古籍出版社2007年版，第74—79页。

② 王志清：《金陵怀古第一诗》，《古代文学知识》2009年第6期。

草，深宫晋绮罗。并随人事灭，东逝与沧波。

这三首诗，写作于至德元年（756），即安史之乱爆发后的第二年，已到金陵，吊六朝遗迹，抒兴亡之感，暗合乱中两京残破的景象。一生常在吴地走动的李白，他的这些金陵怀古诗，力软神疲，多叹惋，也多感伤，没有了盛唐时的那种一飞冲天的浩气，用"气骨顿衰"来形容也是不勉强的。"钟山抱金陵，霸气昔腾发。天开帝王居，海色照宫阙。群峰如逐鹿，奔走相驰突。江水九道来，云端遥明没。时迁大运去，龙虎势休歇。"（《登梅冈望金陵赠族侄高座寺僧中孚》）"淮水帝王洲，金陵绕丹阳。楼台照海色，衣马摇川光。及此北望君，相似泪成行。"（《留别曹南群官之江南》）"不见吴时人，空生唐年草。天地有反复，宫城尽倾倒。六帝余古丘，樵苏泣遗老。"（《金陵白杨十字巷》）"吴宫花草埋幽径，晋代衣冠成古丘。"（《登金陵凤凰台》）"六帝没幽草，深宫冥绿苔。"（《金陵凤凰台置酒》）吴地乃六朝辉煌的发源地，辉煌已经凋敝，而空有遗迹。安史之乱后避乱又投金陵，对历史兴衰的感怀更加强烈，所含幽愤多，挣扎亦多，古来帝王大业都已化为流水，纵然个人成就了功业也终是枉然，流露出深深的无奈。因而有"怀君路绵邈，览古情凄凉"（《留别曹南群官之江南》）的悲叹。而随着唐王朝衰颓之势日显，中唐诗人的怀古之作更多，代表诗人如刘禹锡，在江南生活二十余年，其《金陵五题》序云："余少为江南客，而未游秣陵，尝有遗恨。"他的《台城》《金陵五题》《金陵怀古》《西塞山怀古》《荆州道怀古》等诗，鲜明地体现创作主体干预现实的政治意图，但这些诗无不低徊夷犹，沉重苍凉，感慨遥深。"人世几回伤往事"，悲凉感恨之情力透纸背，充满历经沧桑的荒冷空寞之气。这感恨源于历经人生苦难的诗人心灵，势必导致其怀古之作的内在沉重与诗风的"气骨顿衰"。诗歌走向中唐的嬗变，伤感格调愈演愈烈，"气骨顿衰"自然是难免的了。

以吴地为中心的江南，成为安史乱时北人南移的首选地。而大量的南移诗人或有过南方生活经历的诗人，自觉或不自觉地认同江南文化，促进了这个时期诗歌中心的南移，使诗歌的态势由北盛南衰，转为南盛北衰。同时也一变盛唐诗歌气象而"气骨顿衰"，出现了偏于阴柔的诗美趣尚。

作者单位：南通大学文学院

清代广东词人对岭南风情的书写

范松义

与宋词相比，清词有不少突破与超越。对此问题的探索，有助于对清词之历史意义的发掘，有利于对清词之词史地位的准确评判。就题材与词境来说，清词在这方面的创新与开拓即为其一大成就。词体起源于民间，在这个阶段其题材较为丰富，但转入文人之手以后反而变得比较狭窄，所以词史上每一次拓境之举都值得重视，苏轼、辛弃疾等锐意革新的词人历来备受重视。但总体来讲，宋词仍然属于相对狭深的文体。到了清代，词境则大为拓展。从地域的角度说，清代岭南词中对岭南风情的表述即是对词境的拓展，有必要进行考察。

从地理形势看，岭南地处中国大陆的南端，背靠五岭，面对南海，地理环境和社会状况与中原、江浙等地差别甚大，风物、形胜、民俗等都别有特色。文学创作必须在一定的文化生态中展开，在这个过程中，地域文化的因素自然会渗透到文学当中去，使其呈现出独特的地域色彩。岭南词人生于斯、长于斯，自会深情地歌咏身边的一山一水、一草一木。某些词人即使不专写岭南风物，作品中亦时以此为背景与点缀。特有的自然与人文景观，使得岭南词人的作品具有鲜明的地域特征。

岭南词人对岭南风情之反映是多方面的：水如珠江、韩江，山如罗浮、西樵、白云、粤秀，花如茉莉、素馨、木棉、丫兰、含笑，果如橄榄、荔枝、甜橙、杨桃、龙眼、椰子，名胜古迹如浮邱寺、六榕寺、君臣冢、越王台、歌舞冈、呼鸾道、昌华苑、百花坟、镇海楼，还有词人以组词形式写广州八景、十景者。以上若一一列举，未免芜杂与浮泛，本文仅选取具有代表性且词人歌咏较多者，物产选取素馨与木棉，名胜选取珠江，古迹选取越王台与镇海楼，以窥岭南词中地域风情之一斑，然后对此类词作在词史上的突破与创新进行分析。

一　阴柔与阳刚:清岭南词中的素馨与木棉

岭南气候温暖,四季花开,广州即素有"花城"之称。陈其锟有《忆江南》组词写广州景致,其一云:"珠江好,最好是新春。爆竹桂花喧夜午,槟榔蒟叶佐盘辛。攒榼款嘉宾。"自注:"除夕爆竹喧阗中卖桂花者络绎不绝,即唐人祝富贵之意。元旦家家设攒榼饷客。"其二云:"珠江好,最好是元宵。十里花棚香似海,六街灯市闹如潮。狮舞又龙跳。"除夕不仅燃放爆竹,更有卖花者穿街走巷;元宵不仅遍挂彩灯,更有"十里花棚",此乃岭南独有之风俗。

岭南之花市亦独具特色。从唐朝开始,广州已有专门种花、卖花之人,明清时尤为盛行。徐灏《扫花游·花市》云:"艳林雅集。问西渚花田,南濠花埭。千红万紫。尽妍丽鲜华,聚来成市。香国情天,处处烘云照水。""千红万紫"、"妍丽鲜华"、"烘云照水"诸句极写花之繁盛与艳丽。与此词相比,张锦芳《卖花声·本意》一词更有韵味:"河畔即花村。花气潮痕。一声江面正销魂。引得香风吹绮陌,妆阁先闻。　　逐队过西园。笑语微喧。唤回残梦出重门。小立枣花帘子下,月淡黄昏。"上片写花之幽香,下片写卖花人之笑声,词人以极富诗意的笔触写出了岭南花市的动人情景。

(一) 素馨

清中叶以前广州栽培最多者即是素馨,花市所卖亦以此为主。素馨枝干袅娜,似茉莉而小,花四瓣,有黄、白二色。广州人甚喜此花,不仅女子将其插于双鬓,男子亦多有佩戴者。岭南词中对素馨之歌咏特多,如黄璧《一斛珠·素馨花》云:

> 昌华汉甸。平田十里花如练。冰心不死情根断。呼唤名儿,不过黄昏院。　　美人纤手穿银线。夜盘宫髻珠千串。流苏帐底氤氲胃。枕畔闻香,梦醒刚开遍。

素馨花"乘夜乃开,上人头发乃开,见月而益光艳,得人气而益馥,竟夕氤氲。至晓萎,犹有余味",[①] 是以黄璧云"夜盘宫髻珠千串。流苏帐

---

① 屈大均:《广东新语》卷二十七,中华书局1985年版,第695页。

底氤氲胃。枕畔闻香，梦醒刚开遍"，所写十分真切。词中有"昌华汉甸"、"冰心不死情根断"云云，昌华即南汉昌华苑，此处是用典。屈大均《广东新语》卷十九记载："素馨斜，在广州城西十里三角市，南汉葬美人之所也。有美人喜簪素馨，死后遂多种素馨于冢上，故曰素馨斜。"美人与鲜花既有如此关系，诗人、词人写素馨也就爱将二者关联。再如陈恭尹《南乡子·素馨》：

> 废苑绿芜平。何物佳人尚有茎。采得浓香归几砚，零星。四座都教酒气醒。　　好手结为灯。万颗珍珠贯彩绳。入夜花开光莹彻，镂冰。人在瑶台十二层。

开篇即用此典，从而引出素馨花。除了写素馨之浓香与夜晚开放时之皎洁，陈恭尹又谓素馨可使"四座都教酒气醒"，这是因为素馨有醒酒之功效。岭南人"当酒酣耳热之际，侍人出素馨球以献客，客闻寒香，而沉醉以醒，若冰雪之沃乎肝肠也"。①

另外，作者在此又云"好手结为灯"，是因当时广州有将素馨制成灯者，"雕玉镂冰，玲珑四照"，②深得世人喜爱。且读屈大均《点绛唇·素馨花灯》：

> 忙杀珠娘，未开已上花田渡。鬓边分取。灯作玲珑去。　　人气添香，香在光多处。天休曙。熟花方吐。朵朵成烟雾。

又《琴调相思引·素馨花》：

> 笑掷金钱买几升。半穿璎珞作珠灯。一家纤手，细细贯丝绳。暮上翠鬟方吐蕊，晓辞罗帐尚含冰。梦魂清绝，多恐冷香凝。

屈氏《广东新语》卷二七云："（广州）穿灯者、作串与璎珞者数百人。城内外买者万家，富者以斗斛，贫者以升，其量花若量珠然。"屈氏之记

---

① 屈大均：《广东新语》卷二十七，中华书局 1985 年版，第 696 页。
② 同上书，第 695 页。

载与其词可互读。

（二）木棉

除了素馨，岭南词中另一常见之花为木棉。木棉在岭南种植颇广，今日广州之市花即是木棉。在各种花卉中木棉颇为奇特。屈大均《广东新语》卷二十五对此花的描写甚为详尽：

> 木棉，高十余丈，大数抱，枝柯一一对出，排空攫拿，势如龙奋。正月发蕾，似辛夷而厚，作深红、金红二色，蕊纯黄六瓣。望之如亿万华灯，烧空尽赤。花绝大，可为鸟窠，常有红翠、桐花凤之属藏其中……南海祠前，有十余株最古，岁二月，祝融生朝，是花盛发，观者至数千人。光气熊熊，映颜面如赭。花时无叶，叶在花落之后。叶必七，如单叶茶。未叶时，真如十丈珊瑚，尉佗所谓烽火树也。

可见木棉花具有其他花卉少见的豪健之势，岭南词人也常常运用豪迈之词笔，突出其独特品性。如张维屏之《东风第一枝·木棉》：

> 烈烈轰轰，堂堂正正，花中有此豪杰。一声铜鼓催开，千树珊瑚齐列。人游岭海，见草木、先惊奇绝。尽众芳、献媚争妍，总是东皇臣妾。　　气熊熊、赤城楼堞，光灿灿、祝融旌节。丹心要伏蛟龙，正色不谐蜂蝶。天风卷去，怕烧得、春云都热。似尉佗、英魂难销，喷出此花如血。

再如李绮青之《水龙吟·木棉》：

> 暖风吹遍蛮花，海天更产英雄树。炎云一角，断霞十里，火珠齐吐。挟纩无功，还丹有术，难侪芳谱。想楼高朝汉，赤心向日，擎一盖、临江渚。　　阅尽兴亡割据。为年年、东君作主。江山依旧，刘郎不返，夕阳飞絮。荔熟还迟，枫烧已尽，彩标高举。为春容太淡，嫣然开满，小红桥路。

树是英雄，花是豪杰，词作的格调极为高昂。

即使是写木棉花落，岭南词也绝不显得纤弱，如黄丹书《满江红·木棉花》云：

> 焰焰烧空，谁栽遍、水村山郭。人道是、祝融行处，牙旗参错。赤羽一行摇白日，彤云万朵扶青嶂。笑纷纷、桃杏斗春妍，都纤弱。
>
> 黄湾外，斜阳薄。粤台畔，狂飙作。似乱霞铺地，晚虹沉壑。野烧连冈烟欲上，清霜夹岸枫初落。尽画家、渲染有燕支，应难著。

从中尽见木棉树之英姿及花开时一片殷红之景，至如花落时"似乱霞铺地，晚虹沉壑"的画面亦显得甚是壮美。

另外吕鉴煌《南柯子·画木棉》又写到木棉絮：

> 绵絮翻飞乱，胭脂渲染工。龙烛十丈跃晴空。记得越王台畔树灯红。　　火伞撑天阔，霞标插地雄。四围青绚透寒风。安得苍生衣被万家同。

词人浓墨渲染木棉花开时如火如荼之景象，而木棉果熟后絮飞如雪，亦是岭南一大奇观，"绵絮翻飞乱"即是写此。末句则是期盼木棉絮制成衣被来沾溉万家，可见词人之心胸。张学华《玉漏迟·木棉絮，和六禾伯端芋园》是专写木棉絮：

> 越台花事歇。匆匆过去，芳菲时节。一树暄妍，听到鹧鸪啼彻。几日东风换了，有千片、落英如雪。休重说。繁华旧事，雄姿英绝。
>
> 十寻俯睨群芳，但卓立霞标，暗含冰缬。散作琼瑶，不逐浪萍漂没。合是寒年纤纩，待南国、裁成云氎。烽火劫。花中此为豪杰。

此词所写乃是木棉花落之后的情景，其中有绘形之语，但更多的是摹神，将无生命之木棉人格化。词人之意不在写花开时的英绝雄姿，而在于突出木棉絮"不逐浪萍漂没"的节操。

由以上分析可以看出，岭南词人写到素馨，词笔常常十分绮丽，素馨花是以一种富于阴柔之美的意象被咏写。木棉则与此相反，常常是以"英雄树"的面貌出现，极具阳刚之美。

二 清游胜赏：清岭南词中的珠江形象

广东境内的主要河流有珠江、韩江、榕江、鉴江等，其中珠江最大，与长江、黄河为中国三大水系，岭南词中写江河者亦属写珠江者最多。珠江现是西江、北江、东江等水系的总称，而其原来是指流经广州的一段河道，岭南词中所写即多指此。珠江在岭南词人笔下呈现出的主要是"清游胜赏"的形象。

姚诗雅有组词《菩萨蛮·客有问珠江四时风景者，倚声答之》，如词题所云是分写珠江四季不同之景致，在同题词作中颇具代表性。试读之：

> 情波潋滟鸳鸯宿。明珰翠羽人如玉。画舫海珠南，风光三月三。莺啼春欲暮。春去花无数。何处摸鱼歌。卖花人过河。

> 冰肌玉骨凉无汗。水晶球（荔枝名水晶球）浸玻璃盏。波镜照梳头。一枝花影流。　风来弦管急。水影灯光湿。花月共清凉。满天星斗香。

> 闹红四壁花为屋。夜深凭遍阑干曲。风露一身秋。素馨开满头。良辰逢七夕。瓜果陈歌席。私语听无声。有人花底盟。

> 粟肌时候天无雪。橙黄橘绿香尤烈。两岸树婆娑。夕阳红处多。一冬无落叶。总是花时节。腊鼓已喧街。木犀花正开。

姚氏笔下之珠江四季风景有异，但亦有同者。一是每首词中都有花果之描写，尤其冬季是"橙黄橘绿""木犀花正开"的景象，此乃岭南之独特景象。二是多写世人游冶之情景。第一首是"明珰翠羽人如玉""画舫海珠南"，第二首是"风来弦管急"，第三首是"瓜果陈歌席"。岭南词中的珠江，即是这样的一个歌舞管弦之地。

可再看潘恕《临江仙·夜渡珠江》：

> 明月在天星在水，飘飘疑泛银河。楼船左右管弦多。繁华无旧

主，休问夜如何。　　酒绿灯红花粉白，颠狂文士风魔。不如移棹听渔歌。清凉寻乐趣，欲睡枕青蓑。

"楼船左右管弦多"、"酒绿灯红花粉白"都是写珠江上之喧闹繁华。汪璨《喜迁莺》则是专写珠江上之游船。词序云："珠江游船颇多，大都为载酒寻春而设。花游曲宴，非此不豪，且有借彼乌篷留人鸳梦者，亦秦淮灯船、山塘画舫之比也。"词云：

> 珠儿珠女，唤三十六双，鸳鸯同住。画桨双枝，文窗四面，中有艳情无数。江湖最宜游冶，载取两头箫鼓。尽容与，惯招来罗袜，蘅皋微步。　　来去。帆影驻。趁着东风，吹向春多处。鱼藻门前，素馨斜畔，不许采香人误。归来夕阳小泊，还倩柳丝低护。好留取，待夜深酒醒，敧篷听雨。

"江湖最宜游冶"，汪璨此语不虚。又汪氏将珠江游船与秦淮灯船、山塘画舫相比，岭南词中的珠江确与华丽的秦淮河有几分相似。又如吕鉴煌《阳台梦·珠江夜月》中云"灯船酒舫香魂绕"，并说"黄金买得有情天，莫等闲过了"；"少年虚度负春风，恐被桃花笑"，都是此类描写。

上引姚诗雅组词中的第二首、第三首与潘恕、吕鉴煌之词所写都是珠江夜景，岭南词人歌咏珠江者多是如此。另外要提及的是，吕鉴煌《阳台梦·珠江夜月》乃是其《羊城八景》组词之一，"珠江夜月"在清代是有名的胜景，徐灏《百字令·珠江夜月》亦是专咏此景：

> 冰轮皎洁，有山河倒影，飞入晴空。人在通明无碍处，月华凉浸鲛宫。玉宇初澄，寒潮暗长，一色碧溶溶。珠光射起，莫教惊醒骊龙。　　何处估客帆樯，画船箫鼓，群入绮罗丛。四面歌声听宛转，夜阑围住春风。水月常明，海天不夜，都在有情中。良宵易晓，唱来东壁霞红。

月色溶溶，一片通明，词人极力渲染出了珠江"水月常明，海天不夜"的动人景致。

三 怀古与伤今：越王台与镇海楼

（一）越王台

越王台故址在广州市北的越秀山上。秦末天下大乱，南海尉任嚣欲割据自守，事未成而病重，遂将权力移交给赵佗。后赵佗占据桂林、南海、象三郡，建立南越国，越王台即其每年三月三日登高欢宴之处。五代十国时南汉朝臣亦常在此游宴。唐庚《越王台记》云："台据北山，南临小溪横浦……顾瞻，则越中诸山不召而自至。却立延望，则海外诸国盖可仿佛于溟濛杳霭之间。"① 徐灏写"羊城十景"，其中之一即是"越台春晓"，此词调寄《凤凰台上忆吹箫》：

> 海国时晴，仙城气暖，东风先到游台。是十分春色，洗尽尘埃。弥望珠江千顷，浩莽莽、海上潮回。渺无际，虎门初日，直射城隈。
> 佳哉。郁葱气也，正嘉卉环城，万井晨炊。爱平芜渐长，绿遍天涯。休问霸图销歇，降王长执锁谁哀。方凭眺，群鹦乱飞，碧树歌来。

徐氏所写是自越王台向四周眺望之景色，珠江千顷、海潮浩莽、嘉卉环城、万井晨炊等画面都甚阔大。越王台历史悠久，凡写此台者自然要发思古幽情，词中"休问霸图销歇，降王长执锁谁哀"句即点出了南汉朝廷之史实。

与此词相比，陈澧《凤凰台上忆吹箫·越王台春望，癸卯二月越台词社作》怀古的分量更重：

> 芳树啼鸲，野花团蝶，嫩晴刚引吟筇。访故王台榭，依约樵踪。零落当年黄屋，都分付、蜑雨蛮风。添惆怅，望花城一片，海气冥濛。 青山向人似笑，笑淘尽潮声，谁是英雄。只几堆新垒，鸟散云空。休说楼船下濑，伤心见、断镞苔封。还依旧，攀枝乱开，万点

---

① （宋）王象之：《舆地纪胜》卷八十九，道光二十九年秋八月，中华书局1992年影印本，第3册。

春红。

赵佗曾称霸于岭南，如今台榭已成樵踪，赵佗和无数历史英雄随潮水逝去，词人于千年后追怀不能不生发几分惆怅。

如果说上词表达的是对历史的思索与追怀，有些写越台之词作则不仅有怀古之情，还有伤今之思，其中融入了词人对现实的焦灼与担忧。比如屈大均的《雨中花慢·越王台怀古》：

> 雁翅三城，龙荒十郡，秋来不减边沙。恨牛羊有地，鸡犬无家。虽少诸军浴铁，还余几队吹笳。口朝台试望，天似穹庐，直接京华。
> 赵佗箕踞，南武称雄，遗墟问取栖鸦。谁得似、斑骓汉使，才藻纷葩。荡沐千年锦石，文章五岭梅花。彩丝女子，争看旌节，色映朝霞。

赵佗建国后，汉高祖、汉文帝两度派陆贾出使南越，赵佗亦两度归汉，故而屈大均既谓赵佗"南武称雄"，又赞赏陆贾"才藻纷葩"。大均胸怀壮志，为反清复明四处奔走，他是渴盼像赵佗与陆贾那样成就一番功业的，"谁得似、斑骓汉使"，是问人，亦是问己。

陈良玉《台城路·春晚登越王台》作于鸦片战争后，亦融入了词人特定时期之感受：

> 年年拼却伤春眼，登临送春归去。近郭人家，倚山楼阁，一碧冥濛烟雨。闲愁几许。听彻晓啼鹃，怎留春住。软语东风，只今慵赋断肠句。　江乡寒食过了，怅此度携筇，风景非故。人事无憀，酒徒依旧，浣尽生衣尘土。荒凉辇路。问满目山川，霸图何处。开遍红棉，日斜飞乱絮。

上片是登台所见以及惜春之情，下片则全是抒写个人情怀。词人虽然常常登临越王台，然世事沧桑使得词人当时感到"风景非故"。"问满目山川，霸图何处"显然也不仅仅是追怀过往，更是感叹国事不宁。

（二）镇海楼

镇海楼亦在越秀山，明洪武初年永嘉侯朱亮祖所建。屈大均《广东新语》卷十七云："（镇海楼）晴则为玉山之冠，雨则为昆仑之舵。横波涛而不流，出青冥以独立。其玮丽雄特，虽黄鹤、岳阳，莫能过之。"可见其雄伟之状。古代广州城最高的建筑即是镇海楼，为有名的登临胜地，文人墨客题诗作文者极多。

这里先看屈大均《卖花声·题镇海楼》一词：

> 城上五层高。飞出波涛。三君俎豆委蓬蒿。一片斜阳犹是汉，掩映江皋。　　风叶莫悲号。白首方搔。蛮夷大长亦贤豪。流尽兴亡多少恨，珠水滔滔。（注：三君谓任嚣、赵佗、陆贾，旧有三君祠在楼左）

首两句突出镇海楼之高险，颇有气势。然后词人又由旁边的三君祠而怀念任嚣、赵佗、陆贾之业绩，寄寓兴亡之感。再如黄荣康《念奴娇·镇海楼》：

> 木棉红照处，遥望鸦点，斜阳如画。万劫危楼依旧在，今古几人雄霸。逐鹿中原，屠鲸巨海，谁是真王者。尽多豪杰，赵佗、刘龚流亚。　　赢得百战英名，只今长付与，采樵人话。废垒残旗都没了，秋草茫茫山下。把剑凭阑，无端偏感，我泪如铅泻。英雄遗恨，乱山终古如射。

与大均词一样，此词不多写镇海楼，仅仅用"万劫危楼依旧在"点出，主要笔墨用来追思历史，感叹英雄业绩之消亡。

岭南词中潘恕《满江红·镇海楼》对镇海楼描绘较为详尽：

> 第一危楼，半空起、五层缥缈。真个是、星辰非远，山河皆小。插海如簪浮雨塔，扬帆似叶飞千鸟。读丰碑、遥揖永嘉侯，英风杳。　　望洋险，鲸波扰。愁跋浪，浑难了。水犀军，何日雄张岭表。远思不同王粲恨，效怀且效孙登啸。爱九州、南尽水连天，诗怀峭。

上片浓墨重彩，"星辰非远，山河皆小"、"插海如簪浮雨塔，扬帆似叶飞千鸟"用夸张手法极写镇海楼高峻之态，甚是雄壮。词的下片抒发登楼所感。本词作于鸦片战争后，词人自镇海楼上远望而想起"鲸波扰"之现实，从而盼望"水犀军"能够"雄张岭表"。屈、黄、刘与潘恕之词都有眼前之景的描写，然潘氏不重古而重今，为其特殊处。

四　清代广东词人岭南风物词的意义

以上简要论述了清代广东词人关于岭南风情的书写。需要说明的是，任何地域之词都难免具有本土特征，岭南词对南国风情的反映何以是对词境的开拓呢？这是由岭南词特殊的发展状况决定的。岭南词史虽始自五代，但自此直至明代，岭南本土词人都非常少，岭南词中对岭南风貌的展现并不多。当然，亦有岭外词人游历岭南，但只是少数，笔下涉及岭南者自也不多。因此就词史的发展看，清代以前词中咏写江南、中原之景者连篇累牍，而写岭南风貌者却较少。入清之后，岭南一地词人群起，词作数量也远超以前，此时岭南风情才第一次在词体中得到了广泛而集中的展现，从而给词体注入了新鲜血液。

除了使得词中有粤，清代广东词人此类风物词还是对同类词作题材的美学类型的拓展，这一点更值得我们重视。

比如上述岭南词中咏木棉花之作即是如此。木棉其实体现了岭南人高昂奋发的审美理想，因此词人常会颂扬其阳刚之美与英雄精神。此类词作一方面使得咏花词中从此有了较多的对木棉花的描写，更重要的是，咏花词中从此有了英雄之气，增添了新的美学因子。历代咏花词多摹写对象之纤美，本以柔婉为主调。虽偶有例外，如词中的梅花有时是具有傲骨的，但与木棉花也有质的不同。应该说，在咏花词中像木棉这样大气磅礴的形象极为少见，"千树珊瑚齐列"这样的境界亦颇为独特，可以说是为咏花词增添了一种新的美学类型。

再如咏写珠江的词作，也对词体中的江河题材有所突破。在前代词作中，描写最多的是长江，而珠江却甚少涉及。在清代岭南词中，珠江意象则常有出现，而且与词中的长江意象大相径庭。词中的长江，是"大江东去"式的壮阔与雄伟，而珠江呈现出的则主要是"清游胜赏"的形象。由此来看，同样是大江，在词中珠江与长江意象即具有不同的美感，这样的岭南词也自有新意。

因此说，岭南词人关于岭南题材的创作，不仅仅具有地域文学通常蕴含的反映当地风貌的价值，从词史的发展来说还有其特殊意义。本文考察岭南词，其目的也不仅仅是深化对岭南词本身的认识，同时也是从一个微观角度探讨清词在词境方面的拓展，由此也能对清词的价值有更为全面的把握。

由此来看，地域文学的研究，要立足某一地域，但同时也应该有全局的视野与整体的观念。我们所考察的是某一特定地域的文学，但它同时又是全国文学的一部分。因此我们进行地域文学研究就不能仅仅固守于对象本身，而是要能跳出来，从全局的眼光来审视它，如此方能更好地挖掘出研究对象的意义。

说明：本文系重庆市社会科学规划项目《地域文化与清词的嬗变研究》（2013YBWX085）、教育部人文社会科学研究规划基金项目《清词地域性研究》（项目批准号：11YJA751012）、首批重庆市高等学校青年骨干教师资助计划阶段性成果。

作者单位：重庆师范大学文学院

从《唐》《魏》之风看晋地诗歌的多维价值

梁晓颖

　　三晋文化作为中华文化核心文明的重要组成部分，是长期积淀的结果。关注春秋时代三晋文学，一定会提到晋诗。《诗经》中的《唐风》12首和《魏风》7首都属于晋地诗歌，反映了三晋文学早期的风采。唐是公元前11世纪周成王给叔虞的封地，后来叔虞的儿子燮将国号改为晋。《史记·晋世家》记载："唐在河汾之东，方百里。"郑玄在《毛诗谱》认为："唐者，帝尧旧都之地，今曰太原晋阳是也。"根据近些年来考古发现，唐的封地主要在今天山西省曲沃、侯马、闻喜一带。《魏风》中的魏国不是三家分晋后战国时期的魏国，而是周初就已经建立的一个分封国，郑玄《毛诗谱》认为："魏者，虞舜，夏禹所都之地，其封地南枕河曲，北涉汾水。"《魏风》产生的魏国大致在今天山西芮城一带。公元前661年，魏国被晋献公所灭。当时的唐国和魏国只是今天山西的一部分，即今天晋南的一小部分，所以《唐风》与《魏风》都产生于山西西南部，具有大致相同的地理环境。

　　尽管《唐风》与《魏风》所覆盖的领域只是今天山西的一小部分，但是在当时，这一地区是黄河文明的核心地带，代表了晋文学的早期形态，涉及当时生活的诸多方面，形象地反映了早期晋地社会生活的地理环境，是一幅生动的山西早期的风俗画卷。晋文化是以夏文化为底蕴，以周文化为基础产生的。晋国周围尽是戎狄，晋国立国之初的政策是"启以夏政，疆以戎索"，对少数民族实行民族平等民族融合政策，所以早期晋文化杂糅了夏、周、戎狄等多种因素，呈现出丰富多彩性。本文将从历史性、文学性、政治性三个方面对晋诗十九首进行论述。

一 从城邑文明看晋诗的历史性

西周建国之初,国势强盛,周天子推行宗法分封制,封邦建国,广为营建都邑。西周晚期,王室衰微,平王东迁后,周王室的范围大大缩小,周天子逐渐失去了驾驭诸侯的能力,各诸侯国摆脱了周王室的束缚,积极发展经济,各诸侯国旧城扩充和新城建造明显增加。春秋时代,中原各国林立,周王室对各诸侯国日渐失去约束,争霸战争频繁发生,在这种大背景下,作为各诸侯国政治经济文化军事中心的城邑普遍兴起。

在地域文化学中,城市是经历了漫长的历史而逐渐发展起来的,由于地理位置,生产生活方式等方面的差异,形成了不同的地域文化特征。春秋时期,礼崩乐坏,各国成为独立的政治集团,各国的经济水平、地理环境、人文风貌各异,逐渐形成了各具特色的地域文化。随着各诸侯国的实力逐渐增强,文化的地域性特征日益明显。《诗经》里大多数诗篇具有城市文化背景,十五国国风就是周代各诸侯国带有地域色彩的地方曲调。城市的发展促进了诗歌的繁荣,晋诗《唐风》《魏风》中绝大多数诗歌是居住在城市中的贵族所作,也有一些诗歌是下层平民所作,后经上层贵族润色修改最终成篇的。《唐》《魏》之风就是晋地早期城邑文明的产物。

(一) 释晋诗中的"城市"

《诗经》中《唐风》与《魏风》始作于西周,结束于春秋初期,即:大约到晋献公时期终结。先秦时代,"国"、"都"、"郊"、"邑"都指城市。先民最初因农业发展而定居下来,以部落首领居住地为中心,逐渐形成了早期的居民点和城市。城里为"国",城外近处为"郊"。

《诗经》中的"国"大都是指诸侯国,《唐风》《魏风》中的"国"就是诗人所在以及诗中所反映的诸侯国。魏国作为靠近晋国的春秋小国,后为晋献公所灭,成为晋国的一个城邑,被分给毕万,就是战国时期魏国的前身。《魏风》里的"国"指的魏国的都城,《魏风》所反映的是魏国城邑里的风土人情画卷,例如:"心之忧矣,聊以行国",《魏风·园有桃》中的"国"就是魏国。再例如:"硕鼠硕鼠,无食我麦。三岁贯女,莫我肯德。逝将去女,适彼乐国。乐国乐国,爰得我直。""硕鼠硕鼠,无食我苗。三岁贯女,莫我肯劳。逝将去女,适彼乐郊。乐郊乐郊,谁之永号!"《魏风·硕鼠》中将"国"与"郊"并列,都是指城市,重章叠唱中用法与含义相同。

（二）释晋诗中的人物与作者

从字面意思看，晋诗中的人物大都是生活在当时魏国和晋国都邑中，有贵族、士、平民、野人等阶层，如《汾沮洳》中说："彼其之子，美无度"、"美如英"、"美如玉。"从外貌上看，写的应该是城邑中的贵族公子。

"子有车马，弗驰弗驱"。"子有廷内，弗洒弗扫。子有钟鼓，弗鼓弗考"。"子有酒食，何不日鼓瑟"？《山有枢》里的"子"有车马，有钟鼓，有酒食，应当是一位贵族。

"有杕之杜，生于道左。彼君子兮，噬肯适我？""有杕之杜，生于道周。彼君子兮，噬肯来游？"《诗经》中反复提到君子，君子身份复杂，时常与"小人"相对，君子一词的道德意义是后起的，最初君子多指地位尊贵居于城邦中的贵族，区别于居住在乡野的从事耕作的"小人"。所以《有杕之杜》中的君子应是居住在城邑中的贵族。

"既见君子，云何不乐"。"既见君子，云何其忧"。《扬之水》里的君子也应是城邑中人，区别于从事稼穑的"小人"。从衣着看，"素衣朱绣"可能是贵族男女，从字面意思看，《扬之水》是描写晋地城邑中的男女谈情说爱的诗歌。

"不知我者，谓我士也骄。"《园有桃》里的"士"应当是一个没落贵族。"羔裘豹祛，自我人居居。""羔裘豹褎，自我人究究。"羔裘为周代士大夫之服，《羔裘》里的"子"穿着羔裘做的衣服，可以猜测大约是士大夫，是上层人士。

"角枕粲兮，锦衾烂兮"。《葛生》是提到的角枕是用兽角做装饰的枕头，锦衾是用彩色花纹的丝织品做的被褥。这些都是贵族所用之物，非当时劳动群众所用，由此猜测，此诗所写是贵族悼亡诗。

"好乐无荒，良士瞿瞿"。"好乐无荒，良士蹶蹶"。"好乐无荒，良士休休"。《蟋蟀在堂》里的良士应当是城邑里的士人。

《伐檀》与《硕鼠》千百年来有各种解释，如果单纯从文本看，应该是城市下层平民，不满过多徭役而发出的反抗之声。

从社会阶层看，《唐风》与《魏风》中的人物有贵族，有社会中产阶级，也有一小部分平民。晋诗十九首产生的年代，劳动人民基本没有受教育资格，只有贵族才有受教育的权利，所以反映贵族生活的晋诗应多是当时贵族所作，有一部分民歌色彩的诗歌即使来自民间，在献诗过程中也经过贵族润色加工而成。

（三）晋诗的主要内容

从晋诗十九首，我们能看到两千多年前晋南这片土地上社会生活中先民的欢乐忧伤，生产生活，婚恋家庭等各方面内容。

一是反映当时晋地人们的欢乐与忧伤。诗歌本身是抒发感情的手段，"在心为志，发言为诗"，《唐风》《魏风》涉及情感生活的方方面面，有欢乐、有忧伤、有思念、有叹息。唐魏之风中有关欢乐的诗很多。如《扬之水》是一首语气欢快的诗歌，"既见君子，云何不乐；既见君子，云何其忧？"语言直爽泼辣，直抒胸臆。《汾沮洳》中对所欣赏的人表述了毫不掩饰的夸奖与喜爱，"彼其之子，美无度"；"彼其之子，美如英"；"彼其之子，美如玉"。《绸缪》表达了新婚之夜夫妻相见，充满了欢乐喜悦的情感。"绸缪束薪，三星在天。今夕何夕？见此良人。子兮子兮，如此良人何？"程俊英认为："这首诗带有戏谑开玩笑的味道；大约是民间闹新房的口头歌唱。"[①]

唐魏之风中有关忧伤的诗也很多。《园有桃》忧伤吟唱，"心之忧矣，我歌且谣"；"心之忧之，聊以行国"；"心之忧之，其谁知之"？读罢仿佛看到一个知识分子无尽的哀泣，充满了深广的忧患意识。《鸨羽》透露劳役繁重，不能有时间孝敬父母的辛酸，"王事靡盬，不能蓺稷黍。父母何怙？"诗人仰天长叹"悠悠苍天！曷其有所"？这样的苦日子，什么时候才能结束啊？《陟岵》是写征人思念家乡、思念亲人的诗，诗人用"父曰，母曰，兄曰"假想父亲、母亲、哥哥对自己的惦念，从中让人体会出征人的辛苦与孤独。《葛生》是写怀念爱人的悼亡之歌，"角枕粲兮，锦衾烂兮。予美亡此，谁与独旦？"漂亮的枕头，灿烂的锦被，伊人已去，主人公睹物思人，浓重的感伤中笼罩着孤独与寂寞。

二是反映当时晋地人民的劳动场景。《伐檀》写了伐木工人砍伐檀木、运输檀木时的劳动场面，"坎坎伐檀兮，置之河之干兮"，檀木坚硬，在劳动工具简陋的时代，砍檀木、运檀木到河边都很费力，通过"坎坎"两个仿声字，我们仿佛可以看见伐木工人辛苦砍木运木的劳动场景。

晋地有采苓、采葑、采桑、采莫等各种采摘业，各种采摘活动时常出

---

① 程俊英：《诗经译注》，上海古籍出版社2004年版，第175页。

现在晋诗之中。《十亩之间》是一首采桑女之歌，"十亩之间兮，桑者闲闲兮，行与子还兮"，采桑女劳动一天以后，相约回家，开开心心地走在桑间小路上，欢快喜悦。

《葛屦》是写女工缝衣的劳动场面，"掺掺女手，可以缝裳"？从诗中我们可以看出缝衣女工辛苦工作的场景。

三是反映当时晋地人民的婚姻家庭生活。《椒聊》也是一首很有趣的诗歌，很有民俗特色。"椒聊之实，蕃衍盈升"，椒是花椒，椒果实多而有子房，人们用此起兴，以祝福祈盼女人多子多福。汉代皇后宫取名"椒房殿"就是源于此。

《绸缪》是一首有关婚俗的诗歌，"三星在天"，"三星"即参星，参星在天，可以进行婚姻嫁娶。《羔裘》是一首爱恋诗，"岂无他人？维子之故。"一个女子喜欢穿羊皮袄的男子，故意不屑地说：岂无他人可相近？但心底却是：原来不愿离开你！短短两句，这个恋爱中的女人心底的小秘密跃然纸上。

《诗经》是我国现实主义文学的开端之作，是我国文学发展的第一个重大转折，《诗经》的大量作品表明，我国古代文学已从神性中解放出来，开始了人性的创作。晋诗《唐风》和《魏风》大都具有《诗经》的现实主义特点，具有纪实性，反映了晋地早期城邑生活的方方面面。读罢晋诗，我们仿佛通过一面上古社会的镜子，看到了两千多年前晋南土地上人们的生活状态，如打猎采桑、婚恋情爱、保卫国家、劳动耕作、苦役赋税，等等，这些都是人们在现实生活中抒发的活生生的感情。

二　从文言变革看晋诗的文学性

春秋时期是旧体文言与新体文言的变革期。郭沫若认为春秋时期"新文言"的成熟与语言变革是"春秋时代的五四运动"。[1] 商周时期的《尚书》，甲骨卜辞，青铜铭文，大都属于旧体文言，语言古朴，句式简单，少修饰，少变化。随着平王东迁，王室衰微，权力下移的同时文化也出现了下移，昔日掌握文化的巫史进入城邦平民阶层，春秋时代的文学由

---

① 郭沫若：《论古代文学》，《郭沫若古典文学论文集》，上海古籍出版社 1985 年版，第2 页。

贵族文学向平民文学转变，转变的核心就是语言问题。傅道彬在《诗可以观》一书指出："比起商周以来的古体文言，春秋时期的'新文言'呈现出的显著特征是：表现方法自由灵活，风格华美；善于修饰、修辞手段广泛应用；语言鲜活生动，典雅蕴藉；语句形式多变、骈散结合，语助词普遍使用等。"①

《诗经》《周易》《左传》等名著的语言都反映了新旧文言变革的事实。《诗经》的产生时间从周初到春秋末年，跨度长达五六百年。《诗经》的编次从《风》开始，结束于《颂》，但是它们写作的先后次序是《颂》《雅》《风》。最早产生的《颂》保留了旧体文言古朴典雅的风格，而风雅诗篇则注入了新体文言的诸多特征，尤其是变风变雅之诗较之正风正雅之诗，更加风格华美，语言生动，形式多变。晋诗《唐风》与《魏风》属变风，在语言形式上更能反映新体文言的诸多优点。

（一）从文言变革看晋诗语言的灵动性

晋诗中口语入诗现象非常普遍，充分反映了新体文言的鲜活生动。如《陟岵》一诗充分体现了春秋时期诗歌的口语化倾向，曾被推为"千古羁旅行役诗之祖"。亲人的思念之语，父亲、母亲、兄长都表现出各自鲜明的个性，父亲的"犹来无止"，嘱咐他不要永远滞留他乡，语气纯从儿子出发而不失父亲的旷达；母亲的"犹来无弃"，叮咛这位小儿子不要抛弃亲娘，表现出难以割舍的母子之情；兄长的"犹来无死"，直言盼望他不要骨埋他乡，强烈表现了兄弟情深。这种平白的口语入诗，在旧体文言中是很少见的，直接反映了春秋时期自由活泼的审美风尚。晋诗的文字更通俗更易懂，更具有表现力与张力。《十亩之间》："十亩之间，桑者闲闲兮，行与子还兮。"如口语一样亲切直白，虽两千年后读来依然朗朗上口，仿佛看到一群采桑女劳动之余，三三两两一起唱着歌回家的快乐场景。

晋诗的语言形式多样，打破四言，三言、五言、六言、多言的句子随处可见。《诗经》中的句式以四言为主，全部诗篇共 7284 句，其中四言诗占了 6626 句式，所占比例近 90%。《唐风》共十二首，共 203 句，其中四言 148 句，占 72%。《魏风》七首，共 135 句，其中四言 95 句，占 70.3%。《唐风》《魏风》共 338 句，其中四言共 243 句，占 71%。《唐

---

① 傅道彬：《诗可以观》，中华书局 2011 年版，第 129 页。

风》《魏风》中四言比例较《诗经》总体下降近20%，出现了一言、两言、三言、五言、七言等形式。这些杂言句式，形式自由活泼，无拘无束，具有音乐美，节奏感强，读起来抑扬顿挫，区别于西周四言的端庄华贵，严肃认真，可以看出旧体文言向新体文言转化的趋势。如《无衣》："岂曰无衣七兮？不如子之衣，安且吉兮！"有六言，有五言，有四言，读起来生活气息浓郁。《葛生》："葛生蒙楚，蔹蔓于野。予美亡此，谁与？独处！""夏之日，冬之夜。百岁之后，归于其居"。诗中有四言、三言、两言，语言简明、生动，具有生活的亲切感，千年之后读之依然能感觉到诗中主人公日复一日、年复一年的永无终结的怀念之情。

（二）从创作手法看晋诗的艺术性

从创作手法看，唐魏之风具备了大多数《诗经》中优秀的艺术表现形式：赋比兴手法的运用，多种修辞技巧的采用，和谐的节奏韵律，意象与意境的灵活运用，让晋诗十九首取得了极高的艺术效果。

和《诗经》的大多数篇章一样，晋诗十九首很多篇章大量地应用了赋比兴的表现方法。《诗经》中用了大量的修辞手法，如比喻、夸张、借代、对偶、排比、摹状、顶针、反诘、对比、拟人、衬托，等等。各种修辞手段加强了作品的艺术效果，中国文学的修辞手法发展到相对成熟的阶段。晋诗十九首很大程度上体现了《诗经》的这些艺术表现形式，提高了诗篇的艺术表现力。《汾沮洳》中曰："彼其之子，美如英。""彼其之子，美如玉。"用这种比喻来形容小伙子的美丽，生动形象地形容出少女怀春时对英俊少年的爱慕。《伐檀》用伐木者"坎坎伐檀兮"的辛苦和贵族阶级的"不稼不穑"、"不狩不猎"形成对比，突出了贫富悬殊的剥削与压迫。《硕鼠》用拟人的手法，将贪婪的统治者比做硕鼠，加强了艺术感染力。由于诗人对事物、对现象的细致观察，对社会的深入了解，使这些诗歌表现出高超的语言表达能力，成为后世诗歌常用的修辞手法。

除了修辞手法以外，晋诗十九首中，有时用细节描写，有时用心理描写，表现手法多种多样，生动准确地表达了作者的思想感情。如《葛屦》中的"好人提提，宛然左辟，佩其象揥。维是褊心，是以为刺"。仅用一个细节就将那个贵妇人鄙夷不屑的神态刻画得入木三分。《陟岵》用游子的心理想象，来描述父亲、母亲、兄长对自己的思念，读来让人潸然泪下。

晋诗十九首诗篇直抒胸臆居多，间接抒情、委婉曲折之诗寥寥。《葛生》"予美亡此。谁与？独处！"直接抒发自己对伊人的怀念之情。《葛屦》直接抒发对贵妇人的不满。《园有桃》直接表达自己的忧伤:"心之忧矣,其谁知之。"《汾沮洳》直接抒发对美如玉的少年的热爱。《伐檀》与《硕鼠》直接痛斥统治者的残酷剥削。《绸缪》直接抒发心理活动,表达想见到心上人的迫切心情。《葛生》睹物思人,直接描写内心的刻骨思念。

晋诗十九首用韵和谐,意境优美,情景交融的特点也很显著,充分体现了新体文言的特点。这些诗大都具有很强的节奏感韵律感,同时表现出韵律多样化特点,有的在结尾押韵一韵到底,有的隔句押韵,有的首句入韵中间换韵。押韵形式多样,节奏轻快,在艺术形式上富有极强的感染力。四时景物的变换,人的心情也会随之受到影响,自然景物常常会激起诗人情感的诸多波澜,晋诗十九首很多在情景交融中,营造出一种独具特色的意境。如《葛生》,用"葛生蒙楚,蔹蔓于野"起兴,给人一种萧索凄清荒凉冷落的印象,接下来诗人写到"予美亡此,谁与独处"两句,表达对去世的配偶哀悼怀念之情,第三章写"角枕、锦衾"等物,"谁与独旦",其意义又较"独处"、"独息"有所发展,其思念之深,悲哀之重,令人有无以复加之叹。一切景语皆情语,对客观景物的选择与描写,激发了诗人波澜壮阔的内心情怀,睹物使人伤感,情景交融中,两千年后的读者依然能感到那种让人悲痛欲绝的悼亡情愫。

三 从变风变雅看晋诗的政治性

《毛诗序》最早提出"变风变雅"一说:"至于王道衰,礼义废,政教失,家殊俗,而变风变雅作矣。"[①]"变风变雅"并不是《诗经》作者主观之意,而是汉代《毛诗序》作者之意,是汉代学者从读者审美角度来论述《诗经》政治性的观点。《毛诗序》未提到"正风正雅"概念,但"变"是相对"正"而言的,有"变风变雅"就应暗含"正风正雅"。郑玄在《诗谱序》中说:"故孔子录懿王、夷王时诗,讫于陈灵公淫乱之事,谓之变风变雅。""变风变雅"是西周衰落时期的《风》《雅》之作。自西周懿王、夷王开始至春秋陈灵公时诗为"变风变雅"。按郑玄之意:

---

① 郭绍虞主编:《中国历代文论选》第一册,上海古籍出版社1979年版,第66页。

《邶风》以下的十三《国风》共 135 篇均属"变风",由此可知,《唐风》《魏风》均属"变风",内容多为"刺诗"。

(一)"美刺说"与晋诗

"风雅正变"说是以政治状况的好坏来划分历史阶段,然后以"美刺说"阐释其内容。"正风正雅"以歌颂为主,"变风变雅"则以怨刺为主。西周前期和中期"治世之音安以乐",属"正风正雅"的治世之音,诗意在于"美",赞美君臣的教化;西周后期"乱世之音怨以怒,亡国之音哀以思",属于"变风变雅"的乱世之音,诗意在"怨刺",是为后王提供借鉴,改良时弊。"正"与"变"虽然时代背景、内容风格都不一样,但都是以维护统治秩序为目的。

《唐风》十二首,刺诗占了绝大多数。《魏风》在《国风》中风格最一致,多是讽刺、揭露统治阶级的诗歌。《葛屦》开"刺诗"先河。在诗的结尾,缝衣女心中不平,大胆地喊出了"维是褊心,是以为刺",明确说出作诗的目的就是"刺"那个穿了自己缝制的衣服,却对自己不理不睬的贵妇人。《毛诗序》认为:"《葛屦》,刺褊也。魏地陋隘,其民机巧趋利,其君俭啬褊急,而无德以将之。"

这种关于"美刺"的划分,其实是一种绝对化、简单化的评价。把《诗经》研究限定在"美刺"功能上,通过"诗史互证"的方式用"诗"来阐述历史,用"史"来曲解诗歌,对应起来难免让人觉得机械和主观。近代学者朱自清、郑振铎、闻一多等人都对"风雅正变"说持否定态度。但是客观上《毛诗》对中国传统诗论还是作出了重大贡献的。一方面,它强调诗的社会作用,指出了诗的言志抒情的基本属性;另一方面,又强调诗歌与政治的密切关系,政治的好坏决定作品的"美刺"内容。因此《诗经》不仅是文学作品,更是政治经典,记录着周朝由盛转衰的历史,是社会政治好坏的标志。"诗史互证",从晋诗十九首,我们可以看到晋地早期的历史风貌,也可以窥视到晋地早期的政治风貌。

(二)"诗可以怨"与晋诗

孔子提到"诗可以怨",这种怨是在礼乐文化背景下,将"怨"用艺术形式宣泄出来,是符合"中和之美"的"怨而不怒"。这种怨在政治上对统治阶级心存希望,是进谏,是帮助,是讽谕不良政治,批评某些令人不满的社会现象,并不是对君王的批判与愤怒。孔子提到的"诗可以怨"理论中,是"发乎情止乎礼义"的有节制的怨,即"怨而不怒"。"《诗》

207

的文学性是从属的，从属于人的修养，从属于'礼'和政治"。① "诗可以怨"的内容也不仅仅局限在政治范畴，怨刺上政是怨，哀伤、思念、怀亲等个人情感抒发也可以是怨，这个"怨"包含了社会生活的方方面面。晋诗十九首有政治层面的怨刺诗如《伐檀》《硕鼠》等，也有少妇思念伊人的哀怨诗如《葛生》，更有流浪者无处求助的哀怨诗如《杕杜》，五彩斑斓的哀怨构成了晋诗的生动情感和形象世界，如果诗只能"美"，只能歌颂，粉饰太平，那诗的艺术成就很难如此之高，更很难打动两千年后的读者。

春秋时期是个赋诗言志和因诗观志的用诗时代，外交场合，春秋行人文采风流断章取义，用赋诗引诗来达到自己的政治目的。晋国作为春秋称霸时间最长的国家，诞生了一大批擅长赋诗的诗学名家，如赵衰、叔向、赵武、韩起等。战国时期诸子引诗，将《诗》作为先王最有力的思想武器，以《诗》佐证，为自己的政治目的服务。子夏授教于西河与魏文侯父子皆好诗，儒家引诗最系统最完备的当属荀子，荀子是赵国人，三家分晋后的赵国，荀子将《诗》经典化，将文学置于政治的从属地位。汉代兴起注《诗》风潮，将《诗》完全经学化，"《诗经》由文学转而为经学，她虽由此而丧失了其作为文学的鲜活与灵动，而却获得了在中国文化史上的崇高地位"。② 从此《诗》的政治性遮蔽了《诗》的文学性，以经典的地位延续千年，直到近代闻一多等很多著名学者才反复提出《诗》的文学性这一命题，主张研究《诗》要回到《诗》的本质属性文学性方面。

文学作品的意义，是不能仅仅以其作者和作者的同时代人的看法来界定的，它的各种价值，产生于历代批评的累积过程之中。本文探讨《唐》《魏》之风时，从地域文化角度入手，既探讨其政治性，也探讨其文学性和历史性，以期多方位反映晋诗的多维文化价值。

作者单位：哈尔滨师范大学文学院

---

① 刘冬颖：《诗经变风变雅考论》，中国社会科学出版社2005年版，第99页。
② 刘毓庆、郭万金：《从文学到经学——先秦两汉诗经学史论》，华东师范大学出版社2009年版，第6页。

关陇神话传说与华夏文明渊源的文化认知

——关于中国西部丝路文化资源的思考

冯肖华

2009 年 6 月，国家发展改革委员会颁布了《关中—天水经济区发展规划》这一前瞻性的战略决策，给中国西部大开发的再次深化带来了新一轮的活力，开辟了更为广阔、更为丰富的物质及文化的有效视阈。中国西部近三十年来，虽然在改革开放的进程中取得了巨大的成就，但就其现代化、高科技、大城镇、快物流等目标建设的推进中，与东部似还有一定的差距。然而对于改革开放的认知，我们不得不具有这样一种共识，那就是物质文明与精神文明的建设和双赢。正是从这一意义上说，中国西部的地缘特性，本就属于华夏物质文明与精神文明的高位区，即已经开发和尚待开垦的巨大的物质资源，已经挖掘和需更多投向的精神文化资源的关注研究。费孝通先生认为："人类之目的在生活，此乃生物界之常态，文化乃人类用以此目的之手段。"① 所以，以人生问题为出发点，研究和挖掘关陇神话传说与华夏文明渊源的重要资源，便是当下民生关怀的必须和必要。

一 确立关陇神话传说与华夏文明渊源关系的文化认知

关陇神话传说是关陇文化的重要一脉，其文化元素蕴含着诸多民族根性。关陇神话传说所传达的是上古先民最基本的征服自然的民生智慧和人格成就，因而伴随着民族历史的发展和变迁，其诸多民生智慧便在民间广为传播，且不断添加着民众美好的人生夙愿和精神寄托。关陇神话传说与

---

① [英] 马林诺夫斯基：《文化论》，费孝通译，华夏出版社 2002 年版，第 15 页。

主流文化一起，形成了博大精深的民族文化元典。正是从这个意义上讲，神话传说的存在和延续，并非"专门依靠故事本身的叙述所引起的文字兴趣，它是一种原始现实的描述，而发生作用于社会的现行制度和活动中，神话传说的功能在于追溯到一种更高尚的、更完满的、更超自然的和更有效的原始事件，作为社会传统的起源而加强传统的力量，并赋予它以更大的价值和地位"。① 那么，拓展关陇神话传说与华夏文明渊源的文化认知研究视阈，其目的就并非复述上古先民和已逝时代的生活样态，而是从民族史实高度，发掘民族文明史的形成模式。显然，这种追根溯源，尊重民族史实的研究，对于当下"加强传统的力量"，"作用于社会现行制度和活动中"的文化软实力之价值是显而易见的。

从民族文明史向序的关系看，关陇神话传说是关陇文化中最具经典性的艺术形式之一，是华夏文明起源、生发、传承的文化资源瑰宝。关陇概念，古代泛指陕西关中一带及甘肃的大部分地区，现代地理学则指关山、陇山（六盘山），以陇山山峰为核心向陕、甘、宁三省延伸的半径为三四百里范围的地域。关陇神话传说正是这一广袤地域中先民圣贤所创造的丰富多彩的，富有民族特性、民族气魄、民族精神、民族审美的物质文明与精神文明的遗存。从文明史的角度看，关陇神话传说中的诸多美丽而富有人文质涵的文化形态，许多民族繁衍的民生智慧，以及先民圣贤的创世精神，无不是华夏文明文化启蒙的昭示，是对后世文明的渊源传承和影响。就千年来的历史传说、大量的考古据证和丰富的文献记载三者相互佐证，华夏文明史的循序是以"伏羲文化"、"炎黄文化"以降至周秦文明，这一历史向序明晰可见。《遁甲开山图》记载："伏羲生于成纪，徙治陈仓。"② 而成纪、陈仓正是关陇之核心地带。由此表明，伏羲文化是华夏文明源头，炎黄文化则源于伏羲文化，二者渊源相依，构成了华夏文明渊源的博大系脉。关陇神话传说中的许多叙事主体如伏羲、女娲、神农、轩辕、鲧禹、后稷、西王母等，无不是上古关陇神奇大地上华夏文明的缔造者和智慧者。有论者认为，"秦文化的分布区域有一个自西向东、由小到大的发展过程"，③ 那么，秦文化的发祥地（今陇南礼县），乃指整个关陇

---

① ［英］马林诺夫斯基：《文化论》，费孝通译，华夏出版社2002年版，第15页。
② （清）黄奭等辑：《遁甲开山图》。该书又名《开山图》，为西汉纬书。散佚。涉及天下名山，古先、神圣、帝皇发迹肇始处等内容。
③ 孟惠英：《西方民俗学史》，中国社会科学出版社2006年版，第35页。

地区无疑是华夏文明之上风上水的神奇圣地。作为中华西部的关陇大地，蕴含着华夏国运的诸多机巧和灵气。从地缘分水学看，有资料曾这样描述，西北在奇门遁甲秘术中居为"天门"，西部为"乾部"，属于八门中的两个"吉门"之一。"天门"为正，"乾部"居中，集吉、祥、瑞、仙之灵气为一体，统帅它部，合为天体。有史记载，《周礼·大司徒》曰："天不足西北，无有阴阳，西北为天门。"① 是说作为"天"的概念，不能没有天门这个西北（即关陇地区）。《神异经·西北荒经》中更描述了西部的仙灵之源："西北荒中有二金阙，高百丈，上有明月珠，经三丈，光照千里。"② 于是，荒漠之中，金阙矗立，明珠光焰，凭西东照，顿辉千里，瑞祥之灵气，使国运气脉灿烂不衰。就关陇地质地貌而言也不乏诡谲，国人向来视高为"吉祥"，低为"阴晦"。位于西北的关陇地貌总体上西高东低，在客观上形成了山川凭西东俯，宛如人之骨骼以贯肌体，河流亦西源东泻，犹如人之血液以润经脉，华夏国运气脉也由之昌盛兴崛。因此，这些描述虽然富有美好象征意味，但事实上，华夏之强盛王朝莫不囿于"乾部"西北，择都于秦陇地脉，如先秦以兰州为中心的政治、文化、经济的文明高位时代，汉唐以长安为中心的政治、文化、经济的文明高位时代。这说明，作为关陇地域的确有着华夏版图之"天门"之重，作为关陇神话的传说更是"天门"中之人文精魂所在。

二 认知关陇神话传说的本质意义和精神内涵

关陇神话传说，在中国上古神话传说的博大系脉中，不但内容精彩纷呈，而且文化精神之元气自有其华夏族团特有的引领和先导作用，因而在远古炎黄、东夷、苗蛮三大文化系统中极具魅力。那么，对于中国上古神话传说的研究，学界一直以来多以少儿读物、通俗读本的面目出现，高校社科教材亦所涉薄寡，从未进入学术性的文化认知研究视野，挖掘其与华

---

① 《周礼》，其作者及成书年代，前人众说纷纭。大司徒的职责是掌管天下各国土地的地图和记载人民数的户籍，以便辅助君王安定天下各国。

② 《神异经》，志怪小说集，汉代东方朔撰。全书分东荒经、东南荒经、南荒经、西南荒经、西荒经、西北荒经、北荒经、东北荒经、中荒经等九章。其内容风格虽模仿《山海经》，但文字不及《山海经》古朴。书中涉及的昆仑天柱、扶桑山玉鸡等神话传说是珍贵的神话研究资料。

夏文明渊源之内里质涵，这不能不说是学界对民族多元文化的轻视。这种结果甚至导致对民俗文化研究的误读，并视其为低层次投入（尤其神话传说的研究），人为地将中华多元文化撕裂为所谓高雅和通俗、主流和边缘。近年来学界尤其极力追逐所谓西方经典为时尚的研究，这实在是文化认知上的悲哀和不幸。殊不知，文化之根在民间，民俗文化之所以是民俗，就在于它适合于对民族精神的修正，民族心智的生成，以及区域民众素养和人格的健康培植。

这就是说"民俗（或称传统的和通俗的文化），是建立在一个文化群体所创造的全部传统之上，是通过整个群体或单独的人来体现，来折射和反映出一个社会的全景，以达到其文化和社会的共识认同；它通过模仿或其他方式口头传承其社会标准和价值。"① 关陇神话传说正是上古先民圣贤们，在生活实践过程中民族精神、民族心智、民族素养和人格标准、价值取向的修正和凝炼的实践标示。当身在基层，关注民俗研究的陇东民间学者王知三首次提出"关陇神话圈"的学术问题后，在国内神话学界引起极大的震动。所以，关注关陇文化，将关陇神话传说纳入与华夏文明渊源的文化认知学术研究视阈，考据挖掘关陇神话传说的当代意义，拓展关陇文化的研究边界，是适应当前国家"关中—天水经济区发展规划"建设的战略需要，是弘扬关陇文化学术思想，促进社会文明进步的时代需要，是在呼吁正能量彰显的新形势下追寻关陇文化与华夏文明源头的新的学术亮点，当然，更是拓展学生知识视野的有效方式。

那么，要将关陇神话传说置于文化认知性学术研究视阈，首先要把握关陇神话传说的本质意义和精神内涵。神话传说是远古时代的人们，对生存环境中的自然现象、社会现象，在其改造过程中形象而又人格化的美好幻想，是客观现实和生活斗争的反映。因而在当时有其客观存在性、生活实用性、精神指向性、经验效仿性，于后世人类文明的传承，更有其诸多层面的影响和历史再生意义。譬如，征服自然的影响：奇肱国的人"能为飞车，从风远行"，羽民国的人能生羽翼以助其力；生活器物的影响：弓箭、网罟、车船、耒耜的制造；民生的影响：五谷、草药、驯畜、造房、制字的发现，以及形而上的智慧层面、文明层面、政治层面、精神层面等的乐观主义、英雄主义、创造精神，以及心性修炼、弃恶扬善的影

---

① 王学理、梁云：《秦文化》，文物出版社2001年版，第3页。

响。这些看似奇幻却现实的神话传说，被文学家们以其诗词歌舞、小说戏剧的形式放大，穷尽其精神内涵，赋予了应有的文化张力，使神话传说服务于后世社会。这就是说神话传说的衍生和演变，其目的仍在于人类生活，能给人以助力或神力，以达其精神、欲望的满足，或者生存技巧的实际获得。可见，关陇神话传说的研究也应着眼于人生诸问题，以此为出发点，挖掘梳理其蕴含的诸多民生智慧和创世精神，分析上古先圣人化自然的聪明才智及治世方略，勾勒出对后世华夏文明何以形成的史迹，以及抽绎出文明传承的渊源规律。笔者以为其内涵如下。

1. 盘古开天与朴素唯物思想的内涵。
2. 伏羲创世与民生智慧开启的内涵。
3. 女娲炼石与人定胜天意识的内涵。
4. 后羿射日与英雄崇拜情结的内涵。
5. 神农教稼与农耕文明奠定的内涵。
6. 尧舜禅位与举贤为公美德的内涵。
7. 鲧禹治水与造民福祉风范的内涵。
8. 炎黄联姻与婚姻伦理规制的内涵。
9. 精卫填海与执着追求信念的内涵。
10. 夸父逐日与坚定奋进勇气的内涵。
11. 刑天争神与叛逆权贵精神的内涵。
12. 炎帝抬母与孝德孝心孝道的内涵。
13. 药王神话与民情忧患意识的内涵。
14. 仓颉造字与华夏文明启蒙的内涵。
15. 西王母信仰与女性崇拜的内涵。

……

显然，这种文化认知性学术研究，无疑将会突破以往之通俗传播，少儿启蒙教育的一般性知识层面，进入更深的哲学认知视阈，带出具有一定理论深度的、关乎华夏文明史迹的重要问题。又如：

1. 关陇神话传说中的民生智慧研究。
2. 关陇神话传说中的创世精神及其形态研究。
3. 关陇神话传说与华夏文明的渊源考察研究。
4. 关陇神话传说中的民族凝聚力研究。
5. 关陇神话传说中的民族价值取向研究。

6. 多民族文化何以汉化问题研究。

7. 少数民族汉化后的文明遗存问题研究。

……

可以说，这种采用渊源学、原型批评、互文性原理的学术性研究，对于关陇神话传说当代意义的阐释，对于民族历史模式形成的发见，对于民族文明遗存的挖掘，对于当下民众人格健康的修正，提供了有一定影响力、效应力的文化资源。同时，对弘扬关陇文化的历史价值，拓展关陇文化的研究边界，有其区域文化学的学科建设意义。

三 提出"华夏民族村"与关陇神话传说文化产业链打造的构想

从文化地理学视阈看，关陇地区涵盖陕、甘、宁三省区，地域广袤，物产丰盈，民族精神洁净，文化积累厚重，在中华民族的版图中属于古今文明高位区。再加上多民族寓居，生活形态叠加多样，因而其民族文化特色的精彩纷呈，形成了结构完整的"华夏民族村"。而关陇神话传说正是以其美丽的、多层次的、多民族的、多形态的内容表现着"华夏民族村"先民们的生存样态和生命的演绎过程。那么，发源于关陇地区文明高位区的诸类地缘文化优势，既是其他地区无可比争的史实，也给关陇神话传说本体提供了转化为文化产业的基础和可能，使单纯以语言文字娱民教化的文学形式可以转化为立体的、可视的、静态与动态一体的文化景观园、景观带，形成西起嘉峪关、兰州、天水，中经宝鸡、长安，东至洛阳、郑州、开封的"中华内陆文化景观文明长廊"，铺架起一条民族特色型、精神魅力型、经济效益型的横贯神州中枢的文化软实力之"陇海高铁"。这种因关陇神话传说学术研究视阈拓展话题的构想，与当下国家 2009 年《关中—天水经济区发展规划》的战略构想是合拍的，因而其实施也是现实的、可行的。文学应该有这个担当和使命。

那么如何拓展关陇神话传说文化产业转化这一产业构想，笔者以为"可视性与动态式"和"立体化与静态式"方略具有操作性。所谓"可视性与动态式"，即遴选经典关陇神话传说文学底本，创作视频作品、民间舞蹈、图文光盘等予以传播。所谓"立体化与静态式"，依据关陇神话传说的生发地，建设能体现该故事内涵的景观园，如"嘉峪关长城文化景观园"、"兰州黄河文化景观园"、"天水伏羲文化景观园"、"陈仓炎帝文化景观园"、"黄陵轩辕文化景观园"、"平凉西王母文化景观园"、"西岐周文化景观园"、"雍州秦文化景观园"、"长安汉唐文化景观园"、"洛阳河洛文化景观园"、"郑州殷商文化景观园"、"开封七朝都会文化景观园",等等(当然这些景区已超出关陇文化圈的范畴,但是作为"大中华"文化概念是符合理论界定的)。使"中华内陆文化景观文明长廊"经济文化旅游景观带贯通,并配之以中华神话传说文化旅游省际专线,造福地方人民,弘扬地域文化,借古富今,古今贯通,复活关陇神话传说的历史内容以及建设华夏文明的活的史迹链。使古老的研究课题生发新意,使理性的学术研究为社会政治文明、经济发展、文化建设和民众素养提供应有的精神动力和人文智力资源。

作者单位:宝鸡文理学院文学与新闻传播学院

会议综述

区域文化与文学研究的拓展与掘进

——全国第四届"区域文化与文学"学术研讨会综述

熊飞宇

2013 年 11 月 4—6 日，由中国社会科学院《文学评论》编辑部、重庆师范大学文学院、重庆师范大学区域文化与文学研究中心联合主办的全国第四届"区域文化与文学"学术研讨会，在重庆隆重召开。

会议开幕式由重庆师范大学文学院院长张全之教授主持，并代表中共重庆市委宣传部樊伟副部长宣读贺信。重庆师范大学副校长董景荣教授在讲话中，对重庆师范大学及文学院汉语言文学专业的基本情况，作了简要的介绍。重庆市社科联毛洪勋副主席在致辞中表示，会议就区域文化的理论建设展开研讨，符合建设文化强市的要求，有利于总结文化建设的历史经验，深入研究区域文化发展的历史规律。这是重庆师范大学献给重庆市的一份厚礼，对推动社会科学的繁荣，具有很大的贡献。《文学评论》副主编胡明研究员在讲话中指出，区域文化与文学的学术讨论，已经举办了四届，每届都有厚重的文学结论得出，引爆新的研究成果，凝聚一批学者。此次会议，更是承前启后，将会起到非常积极的作用，带动各方面的发展。

出席此次研讨会的有来自全国各地高等学校、科研机构、出版单位的正式代表 60 余人，重庆师范大学、西南大学等重庆高校数十名青年教师、博士生列席会议。会议历时三天，主要学术活动包括两场大会发言、两组分组讨论和学术总结。与会的专家学者，围绕"区域文学的理论建构"这一中心议题，各抒己见，畅所欲言，展现了区域文化与文学研究的新成果和新水平。现将其内容综述如下。

一

区域文化与文学理论的建构，是本次研讨会的重中之重。杨匡汉研究员（中国社科院文学研究所）的发言，可谓提纲挈领。他认为，区域文化和文学的研究，在其推进过程中，需要考虑三点。首先，进一步培育学术精神，包括质疑的精神，包容的精神，关怀人生、温暖人生的精神，亲和亲近的精神。其次，进一步打开学术视野。要注意跨界，即跨语言、跨文化、跨族群、跨时空，警惕画地为牢。再则是进一步拓展学术方法。总之，要坚持本土立场，还原历史，要有问题意识，打通断裂，多元共生。

李怡教授（北京师范大学文学院）在报告《区域、空间与文学史研究》中认为，中国现当代文学的研究，通常被置放在"时间意义"的向度上加以讨论，除"起点"之争外，还有"分期"问题。但是，在经历漫长的时间焦虑之后，中国现代文学研究应进一步强化自身的"空间意识"。如果说，对"时间意义"的敏感，拉动了文学史研究的发展，而对"空间意义"的关注，则可能深化历史认识。文学史研究的"空间"阶段已经到来。赵黎明教授（重庆师范大学文学院）也指出区域文学的研究要向其他学科，比如文艺学的空间理论汲取资源。而赵顺宏教授（浙江财经大学人文学院）则强调时间和空间在这个时代已经改变，现在需要恢复构想空间的感觉，并进而融合时间感和空间感。周保欣教授（浙江财经大学人文学院）主张运用文学地理学，从中国地域的角度重构中国文学史。

张未民研究员（吉林省作协）的报告，首先提出"区域中国"的概念。在他看来，区域文化与文学，潜伏着一个中国的概念，而区域性最能体现中国性。其次是区域的政治。区域的概念含有意识形态性，区域研究的兴起，更是一种区域的政治。从地域的中国性研究，从中国的地域性研究，两者不能偏废。区域文学的研究，应该有一个整体的策略，要在研究中构建文学共同体，反对对地域文学的等级处理。

贾振勇教授（山东师范大学文学院）的《如何再现诗性地理的光与影》，提出区域文学研究的理论，当在文化的单元中探寻，而所寻者有三：区域文学现象的家族相似性；普遍性中的独特性；全球化语境与区域文学禀性的互文性。贾玮副教授（重庆师范大学文学院）则借助法国哲学家梅洛－庞蒂对"身体"的阐发，深入反思当代思想文化的肉身化倾向，探究文化唯物主义对"身体"的建设性内涵的遮蔽，并由此追溯到"文化区域化的前奏"。

就方法论而言，两江学者周晓风教授（重庆师范大学）指出，应该特别重视文学与区域之间的某种从属关系。杨匡汉研究员提出：区域文学的研究需要全球文学史观，从时空两方面加以拓展；各种方法不存在高低优劣、先进落后之分；方法没有固定的框框，重要的是提出问题和解决问题；一种方法只能描述一个最重要的维度和侧面；方法和理论之间，可以交叉重叠，以便建构更加合理的方法，形成方法论的多样化；文学研究还应置于众多的话语系统之中。贾振勇教授则强调当在比较的平台上发掘，如不完全归纳的逻辑、印象式把握、感觉式描述和经验式概括。罗宗宇副教授（湖南大学文学院）指出区域文学的传统应当古今打通，应该从文学文献到文化文献，突出田野考察。同时，还应该注重特例问题。

对区域文化与文学的理论，与会者也提出反思。朱德发教授（山东师范大学文学院）质疑：在国家一体化、经济全球化、思想一元化的时代，有没有真正的区域文学？王保生研究员（中国社科院文学研究所、《文学评论》编辑部）谈到在全球化视野和当下政治制度的控制之下，文化的统一性对于地域文化和区域文化特色的保持，难以令人乐观。赵黎明教授则通过对自己研究经验的回顾，分析了区域概念在研究中的失效状态。贾振勇教授也指出区域文学理论建构的可能与限度，即其模糊性、个性、共性及不确定性。徐德明教授（扬州大学文学院）认为：区域文学的存在，虽是不争的事实，但文化的地方性与依存于经济全球化的世界文化的拉扯，却是区域文学的张力所在。讨论区域文学的理论问题，应该注意对其现代语境中的限制性前提的辩证。符杰祥教授（上海交通大学人文学院）则"从古典的地域性到现代的流动性"，对现代中国文学区域研究作出反思。在他看来，中国文学研究近年来呈现出从文学史学到文学地理学、从历史必然论到文化生成论的理念转换倾向。区域文学研究作为其中的一种潮流，其概念的文化、地域意义要大于文学、审美意义。区域文学不应放在凝固、封闭的视野下来打量。对现代以来的区域文学，既要注意区域概念的相对稳定性与合理性，同时更应注意其走向本质主义的固化与危险。因为现代人的主体性流动，区域文学成为一种变动不居、不断重构、多元共生的复杂存在。在某种意义上，区域文学的相对稳定性恰恰是流动的主体性对抗与对话、互动与互斗的产物。

在此基础上，王本朝教授（西南大学文学院）总结以为，李怡提出的空间和周晓风提出的行政力量，二者怎样来结构现代文学史，为我们的思考开启了新路径。

二

关于地域文化与区域文化、地域文学与区域文学、地域性与区域性的辨析，也有对话和争鸣。周晓风教授的报告，对地域文学与区域文学进行了区分。首先，地域文学是在统一的民族文学形成时被发现，而区域文学则是在统一的国家文学框架里被发现。其次，地域文学的研究，最重要的一点，就是能够有效揭示其历史文化特征；而研究区域文学，一方面仍需注意原来的人地关系模式，另一方面，则须重新审视文学的评价尺度。

朱德发教授的发言，提出两个问题。第一，地域文化的内涵既是明确的又是模糊的，既是静态的又是动态的，既是稳定的又是可变的；至于地域文学的外延，也很难界定。第二，地域文学既然要纳入文学史的范围，则须从结构发生学上来考虑。首先是地域的确定，其次是在此地域下，地域文化的生成。地域性是地域文学的一个背景概念，首先应该有奇特而丰富的自然景观，可以作为审美对象；其次是人文景观，特别是文化生态，有稳定的趋同性，且大于差异性；三是发生过重大的历史事件。基于此，有一批作家，与该地域有着不解的情结，通过不同的文学作品，把自己的体验、感受和发现转移到文本。值得注意的是，地域是一个板块性的存在，可能出现断裂，而不是一直发展下去。

张未民研究员则指出：没有地方标志，也可有地域性。我们的出生地便是个人的身份证。而地域性与差异性和趋同性之间，并无多大关系，如很多地方的文学史孜孜以求，硬把没有地域性的作家拉回地域的视野；另一方面，又致力于将那些没有全国性影响的作家记载于案。

张瑞英教授（曲阜师范大学文学院）认为，从地域文化的角度研究文学，可以挖掘到文学的本源与本质。地域书写，也是作家对自己生长之地的追溯。与此同时，地域文学因为真诚地反映人们的身心感受，从而具有普遍性。对作品创作的时空分析，应当顾及作家本身和生存时代的"常"与"变"。这种多维阐释与追根溯源，正是地域文化视野下文学研究的特点和意义所在。

贺仲明教授（山东大学文学院）的《乡土文学的地域性：反思与深入》，主要围绕三个问题展开：一是乡土文学的地域性及其论争；二是究竟应该如何看待文学的地域性；三是地域个性失去后，乡土文学何为。最后认为，乡土地域性的内涵不是单纯和外在的，而是丰富且具有变化的，它不仅是外在的地理风景和生活风情，也包括更深层的乡土文化，而且文化精神在将来的社会，会作为地域性更重要的一种存在方式。

刘卫东教授（天津师范大学文学院）的发言，认为当前中国当代长篇小说的地方志书写，虽然群星璀璨，但已呈现出强弩之末的趋势和难以为继的危机，主要体现在三个方面：历史意识的匮乏、文化选择的终结和乡土知识的耗尽。

三

对区域文化和文学的研究，王保生研究员主张，一方面要从宏观的理论建构来探讨，也应该进一步联系中国现代作家和古代作家创作经验来分析。对于后者，研讨会亦不乏成果。具体而言，有下述几个方面。

齐鲁文化与文学。张全之教授与相琳（重庆师范大学文学院）关注的是莫言的创作。齐文化作为滨海文化与仙境文化相结合的文化体系，具有奇幻性和叛逆性的双重品格。正是在齐文化的映照下，莫言凭借着神秘而丰富的想象，在作品中构筑了无数离奇诡异的情节和自由奔放的女性形象，而《檀香刑》正是其代表之作。刘东方教授（聊城大学文学院）则主要从聊城文化的孝、真、美三个方面，探讨聊城文化对季羡林及其创作的影响，展示地域文化与其散文创作之间的勾连。

吴越文化与文学。王志清教授（南通大学文学院）的论文《安史乱后诗歌中心南移与质变及其吴地诗歌生态》认为：作为江南主要优越地域的吴地，是北人避乱的首选地。由于吴地温山软水与江南文化的浸润，以江南吴地诗人创作为主的诗歌，呈现出来的总体态势与走向是："南重北轻"格局的变化，以及"气骨顿衰"为主流诗风特点的转型。王嘉良教授（浙江师范大学文学院）通过"吴越文化视域中的鲁迅与茅盾"，阐释"地域文化背景与作家的文学个性差异"。他以为，地域文化作为作家的生成背景与最初的文化接受源头，对作家文化人格、文化个性的养成，有着或深或浅的作用。汪卫东教授（苏州大学文学院）则以俞平伯、朱自清的"秦淮河"为对象，通过"河与人"、"至情与至文"和"新文人与旧歌女"的对比分析，捕捉到"历史瞬间的绝代风华"。

湘楚文化与文学。王保生研究员的报告，讲述区域文化对沈从文的重要性。沈从文曾反复强调他的生命和创作离不开水。湘西既是其生命之根，也是其创作的源泉。他所创作的湘西系列作品，有力地推动了中国区域小说的发展。周仁政教授（湖南师范大学文学院）的《沈从文与巫楚文化》，主要论述沈从文小说对巫楚文化神话体系的重建。从沈从文身上，可以看到尚属原始形态的巫楚文化，对现代文化启蒙的意义。在沈从文笔下，文化（文学）的湘西则是一个非凡的世界。

岭南文化与文学。陈才智研究员（中国社科院文学研究所）的论文《白乐天流寓江州的流响》认为，流寓江州是白居易的人生拐点。从此，他由"志在兼济"，迅速而全面地转为"独善其身"。但他并未辞官归隐，而是选择"吏隐"的道路。与之相适应，则是描写闲静恬淡境界、抒发个人情感的闲适诗和感伤诗，日渐增多。其中，最知名的便是《琵琶行》。而以琵琶亭为诗题和涉及琵琶亭的古诗，约有百余首，并可大致分为三类：一是超然物外，寄托今昔之慨；二是继承夏竦的基调，微讽白居易未能忘情仕宦；三是对乐天报以同情的理解。鲍昌宝教授（肇庆学院文学院）以《宝砚庄》为中心展开思考。小说以西江流域的一个村庄为中心，塑造出大量富有岭南文化特色的人物，展示了大量肇庆地区的文化现象，具有独特的民俗特色和文化意蕴，其成功与不足，为探讨地域文化向地域文学的诗学转化，提供了可供研究的范本。徐仲佳教授（海南师范大学文学院）则"以林森小说中的海南元素为例"，说明"全球化语境中乡土叙事的陷阱"。林森小说有着比较鲜明的海南本土文化色彩，但其浓厚的生活亲历感，使之在一定程度上脱离了乡土叙事应有的旁观者的冷静。同时，中国乡土文学叙事的审美反现代性和魔幻现实主义叙事成规，对其创作也有着深刻的影响。

少数民族文化与文学。吴子林研究员（中国社科院文学研究所）的报告《"安尼玛（anima）的吟唱"》，对《格萨尔》神授艺人展开多维阐释。"神授艺人"现象，是史诗研究领域的"斯芬克司之谜"。当下学界，多援用"帕里—洛德理论"，特别是其中的"程式诗学"，对此进行理解和阐释。与此同时，《格萨尔》神授艺人的"梦想"，也有力印证了加斯东·巴什拉"梦想的诗学"。翟业军副教授（南京大学中国新文学中心）和施军教授（淮阴师范学院文学院）"从'藏地三部曲'看西藏故事的西藏化趋向"。所谓"藏地三部曲"，是指范稳的《水乳大地》《悲悯大地》和《大地雅歌》。在小说中，西藏的现实性被渐次剥离，变为释、耶、爱熔铸而成的"人间净土"。这种西藏的西藏化，将会引发系列的连带效应，即把西藏工艺品化和把西藏特例化，结果在事实上掩盖了现实西藏危机重重的真相。王敏副教授（新疆大学人文学院）谈到新疆绿洲文化的文学表达，包括：绿洲文化的概念；绿洲文化的两个叙事资源，即西方探险家的探险记录和20世纪八九十年代以来的旅游文化生态；绿洲文化文学表达的四种基本类型和四个基本模式。张德明教授（西南科技大学文学与艺术学院）对羌族民间文学的研究也多有反思与建议。

四

抗战时期的区域文化与文学，在本次研讨会上，也得到进一步的阐发。

国统区文化与文学。20世纪40年代国统区讽刺诗曾盛极一时，李文平教授与向立（重庆师范大学文学院）针对其创作技巧，展开细致的分析，认为其主要特征是：追求喜剧性、常用漫画式、巧设话语体。张武军副教授（西南大学文学院）的《力本体论文艺理念的构建》，主要探讨"林同济的世界视野与中国经验"。抗战时期，林同济在其力本体论哲学观的基础上，建构了相应的艺术理念，即"恐怖"、"狂欢"和"虔恪"。三个审美范畴是林同济对中西艺术理念的有机融合，体现出林同济及战国策派对中国现代美学和艺术理论的卓越贡献。熊飞宇博士（重庆师范大学文学院）则对骈文大家成惕轩抗战居渝期间的旧体书写进行爬梳和解读。

抗战时期，电影界曾发起反技巧与反明星的"运动"，张育仁教授（重庆师范大学文学院）指出，这既是战时文艺界普遍认同的政治文化逻辑，同时也是战时激进民族主义者普遍持守的艺术和审美逻辑。

区域文学运动如何具有"全国代表性"，郝明工教授（重庆师范大学文学院）认为，从区域文学运动的角度来看，所谓"全国代表性"包括两个向度上的意义，即发挥主导性影响和奠定主流性地位。抗日战争时期的陪都重庆文学运动，尤其是陪都重庆戏剧运动，无疑兼具上述两个向度，从而成为整个抗战时期中国文学发展的全国性代表。由此得到的启迪是：在区域中心城市具有全国文化中心与全国文学中心双重功能的基本前提下，区域文学运动只有在不偏离两个向度的现实发展中，才可能形成引领全国文学发展的全国代表性。

符杰祥教授也在论文中指出，抗战时期的重庆文学与延安文学，虽然叙事形态不大一致，却反衬出深层一致性的富有意味的对照。

上海文化与文学。李永东教授（西南大学文学院）的发言题为《上海模式的中国乌托邦叙事》。近代上海被认为是中国最黑暗的城市，却寄寓着中国人对未来社会最天真的幻想，成为中国乌托邦叙事的尺度与向度。其中的未来世界，既是现实上海的再造，也是现实上海的反转。但由于受到租界文化的影响，它所提供的是中西杂糅的乌托邦。张谦芬副教授（南京晓庄学院文学院）的《论异质空间与文学民族化》，则是从"上海沦陷时期文学"所得的"启示"。在民族性被压抑的沦陷空间中，上海都市的诸种因素共同发酵出民族文学的再生力量。其中禁锢与传承的颉颃、商业化与民族化的勾连、市民文化与雅俗互动，改变了传统文学生长的均质空间，展示了文学民族化发展的另一种路向。

东北沦陷区、伪满洲的文化与文学。高翔研究员（辽宁社科院、《社会科学辑刊》编辑部）认为，《新青年》（沈阳）附刊"新诗歌"专辑及其前征象"新诗特辑"的出版，是东北沦陷区期刊诗歌编辑挽救新诗的一次重要行动，是东北现代诗歌史的一个独特现象。在此基础上，他主张，如果从现代期刊媒体审视诗歌生产，从文化生产理论、研究方法、文化体制诸多方面观察诗歌原生形态，将会获得崭新的文化认知和学术意义。

伪满文坛曾经盛行"密话·秘话·谜话"，其中以满洲大密林探险活动为主的博物探险题材较多。王劲松副教授（重庆师范大学文学院）的《伪满洲博物探险小说的原型意象与日本武士道精神》，从文化人类学跨文化的大视野中，考辨伪满洲博物探险小说及其存在语境，揭示侵华时期日本对中国殖民地的文化干预和渗透。

五

区域的划分具有不同的层面，即如胡明研究员所说，所谓江南文化，既有大范围的延伸，也有小范围的框定，而研讨会也在另一个更为宏阔的层面展开。

西部文化与文学。赵学勇教授（陕西师范大学文学院）指出，作为一种持续发展的区域性小说创作思潮，西部小说创作大体上存在三种流向：宏大的民族国家叙事；想象中的西部大地；现实西部与生态西部。三者之间，没有时间序列上的先后，而是与西部小说发展的内在精神相吻合。商昌宝副教授（天津师范大学文学院）则聚焦于秦岭的"新农村问题小说"，指出小说的魅力在于：普世的悲悯情怀与心灵写作，活脱脱的现实与历史的纵深感，批判性和反讽性。

港台及海外文学。沈卫威教授（南京大学中文系）的报告通过高行健的身世、所处的环境来再现作为一个区域作家的独特个性，最后指出：全球化大国际格局下的区域文学，应该是以语言来划分。

薛晓嫘副教授与王博（重庆师范大学文学院）的论文《单相思的爱情绝唱》，主要剖析金庸《白马啸西风》的爱情迷宫，借以说明：当主流的强制的文化以单恋同化的姿态来对待少数的弱势的文化，带来的就可能是悲剧。

此次研讨会，呈现出如下特点。首先是宏观与微观的有机结合，相互映照。既有对"区域文化与文学"相关理论问题的宏观探讨与学术反思，也有对不同层面的区域文学现象的个案研究与理论阐释。其次，跨文化、跨学科研究的出现。一批从事古代文学、比较文学和民族文学研究的学者的加盟与交流，打通了学术壁垒，开阔了学术视野，丰富和激活了发展中的区域文学研究。有鉴于此，重庆师范大学区域文化与文学研究中心主任袁盛勇教授通过老子"一"与"多"的哲学观念，说明世界可能从来就不是平列的。文学之道如此，文学研究之道亦如此。借助这种认识，可以建立一种一体和多元相结合的研究状态。

"区域文化与文学"研究是新世纪学术研究的一个重要领域。此次学术研讨会的召开，进一步彰显了重庆师范大学学科建设的特色和水平，对于推进全国的区域文化与文学研究，催生创新性的区域文化与文学研究成果，具有重要的学术意义。

作者单位：重庆师范大学文学院

后 记

　　《区域文化与文学研究集刊》第 3 辑编完，已是中秋。区域文化与文学研究经过学界同人的持续努力，已经取得了不少成绩，引人瞩目。本辑所收文稿，主要侧重于相关理论、西部文学、新旧体诗和古典人文等方面的探讨。既有名家之作，亦有新锐之思，不乏精彩之处，可供学界观摩和讨论。对此，各栏目主持人在其所撰按语中均已做了扼要说明，可供参考。

　　区域文化和文学研究的理论探索，是个难题，也是没有止境的。尽管它有其自身的理论边界，但是边界并非不可移易，我们暂且对其持开放态度，欢迎继续探讨。西部文学和文化是区域文化与文学研究中的一个重要构成，我们特别邀请武汉大学陈国恩教授组织了本辑该栏目的稿件，感谢他对本刊的大力支持。其他如新旧体诗、古典人文和区域文化的关系，亦是值得深入探讨的大课题。

　　重庆师范大学一直有致力于区域文化与文学研究的良好氛围和传统，也有一个富有活力的学术团队，当然，这些学科建设方面成绩的取得，也是与不少学界前辈和同行的支持分不开的。在此，本刊编委会真诚感谢本刊学术委员会专家和众多作者的长期关心与帮助，并请以后继续不吝赐稿，提出宝贵建议。责任编辑李炳青先生热情细致，认真负责，谨对其表示衷心感谢。

编　者

2014 年 9 月

稿　　约

《区域文化与文学研究》诚约稿件

《区域文化与文学研究》是一本专门研究区域文化与文学的纯学术刊物（书代刊）。本刊以"区域"为理论视角来审视中国现代当代文学及文化的构成和发展，以展示和推介相关研究成果；并以促进文化学术的繁荣为宗旨，为中国现当代文学文化研究提供新思维和新方向；坚持"双百方针"，强调社会责任，为学术服务，并为区域经济文化建设和当代人文学术服务。本刊暂定一年一期，由中国社会科学出版社出版，全国发行。

为此，本刊向学界同人诚约稿件，欢迎选题独特精当、内容充实、思想深刻、观点新颖、具有前沿性和前瞻性的学术论文。敬请学界同人关注，不吝赐稿，并予以批评指正。

为联系方便和技术处理，来稿要求如下。

（一）论文篇幅最好不要超过 10000 字。书评最好不超过 3500 字。

（二）请在论文题目后随附下列信息：

1. 作者简介：姓名、职称（或学位）、研究方向及工作单位。

2.300 字以内的中文提要，并附 3—5 个中文关键词。

（三）注释格式及规范

1. 一律采用脚注，注释序号用 123 标示，每页重新编号。

2. 中文注释具体格式如下列例子：

例1：余东华：《论智慧》，中国社会科学出版社 2005 年版，第 35 页。

同上书，第 37 页。

同上。

《马克思恩格斯选集》第 2 卷上册，人民出版社 1972 年版，第 25 页。

刘少奇：《论共产党员的修养》，人民出版社 1962 年第 2 版，第 76 页。

例 2：［美］弗朗西斯·福山：《历史的终结及最后之人》，黄胜强等译，中国社会科学出版社 2003 年版，第 7 页。

例 3：刘民权等：《地区间发展不平衡与农村地区资金外流的关系分析》，载姚洋《转轨中国：审视社会公正和平等》，中国人民大学出版社 2004 年版，第 138—139 页。

例 4：袁连生：《我国义务教育财政不公平探讨》，《教育与经济》 2001 年第 4 期。

杨侠：《品牌房企两极分化中小企业"危""机"并存》，《参考消息》 2009 年 4 月 3 日第 8 版。

例 5：费孝通：《城乡和边区发展的思考》，转引自魏宏聚《偏失与匡正——义务教育经费投入政策失真现象研究》，中国社会科学出版社 2008 年版，第 44 页。

参见江帆《生态民俗学》，黑龙江人民出版社 2003 年版，第 60 页。

例 6：赵可：《市政改革与城市发展》，博士学位论文，四川大学，2000 年，第 21 页。

任东来：《对国际体制和国际制度的理解和翻译》，全球化与亚太区域化国际研讨会论文，天津，2006 年 6 月，第 9 页。

《汉口各街市行道树报告》，1929 年，武汉市档案馆藏，资料号：Bb1122/3。

例 7：陈旭阳：《关于区域旅游产业发展环境及其战略的研究》，2003 年 11 月，中国知网（http：//www. cnki. net/index. htm）。

李向平：《大寨造大庙，信仰大转型》（http//xschina. org/show. php? id＝10672）。

例 8：《太平寰宇记》卷 36《关西道·夏州》，清金陵书局线装本。

姚际恒：《古今伪书考》卷 3，光绪三年苏州文学山房活字本，第 9 页 a（指 a 面）。

（汉）班固：《汉书》，中华书局 1983 年标点本，第 xx 页。

《太平御览》卷 690《服章部七》引《魏台访议》，中华书局 1985 年影印本，第 3 册，第 3080 页下栏。

乾隆《嘉定县志》卷 12《风俗》，第 7 页 b。

《旧唐书》卷9《玄宗纪下》，中华书局1975年标点本，第233页。

《清德宗实录》卷435，光绪二十四年十二月上，中华书局1987年影印本，第6册，第727页。

3. 外文注释如下列例子：

例1：Seymou Matin Lipset and Cay Maks, It Didn't Happen Hee: Why Socialism Failed in the United States, New York: W. W. Norton & Company, 2000, p. 266.

例2：Christophe Roux – Dufort, "Is Crisis Management（Only）a Management of Exceptions?" Journal of Contingencies and Crisis Management, Vol. 15, No. 2, June 2007.

（四）来稿一律采用电子版，并在文末注明作者姓名、出生年月、籍贯、学历、职称、联系电话、电子邮件、详细通讯地址及邮编，以便联系有关事宜。

来稿一经采用，即付薄酬，并寄样刊二册。

本刊地址：重庆市沙坪坝区大学城重庆师范大学文学院《区域文化与文学研究集刊》编辑部

邮政编码：401331

电子邮箱：qywxjk@163.com

重庆师范大学区域文化与文学研究中心
《区域文化与文学研究集刊》编辑部